VATAN YAHUT İNTERNET

Mustafa Kutlu

Dergâh Yayınları: 579
Sertifika No: 14420
Türk Edebiyatı-Deneme: 30
Mustafa Kutlu Dizisi: 32
ISBN: 978-975-995-513-7
1. Baskı: Haziran 2014
10. Baskı: Ocak 2020

Dizi Kapak Tasarımı: Mustafa Kutlu
Kapak Uygulama: Ercan Patlak
Sayfa Düzeni: E. Gökçe Aksoy

Basım Yeri: Ana Basın Yayın Gıda İnş. Tic. A.Ş.
Mahmutbey Mah. Devekaldırımı Cad.
2622. Sok. No: 6/13
Bağcılar / İstanbul
Tel: [212] 446 05 99
Matbaa Sertifika No: 20699

Kapak Basım Yeri: Hanlar Matbaacılık San. ve Tic. Ltd. Şti.
Tel: [212] 324 08 82

Cilt: Güven Mücellit & Matbaacılık San. ve Tic. Ltd. Şti.
Tel: [212] 445 00 04

Dağıtım ve Satış: Ana Yayın Dağıtım
Molla Fenari Sokak Yıldız Han No: 28 Giriş Kat
Tel: [212] 526 99 42-43 Faks: [212] 519 04 21
Cağaloğlu / İstanbul

Mustafa Kutlu

VATAN YAHUT İNTERNET

DERGÂH YAYINLARI

Klodfarer Cad. Altan İş Merkezi No: 3/20 34122 Sultanahmet / İstanbul
Tel: [212] 518 95 79-80 Fax: [212] 518 95 81
www.dergah.com.tr / bilgi@dergahyayinlari.com

İçindekiler

Vatan, 9
Kara Toprak, 13
Yüzleşmenin Adı, 16
Kir, 19
Anahtar, 22
Lüks, 25
Başka Bir Dünya, 28
Kırk Katır ile Kırk Satır, 31
Piyasa, 34
Ahlâk Olmadan Asla, 37
Uygarlık, 40
Yeni Hayat, 43
Uçan Yazı, 46
Âşık Laptop, 49
Şu Bizim Mahalle, 52
Zincir, 55
Kafayı Çizmek, 58
Cami, Sembol ve Zihniyet, 61
Şehir Dediğin, 64
Siteler İstanbul'u Uçuracak, 67
Yüksek Yüksek Binalar, 71
Avm'ler ve Siteler, 74
Avm'lerin Hücumu, 78
Kentsel Dönüşüm, 81
Gökdelen'e Alternatif, 84
Boş Arsa, 87
Otomobil Sevdası, 90
Simit Sarayı ve Türkü-Bar, 94
Huzur Evi, 97
Kültür Sarayları, 100
Hayat Tarzı, 103
Kılık-Kıyafet, 106
Tek Tip, 109
Taşra Yalnızlığı, 112
Bir Zamanlar Taşra, 115
Taşra Çıkarması, 118

Merkez ile Çevre, 121
Sakin Şehir, 124
Sakin Kent, 128
Mavi Yelek Mor Düğme, 132
Türkiye'nin Yoksulluk Haritası, 135
Kültür Merkezleri ve Avm'ler, 138
Yapma Toki, 141
İnsanlıktan Çıkmak, 144
Sokağın Nabzı, 147
Madalyon, 150
Dilek Ağacı, 153
Devlet ve Sanat, 156
Sanat Eğitimi, 159
Sanatçı ve Kibir, 162
Hat, Resim ve Emin Barın, 165
Müzik Nereye Gitti?, 168
TRT-Nağme, 171
Nerede Duruyoruz?, 174
Folklor Öldü mü?, 177
Aşk ve Şiir, 181
Fikir ve Şiir, 185
Şiir Öldü, 188
Gönül, 191
Sanatın Kilosu, 194
Ah Bu Gönül Şarkıları, 197
Ses, Söz, Şiir, 200
Tanpınar ve Türküler, 203
Kuşlar, 206
Bülbülü Öldürmek, 209
Bülbül Nerede?, 211
Çiçekler, 214
Kaybolan Karanfil, 218
Buhûrumeryem, 221
Bu Toprağın Renkleri, Kokuları..., 224
Koku, 226
Açlık ve Susuzluk, 230
Bulanık Su, 233
Yaylalara Kıymayın, 236
Toprağa Dönelim, 240
Güç Kimde, 243
Kadınlar Haklı, 246
Bu Toprağın Kadınları, 249
Kayıp Çocuk, 254
Oyuncak, 259
Dostluk, 262

Bu yazılar, Yeni Şafak gazetesinde yirmi yıllık bir süre içinde yayımlandı.
Okurların bu hususu gözden uzak tutmamalarını rica ediyorum.

M.K.

VATAN

Ömrümü "Vatan-millet-Sakarya" diyerek, bazılarının müstehzi tebessümleri arasında geçirdim. Hâlâ aynı yerdeyim. (Bazıları "bıraktığımız yerde otluyorsun" diyebilir. Canları sağolsun.) Bu yazıyı bir ömrü uğruna tükettiğim "vatan" ne imiş acaba sorusuna cevap olur diye yazıyorum. Vatan elbette belirli anlaşmalar çerçevesinde çizilen sınırlar içinde kalan toprak parçasından ibaret değil. Bu sınırlar resmiyet ifade eder, tarih içinde çeşitli sebeplerle değişir. Ama mesela Kızılırmak değişmez. (İklimler değişiyor evladım, o da değişir diyenler olacak. Olsun bekleriz biz. Sabırlıyız.) Vatan efsaneler, masallar, destanlardır. (İşte bir yerinden başladım.) Nene Hatun, Deli Dumrul, Köroğlu'dur. Vatan coğrafyadır. (Bunu kavramak zor.) Yani Ağrı Dağı, Toroslar, Ilgaz, Seyhan, Van Gölü, Tortum Şelalesi, Anzer Yaylası, Göcek, Tosya, Ermenek, Çukurova, İstanbul Boğazı, Uludağ, Palandöken say babam say; yayladır-ormandır-ovadır-çaydır-pınardır. Bir ucu Vardar Ovası'nda, bir ucu Halep çarşısındadır. Vatan Dadaş'tır, Gaggoş'tur, Efe'dir; yiğitlik vurmakla-ağalık vermekledir.

Vatan *Mevlit*'tir, Itrî'nin tekbiridir, ezandır, minare ve kubbedir, sebildir. Vatan ilahidir, türküdür. Bir ucu Yemen'de bir ucu Estergon'dadır. Vatan Kur'an'dır, namazdır, cumadır, secdedir, duadır. Vatan sürülen topraktır, taze topraktan çıkan buğudur. Tıpkı fırından çıkan Vakfıkebir ekmeğinin buğusu gibidir. Vatan Diyarbakır karpuzu, otlu peynir, Pervari balı, Antep baklavası, Tatar böreği,

Selanik gevreği, Arapaşı, Çerkez Tavuğu, Babukko'dur.

Vatan kültür değildir, sadece dil, sadece müzik, sadece halk oyunu, sadece din, sadece bayrak, sadece sadaka taşı, sadece vergi, sadece milli gelir değildir. Vatan kişinin karnının doyduğu yer de olabilir gözyaşının aktığı yer de.

Bu sebeple Çanakkale Şehitleri, Sarıkamış, Sakarya, Mohaç, Niğbolu, İstanbul'un fethi, İstiklal Savaşı ve İstiklal Marşı vatandır. Vatanın tapusu şehitlerin mezar taşlarıdır.

Vatan sevmektir, benimsemektir, önemsemektir. Vatan mevcudun mânasıdır. Vatan ecdadın mirasıdır. Vatan nutuk değil vasiyettir. Hem vasiyet hem nasihattir. Vatan verilmiş sözdür. Söz namustur. Namusun ne olduğunu namussuzlardan başka herkes bilir.

Vatan Yunus'tur. Yunus Emre'dir, neden, çünkü vatan onun yokluğunda yerine koyacak bir şey bulamamaktır. Vatan dayanışma, paylaşma, adalet, şefkat, merhamet ve fazilettir. Vatana gösterilecek muamele hürmet-hizmet ve merhamettir. Vatan ahlâktır. Vatan tevazu ve kahramanlıktır.

Vatan Selimiye'dir, Hacı Ârif Bey'dir, Mevlana'dır. Vatan "bana ne!" diyemeyeceğiniz bir şeydir. Vatan bu dünyada ahiret için çalışılacak bir imtihan mekanıdır. Vatan kitaplar, kütüphaneler, âlimler, şeyhler, tekkeler, üniversiteler, taş-toprak-ağaç-kuş ve uçsuz bucaksız bozkırdır. Bozkırda esen rüzgârdır. Kangal iti, sürü, çoban ve kavaldır. Vatan Nemrut'ta batan güneş, İshakpaşa Sarayı'na dolan gün ışığıdır. Vatan Ayasofya, Hacı Bayram, Ak Şemseddin, Eyüp Sultan ve Hacı Bektaş'tır.

Vatan davul-zurnadır.

Vatan baş-bar, halay ve toprağa vurulan dizin izidir.

Vatan sadece kültür, sadece inanç, sadece hatıra, sadece ortak çıkar, sadece ülkü birliği falan değildir.

Vatan kandır. Gözün bebeğidir. Ayaktaki ferdir. Vatan genetik, botanik, fizik, kimya vb. gibidir. Ancak ölçüye tartıya gelmediği için sadece bunlarla belirlenemez. Vatan aynı anda hem maddî hem manevî bir varlıktır. Akıl ile kavraması zor, kalp ile sevilmesi kolaydır.

Başını secdeye koyduğun yerde hür ve müstakil olmaktır. Namazda makam, mevki, dil, ırk tanımaksızın aynı kıbleye yönelmektir. Vatan kardeşlik, vatan barıştır. Vatana kastedene karşı kelle koltukta savaşmaktır. Vatan namusu kadar; suyunu-toprağını-kurdunu-kuşunu-börtü böceğini kem gözlerden sakınmaktır. Vatan ne kalkınmaya feda edilir ne ilerlemeye; ne falan ideolojiye ne stratejik ortaklığa.

Vatan sevgilidir. Aslı'dır, Kerem'dir, Leyla ile Mecnun'dur. Vatanın fertleri bir tarağın dişleri gibidir. Vatan hemşehrilik, vatan komşuluk, vatan başını omzuna koyup ağlayacağın bir arkadaş, askerlik, vatan futbolculuk, doktorluk, hemşirelik, mühendisliktir.

Vatan kuş uçmaz-kervan geçmez köylerde dil bilmez çocuklara öğretmenliktir. Vatanı şairler şiire, bestekârlar musikiye, âlimler yazıya, ressamlar resme, fotoğrafçılar fotoğrafa nakşetmek ister.

Vatan bunlara sığmaz.

Vatan ancak vatan için atan bir kalbe sığar.

Yahu Mustafa Kutlu o kadar deştin o kadar karıştırdın, o kadar gevezelik ettin ki, vatanı çorbaya çevirdin yani.

Hay ağzına sağlık. Vatan zaten hastaya götürülen bir tas çorbadır. Vatanın hamasete ihtiyacı yoktur. Bunu ancak vatandan ayrılanlar anlar. Vatandan gayrısı gurbettir. Gurbette duyulan hasrettir. Bir tas çorbaya duyulan hasret.

Daha derine dalarsak vatan dahi bu dünya gibi bir gölgeliktir. O gölgelikte Cenab-ı Hakk'ın emri uyarınca bir nebze dinlenmektir.

Sonrası ebedî âlem.

Ebedî âleme imanımız tamdır.

Lakin mahiyeti meçhulümüzdür.

Yukarıdan beri sayageldiklerimizi sevmek milliyetçilik; onları muhafaza etmek muhafazakarlıktır. Bu iki kavram vatandan ayrılmaz. Sözlerimize burun kıvıranlara, "bunlar eskimiş şeyler" diyenlere ancak şunu söyleyebilirim: "Eskilerden kaç kişi kaldı." Yahya Kemal ile bitirelim:

Ölmek kaderde var, bize ürküntü vermiyor;
Lakin vatandan ayrılışın ızdırabı zor.

KARA TOPRAK

Olay Türkiye'de ulaşım imkânlarının yok denecek kadar kısıtlı olduğu bir dönemde geçmektedir. Delikanlı talim sırasında istirahat verilince bir köşeye çekilmekte, uzaklara dalmakta, ara-sıra içini geçirip "Ah memleket, ah!" demektedir.

Bir, iki derken bu durum komutanın dikkatini çeker ve gidip askerle konuşur: "Delikanlı, bakıyorum da sende acaip bir memleket hasreti var, sürekli içini çekip, köyünü sayıklıyorsun. Nerelisin sen?" Asker "Şu vilayetin, şu ilçesinin, şu köyündenim" diyor. Komutan: "Yahu bayağı merak ettim senin köyü, terhisten sonra gelmek-görmek isterim, beni misafir eder misin?" Asker sevinçle "Başım gözüm üzerine komutanım, sen yeter ki geliver" der.

Zaman geçer, çocuk terhis olur, mesele bir gün komutanın aklına düşer. Merak bu ya! Gidip şu köyü bir göreyim diyerek trene biner. Tren onu bir ıssız istasyona bırakır. Komutan bir kamyon kasasında, tozlu yollardan sarsıla sarsıla geçerek ilçeye gelir. Kahveye uğrayıp "Falan köye gideceğim, vasıta var mı?" diye sorar. Kahvedekiler "Komutanım vasıta yok. Siz bu gece burada kalın, yarın pazar kurulacak, o köyden gelenler olur, sizi onlara katar gönderiri, bu gece misafirimiz olun" derler. Komutan çaresiz geceyi ilçede geçirir. Ertesi gün pazarı gezer, o köyden gelmiş adamları bulur, onların katırlarından birine binerek dağlara doğru gider.

Mevsim yaz, hava dehşetli sıcak, komutan doğru-dürüst bir şey yememiş; onca yolun yorgunluğu üzerinde, sabredip dişini sıkarak, bu maceranın sonuna yaklaştığını düşünerek köye varır. Cami önünde gölgelenen ihtiyarlara askerin adını verir, onunla görüşmek istediğini söyler. Asker, ailesi ile beraber ekin biçmeye gitmiştir. Bu defa komutanı bir merkebe bindirirler, yanına bir çocuk katıp askerin tarlasına gönderirler.

Komutan artık iyicene bitkin vaziyettedir. Epeyce yol giderler. Etrafta ne bir dere, ne bir su, ne gölgeli bir ağaç, ne insan ne hayvan. Yukarıda mavi gök, aşağıda kara toprak.

Komutan içinden "Vay be!" der. "Delikanlının ah çekip aradığı buralarmış meğer. Kuş uçmaz kervan geçmez yerler, çıplak tepeler, kuru dereler. Buranın nesini özler bu çocuk?" diye düşünür. Derken ileride bir karaltı fark ederler. Karaltı bir kadındır. Kadın beline keçi kılından yapılmış bir urgan bağlamış, urganın ucunu kayalıktan aşağıya sarkıtmış, öylece asılmaktadır.

Komutan yaklaşır, merkepten iner "Kolay gelsin bacım, ben filan kişiyi arıyorum, nerededir?" diye sorar. Kadın işaretle urganın indiği uçurumu gösterir.

Komutan uçuruma kadar gider, bakar ki aşağıda ekili bir toprak parçası, epeyce eğimli, ekin biçen adam urgan olmasa, maazallah dengesini kaybetse dereye doğru yuvarlanıp gidebilir. Oradan askerin adını vererek seslenir. Asker orağı beline sokup dikilir, elini güneşe siper ederek yukarı bakar. Bakar ki komutanı gelmiş, gözlerine inanamaz. Hemen urgana tutuna tutuna yukarı çıkar, komutanın ellerine yapışıp öper.

Komutanı biçilip destelenmiş, üst üste konularak dairevi bir yığın yapılmış başakların gölgesine götürürler. Asker: "Komutanım, hele sen bir nefeslen, bir ayran iç, sonra konuşuruz" der. Kadın testiden ayran doldurur. Komutan kana kana içer. Bir bardak yetmez, bir daha içer. Komutan ömründe böyle güzel ayran içmemiştir.

Ferahlayıp sırtını buğday başaklarına dayar. Tam bu sırada çıkıp gelen kekik kokulu bir esinti komutanın bütün yorgunluğunu alır.

Sonra konuşmaya başlarlar. Komutan, "Evladım askerde iken içini çeke çeke özlediğin köy burası demek. Yahu sen buranın neresini seviyorsun? Çıplak tepeler, susuz dereler, ne ağaç var ne adam var, insan burada yokluktan, sıkıntıdan patlar be!" der.

Delikanlı yüz yaşına varmış bilge gibi biçilmiş tarlanın toprağını avuçlar, toprağı avucundan boşaltırken "Biz bu toprağa vurulmuşuz komutanım. Bunun kokusuna, otuna börtü böceğine. Vatan demişiz bir kere. Hani Âşık Veysel söyler ya, 'Benim sadık yarim kara topraktır' diye, işte onun gibi bir şey. Zor kazanır az yeriz. Allah'a şükrederiz. Kanaat en tükenmez hazine" der.

Toprak sevgisini rafa kaldıralı çok oldu. Kanaatı bırakıp tüketime koşuverdik. Zenginlik "gönül zenginliği" olmaktan çıktı. Refahın kalkınmanın, makine ve modern teknolojinin sihrine kapıldık. Artık yukarıda anlatılanlara ancak gülüp-geçilir oldu.

İyi mi oldu?

YÜZLEŞMENİN ADI

Mazisini redd-i miras etmiş bir milletin çocuklarıyız. Ders kitaplarında ve okullarda yıllarca Osmanlı'yı kötüledik. Padişahlar yan gelip yatmış memleketi geri bırakmıştı. Yazımız okunmaz, dilimiz anlaşılmazdı. Mimarî diye köhne-tahta evlerden başka bir şey yoktu. Müzik mıymıntı, heykel ve resim yasaktı. Medeniyetten bihaberdik.

Kendi geçmişini bu kadar aşağılamak doğrusu millete ağır gelmiştir. Hele yasaklar yüzünden dedesinin mezar taşını okuyamamak ne acı!

Bu neden böyle oldu, üzerinde çok yazılıp çizildi. Ama ne denilmiş: "Cihanda kalmasın Yarab hiçbir hakikat nihan."

Zaman sonra kıyısından köşesinden açılan dosyalar, evraklar, belgeler daha serinkanlı, daha hakşinas bir gözle değerlendirilmeye başlandı.

Ve görüldü ki mesele hiç de öyle değil.

Yüzleşmenin başlangıcı bu.

Karşımızda uzun, çok uzun bir tarih vardı ve bunun arşivi henüz açılmamış, tasnif edilmemişti. Hem kendi geçmişimizi merak, hem hakikat aşkı, hem bazı dış zorlamalar (Ermeni meselesi vb. gibi) amatör veya akademisyen araştırmacıları harekete geçirdi. Gerçek kendini kolay ele vermiyordu. Ne "Kızıl Sultan" ne "Ulu Hakan".

Yeni belgelere, yeni yorumlara ihtiyaç vardı. Yurt dışı arşivleri taranmaya başlandı.

Artık "ezber bozulmuş", tarih geri dönmüştü.

Kaderin cilvesi olarak kariyerlerini yurt dışında yapan bazı dünya çapında tarihçilerimiz (Halil İnalcık, Kemal Karpat vb.) yurda dönmüş, eserleri yayımlanmaya başlamış ve ses getirir olmuştu. Yeni kuşak tarihçiler arasında da donanımlı, sözü dinlenir olanlar (Msl: İlber Ortaylı) bilinenleri bir bir çürütüyordu.

Mesela "Matbaa bize geç geldi, bu sebeple geri kaldık" denince, İlber Bey, "Onun başka sebepleri var. Hem matbaa bize geç gelmedi, 15. asırda gayr-i müslimlerin matbaaları vardı" diye cevaplıyor; "Bizi geri bırakan ezberci eğitimdir" denilince; "Ne münasebet efendim, tahsilin esası ezbere dayanır" diyordu.

Redd-i miras bize neleri kaybettirdi?

Bunun hesabı sorulmaya başlandı. Yüzleşmenin gelişimi.

Sadece Topkapı Sarayı'na yapılanlara bakmak yetiyordu. Etrafına ve geniş bahçesine ne kadar ilgisiz bina yapılmış, saray ne kadar ihmal edilmişti. Şimdilerde (İlber Bey oraya müdür olunca) Sur-i Sultanî lüzumsuz binalardan kurtulmaya, eski ihtişamına kavuşmaya çalışıyor.

Eskiye ait ne varsa kıymete bindi.

O köhne-tahta konaklar restore ediliyor. Çeşmeler, camiler, sebiller, mescitler, medreseler elden geçiriliyor. Hatta "Sur içi"nde bazı bölgeler (Sultanahmet gibi) trafiğe kapatıldı.

Tarihle ilgili neşriyat inanılmaz biçimde arttı. Televizyonlarda tarih programları, tartışmaları yapılmaya başlandı. En önemlisi Anadolu'da her şehir, her belde kendi tarihini araştırmaya, bu yolda yayın yapmaya çalışıyor, dergiler çıkarıyor.

Ve geçen zamana yanıyoruz.

Ömrü uzun olsun ünlü tarihçi Semavi Eyice Millet Caddesi'nin açılması sırasında 174 tarihi eserin yıkıldığını, kendisinin buna şahit olduğunu söylüyor. Nasıl ağıt yakmayalım?

Hat sanatımız, ebrumuz, tezhibimiz canlanmaya başladı. Öyle ki bugün Taşkent'ten Fas'a kadar olan ülkelerde yeni bir cami yapıldığında, yazılarını yazmak için Türkiye'den hattat istiyorlar.

Sadece çiçekler için yazılan kitaplar (Şükûfe mecmuaları) üzerine yayın yapılıyor. Ve biz ecdadın nasıl bir zevk-i selim sahibi olduğunu yeni yeni anlıyoruz. Üsküdar kıyısındaki Şemsi Paşa Camii'nin en az Süleymaniye kadar kıymetli olduğunu yeni anlıyoruz.

Bu bir başlangıçtır. Yüzleşme sürecektir. Çünkü Osmanlı Arşivi'nin henüz onda biri tasnif edilmiştir. Bu arşiv olmaksızın ne kendi tarihimiz, ne Balkanlar, ne Kafkasya, ne İran, ne Ortadoğu hatta ne de Avrupa tarihi yazılabilir. Yazılır ama eksik kalır.

Tarih kolay yazılmaz. Hadiselere yeniden, yeniden, yeniden bakmak lazımdır. Ve yeri geldiğinde yanlıştan dönmek lazımdır. Tarih bize güç verir, güven verir, kendimizi ve ötekini tanıma imkânı verir. Doğru tarih olmaksızın söylenenler ya hamasi ifadeler ya da ideolojik hedefler taşır.

Tarih bize geleceği kurmada bir pusula, bir temel, bir vizyon kazandırır. Tarihle dalga geçilmez, intikamı acı olur.

İyi bir tarihçi olmak için siyaset, hukuk ve epeyce dil bilmek lazımdır. Yeni nesil tarihçilerimiz bunun bilincindedir.

Redd-i miras ettiğimiz maziyi eninde sonunda kabul edeceğiz. Çünkü onu yapanlar atalarımızdır. Ve bize, şimdilik öğrendiğimiz kadarıyla övünç vesilesi olacak eserler, isimler, hasılı bir medeniyet bırakmışlar.

Tarih geri döndü ve anlatmaya başladı.

Onu özgür bırakın anlatsın.

Ak koyun kara koyun ortaya çıksın.

KİR

Önce zihnimiz kirlendi, sonra kendimizden şüpheye düştük, ardından inançlarımızı sorgulamaya başladık. Bu geleneği ve ahlâkı yaraladı. Artık ortada bir "güven bunalımı" vardı. (Mağlupken ordu, yaslı dururken bütün vatan.)

Bunalımın aşılması için askeriyeden başlayarak Batı'yı örnek aldık ve onu taklit ettik. Bizde de bir seküler anlayış oluştu. Makina zafer üstüne zafer kazanıyordu. Bu bayrama bigane kalmak zordu. Bilim her şeye çare bulacaktı. Telaş etmeyin. 19. asır bilimcilerin dünyayı cennete çevirecekleri iddiası ile beslenmiş ve bu safsata insanlığı esir almıştır.

Ta ki I. Dünya Savaşı yaşanıncaya kadar. Anlaşıldı ki o bilimin, o makinaların, o buluşların gayesi dünyayı cennete çevirmek değil aksine cehenneme çevirmekmiş.

Medenî ülkeler bu dönemde birbirlerini yediler. Tuhaftır birbirlerini yerken Afrika'ya yamyam diyorlardı.

Bu ne biçim sarhoşluktur, kibirdir, aymazlıktır.

Bazıları karşı taarruza geçti. Artık bırakın bu materyalist görüşleri. Tuttuğunuz yol insanı tüketmekten başka şeye yaramıyor, hâlbuki "ruh" var. Ruhun ilahi sesine, çağrısına uyun ve birbirinizle barışın dediler.

Kim dinler?

Cin şişeden çıktı derler.

20. asrın firavunları bir bomba ile bir şehri mahvetmeye adamıştı kendini. Kendi putlarını yaptılar ve ona taptılar.

II. Dünya Harbi şu yaşlı dünyanın gördüğü en büyük kabustur. Yapılan her şey yıkıldı, tüm tezler suya düştü, hayatın mânası kayboldu. Egzistansiyalizm boşuna doğmadı.

Çıldırmamak için hayata, insana, dünyaya bir mâna vermek lazım değil mi?

Veremediler.

Ve duyulan "bunalım" sonucu her şey şeklini ve mânasını kaybetti.

Yani saçma, yani absürd.

Dil, din, medeniyet, sanat. Yıkılmalı hepsi, cehennemi boylamalı.

Yıkıldı hepsi; ama yoldan sapan, bu teknolojik medeniyetin esiri olmuş insan makinadan vazgeçmedi.

Bir zehir icat ediliyor, peşine panzehirin bulunduğu söyleniyordu. (Akıl alacak gibi değil ama, önce bir ilaç yapılıyor, sonra bu ilaca uygun hastalık icat ediliyor. Yani önce füze sonra füze kalkanı.) Yalan her yanı kapladı. İlâhî bağını koparan ve "özgür" olduğunu söyleyen insan, kendi sapık ahlâkına bağlandı.

Kâr için her şey mübah.

Aralarında anlaşıp savaşları uzaklara taşıdılar. Doğal kaynaklara sahip olma yarışı tüm hızıyla sürdü.

Hakimiyetin ilacı yeni teknolojiler üretmekten geçiyordu.

Mesela iletişim teknolojileri.

Görsel medya yazılı medyayı tahtından indirdi.

Sanal medya, sosyal medya bir hayalet gibi aramıza girdi. Öyle bir gaz saldı ki ortalığa, göz gözü görmez oldu.

Ne demokrasi, ne özgürlükler, ne hukuk ne mahremiyet hiçbir kutsal, hiçbir değer kalmadı.

İnsanoğlu bir kez daha yaptığı putun kurbanı olmuştu.

Şimdi geldik zurnanın "zırt" dediği yere.

Herkesin ağzında aynı laf: "Dünya, hayat, insan hiçbir zaman bu kadar kirlenmemişti."

Aslında söylenenin "tüfek icat oldu mertlik bozuldu." lafından farkı yok. İnternet ışık hızı ile yayıldı. Sosyal Medya şirketleri iletişimi satmaya başladı. Uydular, böcekler, türlü âletler yatak odamızı dinliyor; sözler-kararlar-sırlar-mahrem bilgiler ortalarda geziniyordu.

Bu hani diyorlar ya "sözün bittiği yer".

Elbette öyle.

Çünkü söz zaten çoktandır âletlerin elinde.

Bu âletler olmasaydı "söz ayağa düşmeyecekti". (Zaten salak bir gülümseme ile birbirimize şöyle diyoruz. Yahu şu cep telefonu olmadığı zamanlar biz ne yapıyorduk.)

Bana bu âletlerin masum olduğunu söylemeye kalkmayın.

Onların kimyasal, nükleer silahlardan farkı yok. Hükümet kuran, hükümet yıkan kasetler var.

Ortada bir iletişim savaşı var.

Hangi ahlâktan bahsedeceksiniz? Kime neyi yasaklayacaksınız? Âlet yasak dinlemez. Şirket hiç dinlemez. (Sakın bana düğmenin insan elinde olduğunu söylemeyin. Bu tez modern teknolojiye sökmez.)

Az sonra siz de oyuna girer ve oyunun kurallarını kabul edersiniz.

Ne diyor reklam:

"Kirlenmek güzeldir."

Mübarek olsun!

ANAHTAR

"Devlet kapısına bir anahtar uydur yeter." sözü ne zaman ortaya çıktıysa biz o zaman "alınteri"ni unuttuk. Sadece alınterini mi? Kanaati, sabrı, şükrü de unuttuk. Açıkçası başka bir ahlâkı benimsedik. Hatta itikadımız zedelendi bile denebilir.

Nasıl zedelenmesin?

Devlet kapısına yazılanlar sabahtan akşama üç beş evrak ile uğraşıyor, sırt üstü yatıyor, tıkır tıkır maaşlarını alıyordu. (Böyle bir batıl inanç vardı.)

Bu anlayış sonraları daha beter bir hâl aldı. Adam işini tarif ederken şöyle diyor: "Arkadaş öyle bir iş buldum ki sorma. Sabahtan akşama yatıyorum, parmağımı kıpırdatmıyorum, maaşımı alıyorum." Ötekilerin ağzını sulandıran "ideal iş" tarifi buraya geldi.

Devletliler devleti soyarken ötekilerin eli armut toplayacak değil ya, onlar da havadan para kazanmanın yolunu buldular ve bir "çete" kurdular. Her sokaktan bir çete fışkırmasının bir sebebi de budur.

Eskiden, diyelim elli yıl önce, Anadolu'nun pek çok kentinde, evlerin avlusunda "tandır evi" vardı ve ekmek tandırda pişerdi. Biz çocuklar tandır ekmeğinin kalın ve kuru olan kenarları yemez, ortadaki yumuşak kısma saldırırdık.

Rahmetli ninem bu yenmeyen ekmek kenarlarını toplar, bir geniş bakır sahana yığar, üstüne de bol soğan-domates-biraz yağ ve bir yumurtadan oluşturduğu biberli suyu gezdirip "tirit" yapardı. Tiridi de iştah ve zevkle yerdik. Bunun bir adı "kanaat" öteki adı "iktisattır".

Birileri "Ulan bizi tiride mi mahkûm etmek istiyorsun, eller aya giderken." diye küçümseyebilir.

İyi, onlar gitsin kahvede pineklesin, sürekli şikâyet etsin.

Köyler boşalmadan, şehirler dolmadan önce toprak kıymetli idi. Bir karış toprak için kavga ediliyordu. Dedelerimiz iki dönüm tarla açmak için taşlı-kayalı yamaçları kazmış, taşından temizlemiş, oraya ya ağaç dikmiş, ya tarla yapmış. Şimdi bırakın o tarlaları, düz araziyi terk eden köylüler şehre koşuyor.

Efendim oraların üretimi nüfusu beslemiyormuş. Eskiden nasıl besliyordu? Nüfus azdı da ondan. Hayır kanaat, şükür ve sabır vardı. Kimse ayağını yorganından bir metre dışarı salmıyordu. Nohut oda-bakla sofada yaşıyor, ikiyüz metre karelik daire istemiyordu.

Zenginlik gönül zenginliği idi.

Bu sebeple bizim burjuvamız yoktur.

Aristokrasimiz de yoktur. Ahlâk sahibi olanlar asaletli sayılırdı. Ahlâkı düşük olan isterse han-hamam sahibi olsun makbul sayılmazdı.

Değişen budur.

Bu sebeple Mustafa Özel'e ithafen "Akıllıyım diyorsun, niçin zengin değilsin?" başlıklı bir yazı yazmıştım.

Tüketim ekonomisi zenginlikte sınır tanımaz. Tıpkı Kapitalizm'in kâra doymaması gibi. Bu yüzden siz "açgözlü" adama ne kadar mal verirseniz verin yine gözü başkasının malında olur. Doymaz. Nefis dediğin şey böyledir, doymak bilmez. Nefsinin esiri olan doymadığı için soymaya, soygunculuktan işgalciliğe, bunun sonucu savaşa gider. Bu tüketim (kalkınma-ilerleme) anlayışının önünü alamazsınız. Bu yola giren bir daha çıkamaz. Dünya (küresel sermaye) bu yola girmiştir. Bu zihniyeti taşır. Dolayısıyla insanlık çıkmazdadır.

Bizim yapacağımız iş "zihniyet devrimi"dir. Yani açıkçası yeniden "ahlâk"a dönmek.

Türkiye zengin bir ülkedir. Nüfusunun on katını besler. Yeter ki "adalet" olsun, kimse havadan para kazanmasın. Düzenin anahtarı "alınteri" olmalıdır. Yani "kaliteye prim".

İşim yok diyen, yıllardır boş yatan tarlasını sürsün. Devlet devletçiliğini göstersin. O kişinin o tarladan kendini doyuracak verimi alması için ne gerekiyorsa onu yapsın.

Sevindirici olan şudur: Türkiye yeniden yüzünü tarıma döndürmüştür. Yetersiz de olsa bu yolda yürümektedir. Hele o boş yatan tarlalar bol ürün vermeye başlasın, bu ürün ihracata yönelsin bakın o zaman nasıl şehirlerden köylere doğru bir akın başlayacak. İstihdamın, işsizliğin en tesirli ilacı budur.

Bu arada bizi bekleyen tehlike şudur: Verimli arazilerin (ve kredilerin) büyük şirketlerin eline geçmesi; vatandaşın kendi toprağında ırgat olmasıdır. Tarımda tekelleşmeye, kapitalist tarıma izin verilmemeli, vatandaşı kendi toprağının hem işçisi hem işvereni kılmalıdır. Vatandaşa bir güven gelmelidir. Bu güven adalet ile olur. Adaletin nasıl tecelli edeceği meclisteki tartışmalardan bellidir. Bir adım daha ileri gidip meseleyi kökten halletmek lazımdır. Anahtar şudur: Bütün güç odakları, işveren ve işçi kuruluşları, partiler, ordu, Kürtler söz hakkı olan kim varsa oturup "Yeni ve sivil bir anayasa" yapmalıdır. Bu iş zor, hatta mümkün değil diyenler olabilir. Ee, oyuna giren kol sallar, zafer biraz da hasar ister.

LÜKS

Tasavvufî hayatın pek çok kaidesi yanında şu üç prensibi dikkat çeker: Az yiyeceksin, az konuşacaksın, az uyuyacaksın.

Bu prensipleri çağımız şartlarını gözeterek ancak şu kadar gevşetebiliriz: Gerektiği kadar yiyecek, gerektiği kadar konuşacak, gerektiği kadar uyuyacaksın. Lakin günümüz insanı herhangi bir disipline teslim olmayı özgürlüğüne vurulan kelepçe sanıyor. Onun özgürlükten anladığı şey "nefsin özgürlüğü"dür. Dramatik olan da budur. Çünkü nefis "doymaz". Nefsin bu "doymak bilmez" yapısını keşfeden Kapitalizm insanın yumuşak karnına her geçen devirde yeni darbeler indirdi. Bunun için bilimi, teknolojiyi, sanatı, siyaseti, sporu, aklınıza ne gelirse onu kullandı. Sonunda "tüketim ekonomisi" bütün dünyaya hâkim oldu. Artık bir "Şehir ahalisi" türemiş idi. İsmet Özel "Dişlerimiz arasındaki ceset" isimli şiiri ile bu oluşumu harika mısralarla dile getirmektedir:

"Biz şehir ahalisi, Kara Şemsiyeliler!
Kapçıklar! Evraklılar! Örtü Severler!
Çığlıklardan çadır yapmak şanı bizdedir.
Bizimdir yerlere tükürülmeyen yerler

Nezaketten, haklılardan yanayızdır hepimiz
Sevinmemiz çapkıncadır, ağlatır bizi küpeşteler
Yaşamak deriz –Oh, dear– ne kadar tekdüze
Katliamlar ne kötü be birader

Güneş neredeysek orada bulur bizi
Ya cünüp ve yalancı veya miskin ve ülser
Falımız neyse çıksın diye açarız indeksleri
Sayılar bizi bulur, o ayıp işaretler

Soframızla kesemizi birleştiren anatomi bilgisi
Hadım tarih, kundakçı matematik, geri kafalı gramer
Evet bunlar gizlice örgütlenerek alnımıza
Verem Olmak Üretimi Düşürür ibaresini çizer."

Bu şiiri okuduktan sonra bol sayfalı bir gazete alın. Kırk-elli sayfa olsun. Yarısından çoğunda tam sayfa olarak lüks konut ilanlarını göreceksiniz. En acıklısı ortasından Boğaz'a benzer bir su geçen sitedir. Orada oturanlar güya kendilerini Boğaz'daymış gibi hissedecekler. Bu aldanış, bu sanal hayat insanoğlunu esir etmiştir. Her zümre ve tabaka üzerine bomba gibi yağan "lüks tüketim" yağmuru altındadır. Birinden kaçsa ötekine yakalanır.

Oysa müslümanların ölçüsü "azla yetinmek, kanaat sahibi olmak ve şükretmektir". Fazlasının ne zararı var diyenlere cevabım şudur: Fazlasının zararı yok faydası vardır. İnşallah muhtaçlara dağıtırsınız.

Gazetelerin yazdığına göre "Lüks Pazar" bir trilyon euro'ya ulaşmış. Bu pazarda artık Türkiye'nin de adı anılıyor.

Sevinmeli miyiz?

Gazete şöyle diyor: The Boston Consulting Group (BCG)'un hazırladığı "Lüksün yeni dünyası" raporuna göre dünya lüks tüketim pazarı 2010 yılında bir trilyon euro'luk büyüklüğe ulaştı.

Lüks tüketim küresel krizin etkisiyle gelişmekte olan ülkelere kayıyormuş. Bunlar arasında Çin, Rusya ve Türkiye de varmış.Bu haber bizim için "utanç verici"dir. Ülkemiz gelirinin yüzde kırk yedisine yukarıdaki yüzde yirmilik kesim el koyuyor. En altta kalan %20'lik kesim ise %5,8 pay alıyor.

Açıkçası zengin ile fakir arasındaki uçurum gittikçe açılıyor. Evet millî gelirde bir artış var, makro planda ekonomi iyi diyorlar ama bu ferahlık aşağıya yansımıyor. Açlık sınırında, yoksulluk sınırında yaşayanların yekunu neredeyse nüfusun yarısını oluşturuyor.

Durum bu merkezde iken Türkiye'nin "lüks tüketim"e kayması hangi adalete sığar. Bölgelerarası gelişme henüz bir netice vermedi. Göç sürüyor. Ülke insanı istikbale güvenle bakamıyor. Hâlbuki bu topraklar zengin. Ülkemiz mevcut nüfusun üç-dört katını besler. Ama biz yanlış yoldayız.

Kayserili bir arkadaş şöyle diyor: "Artık bizim orda evlenecek kızlar iki yüz metrekare olmayan daireleri beğenmiyor." İnşaatçılar bu sebeple daireleri 200-250 metrekare yapıyorlarmış.

İnsaf yani.

Nohut oda-bakla sofada yaşayan dede ve ninelerimiz sefalet içinde miydi? Nedir bu gösteriş merakı? Nedir bu ayağını yorganından bir metre dışarı çıkarmak. Hz. Peygamber "orta yolu" tavsiye etmiştir. İsraf haramdır. Kısacası "lüks bize ters" arkadaşlar. Tez bu yoldan dönelim. Kapitalizm'in tekerine çöp sokmanın ilk şartı budur.

Alın lüksünüzü başınıza çalın!

BAŞKA BİR DÜNYA

Sıkıcı olacak ama önce bilinenleri tekrar edelim. Modern teknoloji ile kapitalist ideoloji birbirini besleyerek dünyayı küçük bir köye çevirdi. Köy deyişimiz laf ola beri gele.

Bu dünya görüşünün hedefi kâr. Sürekli kâr.

Büyüme. Sürekli büyüme. (Bir de arada balans ayarı için "sürdürülebilir büyüme" gibi tuhaf sözler var.) Sermayenin semirmesi. Sürekli semirmesi. Obez sermaye olması. Ve bir yandan bu çarkın dönmesi için tüketim. Sürekli tüketim. Alabildiğine tüketim.

Bu gidişatın adı düpedüz dünyayı ve beraberinde insanı bitirmek, yok etmektir. Gönüllü intihar. Ama çarklar böyle kurulmuş, sistem böyle işliyor, böyle istiyor. Saatli bombanın tiktakları durmuyor. Duramaz. Durmamalı diye hipnotize olmuş gibi ezberimizi tekrar edip duruyoruz.

Bu düzen dünyanın zengin, güçlü, silahlı, zalim ve fakat küçük bir azınlığının çıkarına hizmet etmektedir.

Bu zenginler arada bir toplanır, düzenin devamı için kararlar alır. Düzen kendini demokratik ilan ettiği için (Çok bulanık bir kavramdır bu demokrasi. Beraberinde insan hakları ve ilaveten sivil toplum.) demokrasi icabı bir de muhalefete ihtiyaç vardır. (Tıpkı "yeşil hareket" gibi.) Eh, bir muhalefete ihtiyaç varsa; iktidar onu da dizayn eder. Bu düzenlemenin inandırıcı olması için muhaliflerin gerçekten muhalefet ettiklerine inanmaları gerekir. Ve tabii bir hareket alanı, bir manifesto, bir protesto.

Anarşistlerden eşcinsellere kadar rengârenk, eğlenceli, zaman zaman agresif muhalefet; zenginlerin toplantı yer ve zamanını bildiği için oraya akın eder...

Bağırır, çağırır, bayrak sallar, polisle çatışır, muhalif kimliğini ve sloganlarını haykırır.

Nuray Mert İngiltere'deki toplantıyı gözlemlemişti. Dönüşünde kendisine sordum. Bu muhalefetin fikri, filozofu, teorisi, manifestosu, kitabı, örgütü vb. var mı? Yoksa yapılanlar bir şenlikten mi ibaret?

Hayır şenlik değil, bunlar bayağı muhalif. Ancak ellerinde sadece bir slogan var. O da şu: Başka bir dünya mümkün. İyi de bu dünyayı imkân dahiline getirecek, kuvveden fiile çıkaracak, sloganın altını dolduracak bir düşünce gelişmiş mi?

Yok.

Sadece slogan.

Olsun. O da işe yarıyor. Bakınız nasıl yarıyor. Yakışıklı devrimci Che'nin fotoğrafları nasıl gömlekleri, fanilaları süslüyorsa; bizim reklamcılar da bu sloganı ev satmak için kullanmışlar.

Sizin için "Başka bir dünya kuruyoruz." diyorlar.

Birkaç yıldır ekonominin lokomotifi ilan edilen inşaat sektörü aldı başını gidiyor.

Nereye? Şehrin civarında mutena mekânlara.

Bir gazete alın açın, sayfaların neredeyse yarısında, yarım sayfa, tam sayfa lüks konut reklamlarına, site ilanlarına, onların bilgisayar marifeti ile cennet bahçelerine çevrilmiş fotoğraflarına rastlayacaksınız.

Hemen hepsi belli bir hayat tarzının reklamını yapıyor. Orman içinde harika bir mekân. Mekâna kurulmuş suni bir göl. Gölde balıklar, ördekler, kamışlar. Göl kıyısında gezinti yolları. Bu yollar orman içine doğru uzanıyor. Site etrafında bisiklet parkuru. Çocuk oyun alanları. Tenis kortları, basketbol sahası, mini futbol sahası. Yüzme havuzları, açık ve kapalı fitness. Masaj. Sauna. Aroma terapi. Squash. Market. Restoran.

Akıllı binalar, güvenlik sistemi. Bazı sitelerin etrafı duvarla çevrili.

Halktan ve hayattan tecrit edilmiş bir yaşam biçimi. Ne sokak var ne mahalle. Güvenlik içinde, mutlu bir yuva. Ne diyebiliriz ki?

Yaşasın parası olanlar.

Ya parası olmayanlar?

Onlar havasını alır. Hava bedava. Ayrıca merak etmesinler, onlar için dünyanın her yerinde ve ülkemizde sosyal projeler geliştiriliyor, uygulanıyor. Ne de olsa onlar da insan. Merak etmeyin küresel teori bilimle el ele verip her zorluğu yener. İnanın!

KIRK KATIR İLE KIRK SATIR

En tehlikeli olan şey insanları (devletleri, milletleri) şirketlerin yönetmesidir.

Şirket bir mekanizmadır. Bana sorarsanız bir makine, bir robottur. Ama bir kere kurulup, programlandıktan sonra kurucularını da dinlemez, gerektiğinde onları da ezip geçer.

Günümüzün şirketleri sürekli büyümeye, sürekli kâra programlanmışlardır. (Bendeki saflığa bakın, başka bir şeye bağlanan başka hedefleri olan, ulvi işler ile uğraşan şirket mi olur?) Sürekli sermaye artışı, sürekli hegemonya, sürekli ve mutlak güç peşindedirler. Bunun için küresel de olurlar, millî de olurlar, sağcı da olurlar, solcu da olurlar, dindar veya dinsiz de olurlar. Elbette ki esasen liberaldirler. Sakın ola ki "Yahu bu bir şirkettir, bunun saydığın sıfatlarla ne ilgisi olabilir?" demeyin. Günümüzde bir masanın, bir kıravatın, hatta bir kuşun dahi böyle sıfatları var. Şahinler ile güvercinler yeter sanırım.

İnsanın temel ihtiyaçlarının başında beslenme geliyor. Beslenme (gıda) alanında tabiatla savaşan zihniyet, sulak alanları kurutarak, tabii göllerden su çekerek, temiz su kaynaklarını kirleterek sürekli büyüyen üretim artışları yaptı; bununla da yetinmeyip gıdaların genleri ile oynamaya başladı. Zaten uzun zamandan beri fazla verim almak için kullandığı ilaçlar-gübreler ile toprağı zehirleyip duruyordu. Bu zehirden insanlar, hayvanlar, bitkiler de nasibini aldı, hastalıklar arttı, bazı türler yok oldu, toprak çöle döndü. Derken bu hengamenin ötesinde kalan "redciler" küçük ölçekli de olsa "geleneksel tarıma" dönüp "organik" üretim yapmaya başladılar.

"Sağlıklı yaşamı"ı put hâline getiren sektör, bu alana gösterilen ilgiye ilgisiz kalamazdı. Hem "sürdürülebilir" aldatmacası ile mevcut sanayii muhafaza edip artıracaksın, konfordan vazgeçmeyeceksin, hem sağlıklı kalacaksın. Nerede o pırasanın bolluğu? Şurada: Organik tarım. Organik gıda.

Köylü bunu küçük ölçekli olarak yapıyordu ama rantabl değildi. Doksanlarda bu iş devlet kontrolüne girdi "sertifika" sistemi getirildi. Denetimler maliyeti artırdı ve üretim köylü için pahalı olmaya başladı. Küçük üretim, küçük dükkan, global dünya ve küresel sermaye için uygun değildi.

Süpermarketler, perakendeci zincirleri derhâl devreye girdi. Çiftçiye dayatma başladı: "Eğer işini sürdürmek istiyorsan bize katılmalısın." Yani açıkcası "malını bize sat, yoksa elinde kalır". Horlanan, küçümsenen, neredeyse kökü kesilen köylü peşin parayı görünce havalara uçtu. Şirketlerin "kaba gücü" bir kez daha devreye girmiş; boğazımızdan geçecek bir lokma "sağlıklı" gıdaya müdahale eder olmuştu.

Türkiye'de başta kuru üzüm ve kuru incir olmak üzere Avrupa'dan gelen talebe yönelik ihracat yapılıyordu. Ancak günümüzde organik ürünlere yüzde 4-5 iç talep var. Bu ileride artacak, artık bilinen bir şey.

Şirketler devreye girip (kent kökenli şahıslar ve şirketler) bu işi çiftçinin elinden almaya aday oldu. Kırsalda binlerce dönüm arazi kapatıp orada "organik tarım" yapacaklar.

Denetim ve pazarlama onların tekelindedir. Süpermarketlerde lüks ambalajlar içinde satılan mallar bizi bekliyor.

Ama bu mallara nasıl güvenebiliriz?

Şirketlere güvendiğimiz kadar!

Hayır, biz bunu istemiyoruz, köylü küçük üretimine devam etsin, biz pazarda yüzyüze alışveriş ile malımızı alalım, diyemeyeceksiniz. (Boynunuzu büküp teslim bayrağını çekmeyin; bu çağda bu iş olmaz demeyin, sisteme hemen teslim olmayın.)

Çünkü şirket bundan böyle malı tarlada, bahçede kapatacak. Neden?

Şu sebeple: Günümüzde büyük olan, güçlü olan, küresel olanın sözü geçer. Ne diyorsa o! Bu duruma isyan edeceklerin yapacağı tek şey var: Köye yerleşip kendi üretimini kendi yapmak.

Olacak şey mi yani?

Eee..... Çağımızın kuralı bu: Ya kırk katır ya kırk satır.

Aklınız keserse...

PİYASA

Piyasa kelimesi dilimize İtalyancadan girmiş. MEB'in "Örnekleriyle Türkçe Sözlük" (2000) adlı lügatında kelimeye şu karşılıklar veriliyor: 1. Satıcıların mal satmak için biraraya geldikleri yer, pazar. 2. Alış-veriş fiyatı. Geçerli fiyat, rayiç. 3. Bir yol üzerinde gidip-gelmek, gezinmek. Lügatte bu mânaya örnek olsun diye Orhan Veli'nin meşhur şiiri veriliyor:

"Aldırma söz olur diye
Tak takıştır
Sür sürüştür
İnadına gel
Piyasa vakti
Muhallebiciye."

O devirde sevgililerin buluşma mahalleri "muhallebici"lerdi. Şimdi kalmadı. Hatta ben şimdi "su muhallebisi" nedir, yediniz mi hiç, diye sorsam çoğu okur haberdar olmadığını söyler. Bilhassa gençler.

"Bir yol üzerinde gidip-gelerek gezinmek" ne zaman moda olmuştur? Sanıyorum bu bize Tanzimat'tan sonra sayıları artan yabancı elçilik mensuplarının hatıra bıraktıkları bir alışkanlıktır.

Bu elçilikler bilhassa Boğaz'ın Rumeli yakasında kendi mimarî üslupları ile güzel binalar yaptılar, geniş araziler edindiler. İkindi üzeri elçilik mensupları atlı, arabalı veya yaya olarak kadın-erkek Büyükdere Caddesi'ne çıkar, bir aşağı, bir yukarı gezinirlermiş. Zamanla bizim elçilik mensuplarına yakın duran bürokratlarımız da bunlara karışmış. Bu gezintiler sırasında muaşaka mevzuu önde geliyormuş. Ki daha sonraları caddenin adı "Piyasa Caddesi" olmuştur, sanırım bugün hâlâ öyledir.

Kelimenin 4. mânası "Arz ve talebin karşılaştığı yer". Şimdi bunu yukarıya aldığımız sahne ile birleştirin. Ortaya nasıl bir tablo çıkıyor göreceksiniz.

Eh, ne diyelim alan razı, satan razı. Yani bir yerde piyasa oluşmuş ise söylenecek fazla bir şey yok. Yok, çünkü kelime ile iktisadî mânada pek çok şey ifade ediliyor.

Piyasa ekonomisi: Üretimin bir plana göre değil, isteğe göre yapıldığı (Halkın isteği mi acaba?), fiyatların arz ve talebe göre tespit edildiği ekonomi. Eğer böyle bir ekonomik düzenden yana iseniz, bunu tatbik etmeye çalışıyorsanız, gereklerini yerine getirmek zorundasınız.

Piyasaya çıkmak: 1. Gezintiye çıkmak (Yukarıda izah edilen mânası ile). 2. Satışa sunulmak, pazara gelmek (Kitap ve benzeri kültür ürünleri dahil).

Piyasaya düşmek: 1. Çok bulunur olmak. Bu sebeple değeri düşmek. 2. (Kadın için) Kötü yola düşmek (Bakın burada olumsuz bir mâna barınıyor; tüm piyasa ekonomisinden yana olanlara duyurulur).

Piyasa müziği: Sanat değeri olmayan, sırf para kazanmak için yapılan müzik. Bakın "piyasa" kelimesi bir kalite eksikliğini, sıradanlığı, hatta işe yaramazlığı da barındırıyor.

Piyasaya sürmek: Bir malı satışa sunmak, piyasaya (pazara) çıkarmak.

Son yıllarda ülkemizde kültür ürünlerinin "popüler olan" (çok satılan demek herhâlde) çerçevesinde piyasayı belirlemesi üzerine "has edebiyat, has kültür" taraftarları homurdanmaya başladı. "Edebiyatımı Geri İstiyorum" adlı kitap bile yazıldı. Kültür ve edebiyatı "yüce" mânası ile benimseyenler bu ucuzlamanın, kalite düşüklüğünün, niceliğin egemen oluşunun karşısında karamsarlığa kapıldılar.

Bir yanda takıp takıştırıp, sürüp sürüştürüp piyasaya çıkmak var, bir yanda olup bitenlere uzaktan bakmak. Öyle ya ne diyordu tarifimiz: Piyasa ekonomisi arz ile talebe göre oluşur. Hem bunu kabul etmek hem de mızıkçılık çıkarmak yakışık almaz. Bir mücadele gerekiyorsa bu önce piyasa ekonomisine-kapitalizme karşı verilmelidir.

Aklımda kalan tek Farsça beyit ile kendi tercihimi açıklayayım:

"Be derya der menafi bî-şumarest
Eger hâhı selâmet der kenarest."

Okyanusta çok fayda vardır. Ama asıl fayda kenarda durmaktadır.

(Eğer yanlış yazdım, yanlış açıkladıysam, dil bilenler beni affetsin.)

Cemil Meriç'in *Kültürden İrfana* adlı bir eseri vardır. Bizim için "irfanî" olan esastır. Ötesi lâf u güzaf.

AHLÂK OLMADAN ASLA

Bilmem dikkatinizi çekiyor mu; etik kelimesi günlük dilden (yazı ve konuşma) ahlâk kelimesini neredeyse kovdu, çıkardı. Neden acaba?

Öküz altında buzağı aramadan ilk ağızda şunlar söylenebilir: Ülkedeki yabancı dil hayranlık ve hakimiyeti; sözü etkili kılmak için cümle aralarına serpiştirilen yabancı kelime düşkünlüğü bunu tetiklemiş olabilir. Böyle prestiji olan (bakın ben dahi kullandım, yerli yerinde) binlerce kelime var: "Risk" gibi "finans" gibi vb.

Dil bahsine dalmadan konuya dönelim. İkinci sebep ve bence asıl sebep ahlâkın din çağrışımlı olmasındandır. Konuşanlar ve yazanlar nedense bundan uzak duruyor, güya nötr bir söylemi tercih ediyorlar.

Öyle ya ahlâk denilince (bilhassa ülkemizde) Allah, peygamber, cennet-cehennem peşi sıra gelecektir.

Etik, bir hamlede bunları saf dışı ediyor ve aslında daha da önemlisi pek de anlaşılmadan muğlak bir ifade getirerek işi yumuşatıyor.

O kadar yumuşatıyor ve hatta eğip-büküyor ki; bazı Türkçe fukaraları "şık" mânasına dahi kullanıyorlar. Misal: "Başkanın yerinden kalkıp olaya müdahalesi hiç etik olmadı."

Ahlâk-etik münasebetinden asıl anlatmak istediğimiz konuya geçiş yapabiliriz.

Dünyada öteden beri uygulanarak zengin ülkeleri daha zengin, fakir ülkeleri daha fakir yapan şey (liberalizm-kapitalizm) piyasa ekonomisi değil midir?

Osmanlı'da iktisat (ilm-i tedbir-i menzil) esasen kanaat ekonomisine dayanmakta, ihtiyaca göre üretimi hedeflemekte, tüketimi (aşırısına israf denilir ki haramdır) belli bir seviyede tutarak, hayır-hasenatı teşvik etmekte idi. İthalat serbest, ihracat neredeyse yasaktı. Bu sistem seçimi, bu oluşum sermaye temerküzünü engellemiş; engellenemediği bazı durumlarda müsadere yoluna dahi gidilmiştir. Zengin-fakir farkı sınıf ayrımlarına, gelir uçurumlarına ulaşmamıştır.

Dini-ahlâkî bir endişenin sonucudur bu (Altın ve gümüş bazılarınızın elinde birikmesin).

Osmanlı kendi yolunu zaruretler icabı terk edip Frenk usullerini benimsemeye başladığında (Biri adaleti öteki sömürüyü esas alır.) iktisat ilminin karşılığı olarak "ilm-i servet" tabiri kullanılmaya başlandı (Msl: Münif Paşa). Kanaat sahibi olmak, hedeften düştü; yerine servet sahibi olmak geçti. Açıkcası şudur: Biz de Avrupalı gibi önce bir servet sahibi olalım, bunu nasıl kullanacağımızı sonra düşünürüz. Bilmiyorlar ki sermaye sürekli büyümek, kâr sürekli artmak zorundadır.

Ama geç kalmışlardı ve din (ahlâk) hâlâ ayak bağı olmakta direniyordu.

Sosyalistlerin meselesi yoksulluğu yok etmekten önce proletarya iktidarını gerçekleştirmekti. Olmadı. Piyasanın diktası yerine bürokrasinin diktası geçti.

Şimdilerde kapitalist veya sosyalist iktisadî görüşlerin, uygulamaların yoksulluğa çare olamadığı söyleniyor ve bu işi sadece ahlâkın çözeceğine inanılıyormuş (!).

"Çağdaş sosyal demokratlar" aile değerlerini, cemaat değerlerini, hayır faaliyetlerini, gönüllü kuruluşları önemsiyorlarmış. Bunlar aracılığı ile yoksulluğu yenmeye bayağı niyetlenmişler.

Güzel. Kermesler düzenlesinler, Afrikalı açlar için konserler tertip etsinler, vicdanlarını teskin etsinler.

Ama Sudan'ın petrol sahaları için iş Çin ile kapışmaya geldiğinde neye şahit olacağız, bekleyelim-görelim.

İsrail-Lübnan-Filistin savaşında dünyaya nizamat vermek için demokratik cephenin teşkil ettiği BM'nin ne duruma düştüğünü hep beraber izledik. Arap Birliği ve İKÖ de buna dahildir.

Evet. Aynı fikirdeyiz. Ahlâk olmadan asla! Ne yoksulluk biter ne zulüm. Lakin hangi ahlâk?

Allah'a, ahirete, hesap gününe inanmayan bir ahlâk olabilir mi? Veya bir etik.

Olursa neye yarar?

UYGARLIK

Âşık şöyle diyor:

"Gitti beyler mürüvveti
Binmişler sürerler atı
Yedikleri insan eti
İçtikleri kan olmuştur."

BM Uluslararası Çocuklara Acil Yardım Fonu (UNICEF) verilerine göre, dünyadaki 2.2 milyar çocuktan yarısı yoksulluk içinde yaşıyor. Her yıl yetersiz beslenmeden beş milyon çocuk ölüyor. 400 milyon çocuk temiz içme suyu bulamıyor (Bu su meselesi çok derin, yakında yetişkinler de temiz içme suyu bulamayacaklar). Her altı çocuktan biri aç. 640 milyon çocuk yeterli barınma imkânlarına sahip değil.

UNICEF Türkiye Temsilcisi Edmond McLoughney'in açıklamalarına göre Afrika'da 15 milyon çocuk AIDS'in pençesinde.

Tablo karanlık mı karanlık.

Bu tabloyu biraz olsun aydınlatması umulan zenginkalkınmışuygar ülkeler millî gelirlerinin binde yedisini yardım olarak verme kararı almıştı. Bu bir BM kararı idi.

Ancak hiçbir gelişmiş ülke bu karara uymadı. Bu BM olsa ne olacak, olmasa ne olacak?

Bunlar ne biçim zenginkalkınmışuygar ülkelerdir ki; böylesi bir felaket karşısında kılları bile kıpırdamıyor.

Dünyada bir yılda yapılan askerî harcamalar bir trilyon dolara yakındır (Rakamı bir daha okuyun). Bu paranın üçte biri ile dünyanın yaşadığı sefalet ortadan kalkabilir. Fakir ülkelerin barınma, sağlık, temiz su, eğitim meseleleri çözüme kavuşabilir.

Ama gelişmişzenginuygar ülkeler buna yanaşmıyor.

Zengin kuzey, aksine fakir güneyin sırtına binmiş, kanını emiyor. Bu kan emici zihniyet asırlardır devam ediyor. İşte kuzeyin kavuştuğu sözüm ona uygarlık (aslında konfor) bu kan pahasınadır.

Bunların arasından filozoflar, sanatçılar, bilim adamları çıkmıştır. Bütün dünya bunların önemli insanlar olduğuna inanmıştır. Bunlar sayesinde dünyada "evrensel değerler" diye bir şeyin varlığı konuşulmaktadır. Bu değerler artık dünyada tek bir uygarlığın olduğunu söylüyor ve ötekileri bu uygarlığa katılmaya çağırıyor.

Şimdi soralım: Bu uygarlık mıdır, barbarlık mıdır?

Eğer uygarlık ise çekiver kuyruğunu. Bu bal gibi "tek dişi kalmış canavarlık"tır.

Bunca eserler, kitaplar, müzeler, tablolar, konçertolar, felsefe yapanlar, bilgi ve teknoloji üretenler, politika yürütenler ne için ter döküyor?

Çocukların çektiği sefalete son vermek için mi yoksa onların başına bomba yağdırmak için mi?

Uygarlığın tek ölçüsü vardır: Ahlâk.

Ahlâkın tek kaynağı vardır: Din.

Din denilince Hz. Âdem'den bu yana Cenab-ı Hakk'ın insanoğluna gönderdiği tek dini anlamalıyız.

Bana din savaşlarından, din yüzünden birbirini doğrayanlardan, aynı dine mensup olup da birbirini katledenlerden bahsetmeyin. Onlar doğru yolun sapık kollarıdır.

Uygarlık insanların, hangi din ve ırktan, hangi milletten olduğuna bakılmaksızın onların sefaletine son vermek, çocukların yüzünü güldürmek, fakirin karnını doyurmak, yeryüzünde adaleti sağlamak için olmak gerekir.

Uygarlık nükleer ve biyolojik silah üretmek değildir. Uygarlık zulme hizmet değildir. Uygarlık sulhe hizmettir.

Güçlü olan yaşasın, altta kalanın canı çıksın diyen zihniyet, teknolojide zirveye tırmansa medenî olamaz.

Ahlâksız bir uygarlığın insanlığa felaket taşımaktan başka yapacağı bir şey yoktur. Ve şahit olageldiğimiz manzara bundan ibarettir. Bu manzara bilimsel yalanlar, sanatsal yalanlar, felsefi yalanlar, politik yalanlardan oluşmuştur.

Bu yalanları duymaktan usandık artık.

YENİ HAYAT

Üzerinde çalışanlar, kitap yazanlar şunu söylüyor: Yirminci yüzyılda insan hayatına yön veren (hayat tarzını belirleyen) üç unsur var: Otomobil, televizyon, bilgisayar. Hep şunu söyledik geliyoruz: Çağımızda ideoloji teknolojiyi, teknoloji ideolojiyi besliyor. Böylece hayat tarzı hızla değişerek devam ediyor.

Değişmeyen, hedefte duran tek şey: Tüketim.

Otomobil bizi ona çok çabuk ulaştırıyor. Bu sebeple yollar oto yollar, tüneller, alt-üst geçitler, oto-parklar, benzin istasyonları, (Yani biz otomobili değil, otomobil bizim hayatımızı biçimlendiriyor.) tamirhaneler, servisler, satış merkezleri, sürücü kursları, garajlar, şimdi bir otomobilin hayatımıza kattığı unsurları saymaya kalksan sayfa yetmez. En iyisi "otomobil aşkı"nı anlatan bir iki satır yazayım.

Adam memur. Küçük memur. Aylığı ile aybaşını zor getiriyor. Ailesi bundan otomobil istiyor. Kapıcının bile var, bizim yok diye ağlıyor. Çocuklar, eş, kaynana, bacanak, komşular, daireden arkadaşlar hep birlikte bu küçük adama yükleniyorlar. Zavallı kredi falan alıp bankadan evin önüne arabayı çekiyor, ama depoya koyacak benzin parası yok. Krediyi de ödeyemeyince intiharın eşiğine geliyor. Geçenlerde böyle biri oyuncak tabanca ile banka soydu, elli metre uzaklaşamadan yakalandı. Ağlıyordu koca adam, kredi borcu varmış. Yüzünde nasıl bir acı, ama nasıl bir acı!

Televizyon bunlar arasında en sinsi, en muzır, en müfsit hatta tehlikeli olanı (Avustralya'da yapılan bir araştırmaya göre 25 yaşından büyüklerde bir saat televizyon izlemek ortalama yaşam süresini 22 dakika kısaltıyormuş. Bir sigara ise on bir dakika kısaltıyor. *Radikal* 17 Ağustos 2011). O bir eğlence aracı ama, onu doğuran ideoloji doğrudan bağlılarını tüketime yöneltiyor. Yaptığı şey iletişim falan değil. TV tekelleri ülkeleri aşarak geniş kitleleri propaganda ile yönlendirebiliyor; yalanı doğru, haramı helal diye gösterebiliyor. Bağlıları ondan vazgeçemiyor. Televizyon olmadan önceki hayatımızı düşünün, bir de televizyondan sonraki dönemi. Vuku bulan değişikliği sayıp dökmek istemiyorum.

Biz aletleri istediğimiz gibi kullandığımızı sanalım âletler bizi esir alıyor. Onlarla başedemiyoruz. Çünkü belli bir ideolojinin emri ile dizayn edilmiştir. Bu tıpkı şuna benziyor: Barutu bulan Çinliler ondan ilaç yapmak için yararlandılar, başkaları silah yaptı. Barutun silaha, silahın baruta ihtiyacı olduğuna bizi inandırdılar. İlaç arada kaynadı.

Bilgisayar bunların en korkuncu. Hani bazı zehirli yosunlar vardır kıyıları istila eder, bir türlü önüne geçemezsiniz. O da hayatımızı kuşattı.

Arkasından internet geldi. (Kimbilir daha neler gelecek?) Artık onu tariften aciz kalmış durumdayım. Fazla değil on, on beş yıl önce bilgisayar başında zaman geçirenleri bağımlılık ile suçluyorduk. Tıpkı otomobil aşkına yakalananlar veya televizyon önünden kalkmayanlar gibi.

Şimdi ise bilgisayar insanın beyni, eli, ayağı, gözü-kulağı oldu. İş yerinde saatlerce bilgisayar başında kalan zavallı insanoğlu; işten çıktıktan sonra cep telefonu, dizüstü bilgisayar ile yine bu kara sevdayı devam ettiriyor. Tramvaydan indikten sonra yolculara bakıyorum. Yüzde sekseni cep telefonu ile konuşuyor.

Acaba ne konuşuyorlar? (Telefon konuşmayı toptan değiştirmiştir. Yüzyüze söyleyemediğimizi telefonda söyleriz. Bu derin bir konudur.) Yapılan araştırmalar şunu göstermiş; bu bilgisayar-internet bağımlılığı o dereceye ulaşmış ki, kişi bir gün internetsiz kalsa depresyona giriyor.

Tatile gitmiş aileler ne denize, ne ormana ne havuza bakıyor; hepsinin dizinin üzerinde bir bilgisayar öylece oturuyorlar. Kişi cep telefonunu yanına almamış veya bir yerde unutmuş ise âdeta çıldırıyor. Ne yapacağını şaşırıyor. Sanki kolunu, bacağını kesmişler. Gençler internet olmaksızın ne yapacaklarını bilemiyorlar. Tek başlarınalar ve ellerinde bir âlet var. Bu acaba onları sosyalleştiriyor mu? Yoksa aptallaştırıyor mu?

Kırk yıldır eski usul dergi çıkartıyoruz. Bunun devrinin çoktan geçtiğini sanıyorum. Biz gerçekten çağdışı kaldık.

Televizyonda dahi şimdilerde "Sosyal Medya"da olan bitenler ilgi görüyor. Örgütlenmeyi, şöhreti, tüketimi, hayatın ritmini-tarzını artık "Sosyal Medya" üstleniyor.

Bu yeni bir şey.

Yeni bir hayat algısı. "Yeni hayat" bu işte!

Ben buhar makinasının icadından önceki dünyayı eski, ondan sonrasını yeni kabul ederim. Şimdi ne yapacağımı bilemiyorum. Devrimiz doldu. Bilgisayar kullanmıyorum, internete girmiyorum, cep telefonum ve otomobilim yok. Bunların hiçbirini kullanmayı da bilmiyorum. Bununla da övünmüyorum.

Beni paketleyip müzeye koyabilirsiniz. Orada rahatça tozlanırım.

Ama şimdi elim ayağım tutarken bu aletlere ve onları doğuran ideolojiye karşı kâğıt üstünde de olsa muhalefetime devam edeceğim.

Umutsuz bir direniş.

Olsun.

Tarihte zafer sayılan yenilgiler de vardır.

Ayrıca ahir zamandayız. Kimin borusunun öteceğini Allah bilir.

Keser döner sap döner, bir gün olur hesap döner.

UÇAN YAZI

Modern teknolojiye düşman olduğumu herkes (kaç kişi acaba) biliyor. Hayatı zehir ve zindan eden budur bize. Yok, yok. Sakın aklınıza top, tüfek, bomba falan gelmesin. Onlar depolarda duruyor, ara sıra kullanılıyor, alınıp-satılıyor. Sadece bizi tehdit ediyor ve uykularımızı kaçırıyor (ya nükleer savaş çıkarsa).

Benim en tehlikeli bulduklarım televizyon, bilgisayar ve otomobil (Unutmayın bizim âletleri değil, âletlerin artık bizi yönettiği ciddi ciddi tartışılan bir meseledir).

Bütün bunlar yüzünden insanlar gerek kendi rızaları, gerek metazori tabiatı, topraklarını terk edip şehirlere doluştu. Sanayi çağı, bilgi çağı falan başladı. Sonunda kapitalizm kazandı. Ona şu mahut modern teknoloji yardım etti. Modern teknoloji kapitalizmi; kapitalizm modern teknolojiyi besleyip büyüttü. Ve tarihin sonu geldi. Artık tek yol var: O da o işte.

Ben de diyorum ki, oğlum âdemoğlu aklını başına devşir. Yeniden terk ettiğin, tahrip ettiğin tabiata dön. Belki kurtulursun bu karanlıktan, bu vahşetten. Benden önce söyleyenler de olmuş ama kimse dinlememiş. Olsun ben söyleyeyim de yine dinlemeyen dinlemesin (Tavşan dağa küsmüş, dağın haberi yok). Bu işin sonu yok. Büyümenin, sonsuz sermaye toplamanın, tüketimin, sömürünün sonu yok. Bu iş öyle Afrika'ya yardım için konser vermekle olmaz.

Ya ne ile olur?

Bir kere şu barajları yıkacaksın. Arkadaş, suyun önünü niye kesiyorsun, kimden izin aldın. Bırak aksın. E, elektirik olmaz o zaman. Olmasın, gaz lambası yakarız. Sonra bırakın yeri delip petrol çıkarmayı. Petrol yüzünden dünyanın çivisi çıktı. Yeniden tarım toplumuna, ilkel hayata mı dönelim? Bırakın şu safsataları be. Ne ilkelliği!

Dünyanın –şimdilik en modern– çağında, yani 20. yüzyılda; dünya kuruldu kurulalı öldürülen insanlardan fazla insan öldürüldü. Modernlik, medeniyet, konfor bu mu? (Yarın daha beteri olmayacağını kim garanti edebilir?) E, seracılık biter o zaman kışın domates, hıyar yiyemeyiz, bir sürü insan işsiz kalır, dünya nüfusunu nasıl besleyeceğiz? Kışın domates yenmez zaten, hata burada. Tıpkı bir insanın 100 metreyi beş saniyede koşamayacağı gibi. İnat etmeyin. Vakit varken Hz. Nuh'un gemisine binin. Aksi takdirde bu bombalar, bu işgaller mutlu azınlığın da hesabını görecek. Aç kalan yığınlar ne yapacak yani. Senin konforun ötekinin açlığına dayanıyorsa.

Adalet lazım adalet. Adalet âletle olmaz. Afla olur; merhametle, ahlâkla olur.

Nasıl?

Malı böleceksin, yarısını yoksula vereceksin. Muhacirler Hz. Peygamber ile birlikte Medine'ye hicret ettiklerinde Ensar onları kardeş bildi, mallarını bölüştü. İşte adalet budur, medeniyet de budur. Dünyanın hâkimleri, modern teknolojiyi ellerinde bulunduranlar, ellerindeki cicileri gösterip "Nazar etme ne olur, çalış senin de olur." diyorlar. Biz de onların bilim ve teknolojilerine sahip olmak için çırpınıyoruz (Kan ve gözyaşı üzerine bina edilmiş bu bilim ve teknoloji, insanlığa kan ve gözyaşından başka bir şey vermedi, veremez). Tabii o bilim ve teknoloji ahlâkı, kültürü, geleneği ile birlikte geliyor. Onların 100 yıl gerisinden yürüyerek az biraz zenginleştikçe onlar gibi oluyoruz, hatta mutlu azınlığımız kendilerini onlardan sayıyor.

Ya altta kalanlar? Altta kalanların canı çıksın. Devir o devir ki "ya zorba olacaksın ya esir".

Çözüm: Ha, ha. Çözümü benim gibi bir hikâyeciden bekliyorsunuz ha. Peki sizi fazla üzmeyip formülü vereyim: Reddedeceksiniz. Büyük bir red cephesi kuracaksınız. Almıyorum, giymiyorum, kullanmıyorum, sizin hiçbir malınızı istemiyorum diyeceksiniz.

— Etme yahu. İşsiz kalırız, aç kalırız, egemenliğimiz elden gider, esir oluruz. Üretim artmaz ise dünya nüfusu nasıl beslenir. Daha binlerce soru ve itiraz (Hâlbuki dünya geniş ve rızkı veren Allah).

— O zaman kalın mahbesinizde. Madem ayağa kalkmak istemiyorsunuz borç istemeye devam edin. Öyle ya "borç yiğidin kamçısıdır".

Borç alın saray yapın.

Bu sözüm sadece size değil ha. Petrol tüketenlere, orman tüketenlere, havayı, toprağı, suyu, insanı tüketenlere.

Kurtulmak isteyenler yeniden dağlara, yaylalara çıkıp davar beslesin, taşları ayıklayıp tarla açsın, fidan diksin, su değirmeni inşa etsin. Fakir bir hayat sürsün. Kara sabanı kucaklayıp öküzlerin gözlerinden öpsün.

ÂŞIK LAPTOP

Sonunda bu da oldu. İnsanoğlu (gençler) kendi hemcinsini bırakıp günün neredeyse tamamını birlikte geçirdiği makinaya âşık oldu.

Makina bu, onun da bir dayanma gücü var. Bu kadar sevgi, bu kadar bağlılık garibanı etkiledi ve o da kimin yari ise ona bağlandı. Laptop onca yıl birlikte olduğu genç kızdan başkasına açılmıyor. Nasıl açılsın? Bütün sırlarını sadece onunla paylaşıyor.

Hani bir zamanlar, kızlar saçlarını örer ve kurdale takarken; akşam geç vakitte yatağına oturup uykuya varmadan önce "Günlük" ile dertleşirken; sonunda dayanamayıp bir beyaz sayfa daha açarak "Sevgili Günlük" diye kalbinden kalemine damlayan duyguları deftere geçiriyordu ya. Hatırladınız.

"İşte öyle bir şey."

Evet Laptop ile karşıdaki kimse onu muhatap alıyorsunuz ve ona ilan-ı aşk ediyorsunuz. Ama o yoksa... Çıkmadıysa ekrana... İşte o zaman (ne kadar uzun zaman) Laptop ile dertleşmeye başlıyor kızcağız, ona anlatıyor sırlarını ve derdini deşip boşalttıktan sonra onu sabırla dinleyen, söylediklerini kaydeden makinayı öpüp bir yana koyuyor, memnun mesut yorganı boğazına kadar çekiyor.

Laptop da mutlu.

Bulunduğu yerden sevgilisine bakıyor. Sabaha kadar bakacak, sevecek onu, bir daha buluşuncaya kadar bekleyecek. Makina bu bekler mi bekler.

Doğrusu Pakistanlıların (Allah onlara yardım etsin.), Hintlilerin; arabaları, otobüsleri nasıl süslediklerini, nasıl sevdiklerini, onlara insan muamelesi yaptıklarını bilirdik ama; bu anlaşılır bir şey. Onlar zaten her şeyi süslüyorlar, boyuyorlar, parlatıyorlar. Devenin, atın yerine arabayı koymuşlar işte.

Karadenizli kadınlarımız sarı ineği nasıl süsler, nasıl sever biliriz. Onunla konuşur, arkadaş olur. Bu da önceki gibi. Mesela ben de saka beslerim, onunla konuşurum; küpe çiçeği severim, saksıyı sularken çiçeğe şarkılar, türküler söylerim. Bu insanın tabiatla alışverişi.

Hz. Peygamber'in her duyduğumda gözlerimi yaşartan bir hadisi var: "Uhud bizi sever, biz de Uhud'u". Hac'da, Uhud'un karşısında bu hadisi çözmeye, anlamaya çalıştım, muvaffak olamadım ve bol bol ağladım. Bu hadisin sırrına vâkıf olmak için benim seviyem yetmiyordu. Aciz kalmıştım. Böyle şeyleri akıl almaz, kalp anlar ancak.

Gazetelerde yer alan haberlere göre (Msl: *Milliyet*, 29 Ağustos 2010) gençlerin yüzde sekseni dijital âletler yüzünden uyuyamıyormuş. Laptoplar, oyun konsolları, cep telefonları, mp3 çalarlar ve elbette internet ile televizyon, okuldaki başarılarının düşmesine sebep oluyormuş.

Aileleri onları yatak odasına gönderip, bununla da yetinmeyerek bir süre sonra kapı aralığından uyuyup uyumadıklarını kontrol edince, cingöz çocuklar "uyku taklidi" yaparak onları uyutuyor; ebeveynleri kapı önünden uzaklaşınca yorganın altından cep telefonu çıkarıp konuşmaya kaldıkları yerden devam ediyorlarmış.

Bu telefonla yatağa girmek dehşet verici bir şey.

Düşünün her titreyişinde uyanıyor, gelen mesaja cevap veriyor böylece sabahı sabah ediyorsunuz. Tuzu kuru muhitlerde bu alışkanlık "uyku bozukluğu" hastalığına yol açmış. Gençler gece uyumadıklarından gündüz bir büyük içmiş gibi savsak savsak yürüyor; soruları anlamıyor, baktığını görmüyormuş (Eh aşkın hâlleri bunlar).

Yazımıza başlarken ironik bir tutumla Laptop'un aşkından bahsetmiştik. Tabii durup dururken böyle bir iddiada bulunmadık. ABD'deki Stanford Üniversitesi'nin yaptığı deneyler insanların bilgisayarları ve diğer dijital cihazlarıyla duygusal bağ kurduğunu göstermiş.

Araştırmayı yapan uzmanlar bilgisayarı veya teknolojik herhangi bir âleti kendine daha yakın hisseden (aşk demeye dili varmıyor) kişilerin onları daha etkin kullandıklarını tespit etmiş.

Ülkemizde de bir "cep telefonu çılgınlığı" yaşandığı söylenebilir. Telefon kullanımında dünyada üçüncü sıradaymışız.

Bu konuda benim başka bir endişem var. Hadi televizyonun, bilgisayarın başından kalkmayanların aşk-maşk yaşamadıklarını, sadece eğlendiklerini kabul edelim.

Ama o zaman da obez oluyorlar.

Tüm hareket kabiliyetlerini kaybediyorlar.

Diğer insanlarla (buna bitki ve hayvanlarla, tüm tabiatı ilave edelim) münasebete geçmedikleri için hem dünyadan bihaber hem asosyal oluyorlar. Bilgisayardan ve televizyondan öğrendikleri malumatı gerçek bilgi sanıyorlar. Sanal âlem insanları giderek gerçekten uzaklaştırıyor. Onların gerçeği bulup hakikate yürümeleri artık imkânsız hâle geliyor.

Modern teknoloji böylece esaret zincirini her gün daha sıkı bir şekilde boynumuza doluyor. Yaşadığımızı sanıyoruz ama acaba yaşıyor muyuz? Şöyle: Dijital âletlerden binlerce çiçek adı, görüntüsü edinip ezberliyoruz. Ama kırlara çıkıp bir çiçek koklamadan geçiyor ömrümüz.

ŞU BİZİM MAHALLE

İnsanlar "mahalle hayatını" özlemle hatırlıyor; bazıları "ah nerede o huzurlu-şen günler!" diye iç geçiriyor.

Bu yüzden tv yapımcıları "Şöyle sıcak bir mahalle dizisi çeksek de krizi aşsak." diye düşünüyor. Perihan Abla'dan bu yana hep böyle. Şu anda oynayan dizilere bakıyorum çoğu bahçeli-ahşap bir evde geçiyor.

Kim özlemez asma çardağı altında komşuların birlikte dolma sarmasını. Kim aramaz mahallenin delisini, delikanlısını, hocasını, muhtarını, arkadaşını, kahvesini, bakkalını, berberini, komşusunu, okulunu, maçlarını ve bu maçlardan sonra içilen gazozları.

Bu mahalle bize Osmanlı mirasıdır (Ama redd-i miras ederek kriz-entelektüel yaşantısını mahalle dışında sürdürenler hep olmuştur).

Bu yüzden ona mensubuz ve onun değerlerini benimsemişiz. Asırların geleneği üç günde değişmez. Bu mahalle sakinleri Ramazan'ı - Bayramı - doğumu - ölümü - düğünü - derneği - kır gezisini - sünneti - hastalığı - sevinci - acıyı birlikte yaşar. Birlikte dua eder, birlikte salça kaynatır, bir dayanışma içindedir ve kimse kendini yalnız hissetmez. Ne cemaat ferdi ezer ne fert cemaata hükmetmeye kalkışır. Din ve örf bir denge kurmuştur.

Ne baskısı yahu, darda kalan onun müşfik kollarına sığınırdı.

Bu çok önemli bir husus. Bir aidiyet taşımak.

Ama buna itiraz eden, ait olmayı reddeden, mahallelinin inancına, geleneğine, hayatına uymayan, onu hor gören, küçümseyen hatta bununla da yetinmeyip elinde güç varsa mahalleyi ve mahalleliyi yola getirmeye çalışanlar daima olmuştur.

Bunlar bazan mahalle hayatının hududuna tecavüz eder, mahalleliyi kaale almaz, hatta ona meydan okur, hakaret eder. Eh sabır sabır bir yere kadar.

Ben bir mahallede büyüdüm.

Alevi-Sünni iç-içe yaşanılan bir mahallede. Arkadaşlarımın yarıdan fazlası Alevi idi. Bu mahalleden ayrılıncaya kadar ne bir kavga gördüm, ne hırsızlık, ne arsızlık, ne baskı ne yaygara. Cinayet olmadı yirmi beş yıl içinde.

Ama şunu önemle belirteyim.

Anlattığım mahalle hayatı "eski dünya"ya ait bir oluşumdur. "Yeni dünya" mahalleyi dümdüz edip dağıttı. Komşuların her biri bir yere dağıldı, o ahşap evler, o duvarlarından sarmaşıklar, leylaklar sarkan bahçeler, o dutlar, erikler, o asma çardağı altında kanaviçe işleyen ablalar yok artık.

Bütün bunların ardından ağıt yakmanın da lüzumu yok. Kapitalizm ve tüketim ekonomisi bütün hayata hâkim oldu. Bir yerde bir olay çıkıyorsa orada mutlaka ya siyasi bir çatışma veya rant kavgası vardır.

Mahalle kalmadı ki baskısı olsun.

Bu tabir (mahalle baskısı) baştan ayağa yanlıştır. Hele İstanbul gibi metropollerde. Mahalle eski hâli ile kalmışsa belki her geçen gün güçten düşen, göç veren taşra kasabalarında, küçük taşra şehirlerinde kalmıştır.

Büyük şehirlerde hemşehrilerin toplandığı semtleri mahalle sayamayız. Onlar dahi köy dernekleri kurarak, senede bir gün toplu piknik yaparak, yaz gelince memleketi ziyaret ederek eski günlerden bir esinti arıyor; birbirlerini tümden kaybetmek istemiyorlar.

Alafranga zenginler sitelere taşındı. Alaturka aile kalmadığı için trendleri takip eden sonradan görme zenginler de onların peşi sıra gitti. Boşalan sokaklara, evlere Kastamonu'dan, Ağrı'dan, Sivas'tan, Arapgir'den vb. gelenler yerleşti. Terörden kaçanlar yerleşti. O semtler İstanbul'un ağrıyan dişleridir. Tarlabaşı, Süleymaniye ve Gedikpaşa bunların en çok görüneni. Şehrin içinde birer metruk semt. Yıkılıp yeniden yapılmayı bekliyor

Aslına bakarsanız İstanbul kabuk değiştiriyor. Bir gazeteyi açın, bütün sayfalarında kocaman konut ilanlarını görürsünüz. Sur dışında bunlar müstakil bir ada yaratıyor. Etrafı duvarla çevrili, nizamiye kapısı olan, içeri girmesi fermana mahsus birer kışla.

İnsan üzülüyor, o yapmacık havuzlara, o sahte bahçelere, o yapay kaldırımlara baktıkça buraya acaba bir kuş konar mı diye şüpheye düşüyor.

Rezidanslar her yerden mantar gibi bitiyor.

Şehir yatay değil, dikey büyüyor.

Fotoğrafın bütününe baktığınızda kendi gitmiş adı kalmış bir mahalle görebiliyor musunuz?

Keşke olsaydı.

TOKİ'nin apartman ormanları yerine; tek katlı, bahçeli, eski evlerimiz kadar küçük ve mütevazı mahalleler kurulsaydı.

Bir hayal bu.

Hayat geri dönmez, biliyoruz.

Ama artık lütfen ömrümüzün cennet yıllarını geçirdiğimiz mahalleye yüklenmeyin. Eski, solmuş-sararmış fotoğrafları yakmayın. Hatıralar azizdir, ilişmeyin. Koca koca ilim adamları şu memleketi, şu serapa iylik kokan insanları keşke biraz tanıyabilseydiniz. Tanırdınız, tanırdınız ama bunun için ayık kafa lazım.

ZİNCİR

Modern hayat teknoloji ile el ele verip dünyamızı ve insanları kılcal damarların vücuda yayılışı gibi ele geçirmiştir. Her şeyin bir şeyle ilgisi vardır. Mesela ben öteden beri ağzımda bir söz geveleyip duruyorum. Türkiye (insanımız) bir yandan modernleşiyor öte yandan dindarlaşıyor (Bu yıl oruç tutanların oranı %85'e çıkmış). Bilim adamları, sosyologlar, sanatçılar bu can alıcı oluşum üzerinde durmuyor. Durmayınca da insanları anlayamıyor. Tophane'de bir bardak suda kopartılan fırtına bu yüzden sağlıklı olarak değerlendirilemedi.

Mesela üniversiteli kızımızın üzerinde kot pantolon, kalçaları örten bir uzun mont ve ayaklarında Convers var. Ama başı örtülü. Kulağında ipod veya mp3 player müzik dinliyor, muhtemelen yabancı dilde, elinde tasavvufa dair bir kitap.

Ailece Umre'den yeni gelmişler, ama henüz yaz ve tatil bitmediği için deniz kıyısında kendilerine uygun bir otele gitmeyi planlıyorlar. En azından erkekler için ayrı, kadınlar için ayrı havuzlardan birinde yüzecek; gece sahilde dolaşacak, çekirdek çitleyecek yakınlardaki tarihî mekânları gezecekler. Güz gelince televizyon dizilerine dalacaklar. Bu dizilerin umum ahlâka aykırı olduğunu hissederek, kanal değiştirecekler.

Bazı saftirik adamlar "Yahu kumanda senin elinde, bir kanalı beğenmiyorsan ötekine geç." der. Aslında "öteki kanal" diye bir şey yok. Bakmayın siz bazı fanatiklerin irticai kanal-normal kanal ayrımı yapmalarına. Bunlar banka gibidir, birbirinden yoktur farkı. Birinde cinsellik satılıyorsa (ki reklamlara kadar sızmıştır) ötekinde şiddet hâkimdir. Televizyon bir "eğlence aracıdır", asla bilgi ve kültür aktarmaz (Bazı iyi niyetli belgeseller hariç. Belgesellerin dahi sponsorları gizlice bir mal pazarlar. Bu bazan araba olur, bazan turistik bir yöre olur, vesaire). Verilen bilgi ve kültürün ideolojik temeli, yanlışları, kasıtları da vardır. Hadi bunu da geçtik, başka bir kanala atladık. Orada "memleket meseleleri" tartışılıyor. Ne güzel, burada kalalım dersiniz, az sonra tartışmacılar (koca koca adamlar, profesörler, siyasiler), birbirine girer, şiddetin, argonun, hatta hakaretin daniskasını sergilerler. Bu da olmadı geçelim, bir hocaefendinin vaazını dinleyelim bari dersiniz. Hocaefendi kendi fikri, meşrebi ve cemaatinin ağzı ile konuşmakta, bazı konularda başka hocaefendileri karalamaktadır.

Şurasını unutmayın. Televizyon üzerine yüzlerce kitap yayımlanmıştır. Bunlardan birinde bir iletişim uzmanı şunu söylüyor: "Dinî söylem asla televizyona nüfuz edemez, aksine televizyon dinî söyleme sızar." Konuşmacı farkında olmadan şov yapmaya başlar, fıkralar anlatır, ilgi çekmeye çalışır. Olmazsa araya müzik, klip, ilâhi vb. gibi görüntüler girer. Vaaz veren hoca mutlaka bir marifet sergilemelidir. Jest ile mimik ile, ses tonuyla, kurduğu cümlelerle konuşmasını "televizyon dili"ne adapte eder, bunun farkına varmaz. Böyle yapmayan hoca reyting alamaz, işini kaybeder. Ne kadar ekmek, o kadar köfte.

Televizyon, trendleri tayin eden alettir. Sitedeki dairenizi, çocuğunuzun gideceği okulu, mamasını, sabununu, masalını o empoze eder; eşiniz ona uyarak diyete girer, yemek tarifleri alır. Siz ona uyarak AVM'ye uğrar raflardan markalı bir kavanoz alırsınız. İçinde ne var, asla bilemezsiniz.

Modern hayat tarzı kapitalizmin eseridir. Bu hayat bir yandan dünyayı, öte yandan insanı tüketir. Evimiz, sokağımız, okulumuz, okulda öğrendiklerimiz, komşuluk ve akrabalık ilişkilerimiz, aile yapımız, eşyalarımız, bunları kullanım alışkanlıklarımız, (tarım toplumundan, yani geleneksel yapıdan uzaklaştıkça) bizi tüketim ekonomisinin esiri yapar. Hepimizin cüzdanında banka ve kredi kartları sıralanır. Taksitlere alışırız. Şair Osman Konuk'un harika mısrası ile:

"Bir kereden bir şey olmaz."

Peki dindarlaşma neresinde bunun?

Din bizim genlerimizde. Kapitalizmin saldırılarını biliyoruz, kavrıyoruz, bundan korunmak için dine sarılıyoruz. Din ile demokrasiyi, din ile laikliği, din ile modernizmi, din ile otomobili, televizyonu, bilgisayarı birleştirmeye, dindar bir banka kurmaya çabalarız. Allah ve ahiret inancı içimizde yaşadıkça bu çelişki kaçınılmaz. Ara formüller buluruz, gettolar kurarız, partilere, cemaatlara sığınırız. Ama içimizde hep bir ukde vardır.

Çünkü hepimiz aynı gemideyiz. Evde haramdan sakınsak kendimizi sokakta sakınamayız. Hayat seküler bir nitelik kazanmıştır. Kendimizi kurtarsak çocuğumuzu kurtaramayız. Bu sebeple dine daha bir sıkı sarılırız. Çocuklarımızın dindar biri olarak yetişmesine çabalarız. Bu savunmanın güç verdiği, yükselttiği ve bizi muhafaza ettiği bir şeydir. Muhafazakârlık budur.

Bir yanda zincir, öte yanda anahtar.

Korku var ama umut da var.

İş zor. Ama Allah bes.

KAFAYI ÇİZMEK

Batı'nın modern teknolojik medeniyeti insanlığın önce gözünü boyadı, sonra aklını aldı. XIX. asırda "Merak etmeyin bilim her zorluğu yener, size dünyada cenneti kazandırır." diyorlardı; XX. asırdaki iki büyük savaş kazın ayağının öyle olmadığını gösterdi. Bilim artık müritlerini yemeye başladı. Yapılan araştırmaların "bilimsel (!)" sonuçlarını gazetelerden aktarıyorum (*Radikal* 6 Eylül 2011).

Almanya'da Dresten Üniversitesi'nde yapılan bir araştırma Avrupa nüfusunun %40'ının ruhsal ve nörolojik hastalıklarla boğuştuğunu açıklamış.

Araştırmaya göre kıtada yaşayan 165 milyon kişi depresyon, anksiyete, uykusuzluk, şizofreni ve bağımlılık gibi hastalıklara yakalanmış.

Bunlar elbetteki modern teknolojinin yarattığı konforlu hayat tarzının hastalıklarıdır.

Bu hastalıklarla mücadele pahalıya maloluyor. Çünkü aynı hayat tarzını sürdürdüğünüz sürece hastalık ilaç kullansanız, terapiye gitseniz de geçmiyor. Aslında bunun temelinde ta kapitalizmin başlangıcındaki sömürgecilik, kölelik falan var. Batı çalıştırdığı kölelerin sırtından akan kırbaç kanının her gece rüyalarını kaplayan kâbusundan kurtulamıyor.

Bunun üzerine her tür adalet yokluğunu, tatminsizliği, boşluk duygusunu ekleyin (Varoluşçular II. Dünya Savaşı'ndan sonra hayatın saçma olduğuna inanmışlardı). İnançsızlık, öte dünyayı, Tanrı'ya hesap gününü inkâr etmeyi de üzerine koyarsanız, elbette "saçmalık" kol gezer.

Onun yerine birer illüzyon olan demokrasi, özgürlükler, insan hakları falan geçer.

Bilimin, sanatın, siyasetin yalanları geçer. Ve bu yalan dünya, teknoloji sayesinde "sanal dünya" oluverir. Hassan Sabbah'ın "Alamut Kalesi" gibi. Bu yalanlardan bıkanların aynası Robert De Niro'nun oynadığı "Taksi Şoförü" filmi veya "Norveç Canavarı"dır.

ABD'de durum biraz daha iyi imiş.

Orada her dört kişiden biri kafayı çizmiş.

ABD büyük ülke. Tarımda çalışan çok. Topraklar geniş ve insanlar herhâlde tabiattan o kadar kopmamış. Ayrıca ABD nüfusu sapmış da olsa dindar sayılır.

Uzmanlar bu konuda şunları söylüyor:

"Ruhsal sorunlardaki artışın en büyük nedeni sanayileşme ile birlikte insanların daha fazla yalnız kalmasıdır. Özellikle büyük şehirlerde yaşayanlar bu yanlızlığa dayanamıyor." ABD ve Avrupa'da ana-babaların çocuklarını, çocukların ana-babalarını misafir etmekten bile çekindiklerini biliyor muydunuz? Avrupalı çiftler tatile çıkarken "ayak bağı" olmasın diye çocuklarını kreşe terk ediyorlar.

Çevrenin tahrip edilmesi başka bir sebeptir. Çevrede (havada, suda, toprakta, gıdada) artık ağır metaller, toksinler, elektromanyetik kirlilik var. Cep telefonundan, televizyona kadar her âlet radyasyon yayıyor. Bu tip etmenler beyin yıkımını kolaylaştırıyor; uzun vadede parkinson, alzheimer ve nörolojik hastalıkları tetikliyor.

Modern teknolojik medeniyetin sunduğu "hız ve haz" insanları sarhoş etti. Ne cinsel özgürlük ne uyuşturucu yaraya merhem olmuyor, aksine yarayı azdırıyor. Üretim-tüketim sarmalındaki insan büyüme ve ilerleme uğruna hem kendini hem tabiatı tüketiyor.

O artık makinanın esiri olmaktan çıkmış, bir nevi makine olmuştur. (Bir şair de bunu arzuluyordu, ne hazin!)

Türkiye'de durum nasıl?

Biz de bildiğiniz gibi Kapitalizm'in (modern teknolojik medeniyetin) son vagonuna, son anda kendimizi attık (bununla övünenler var, yazık!).

Türkiye'nin psikolojik haritasını çıkaran Ruh Sağlığı Eylem Planı'na göre Türkiye nüfusunun %20'si sorunlu.

Eh, o kadar olur.

Bunlar şehirlidir, köylüleri katmayın.

Zaten nüfusun %30'u hâlâ köylü. Buna bir %30 da şehre gelmiş, şehirli olamamış köylüyü katın. Onların hâlâ ruhu var, teslim bayrağını çekmediler. Hâlâ birarada yaşıyorlar ve yalnızlığı tatmadılar. Alvarlı Efe'nin şiirlerini coşkuyla okuyorlar, şiirden kopmamışlar. Türk halkının sorunu olsa olsa "geçim sıkıntısı"dır. Yoksa yapılan istatistiklere göre dünyanın "en mutlu" halkları arasında sayılıyor.

Ayrıca halkımız psikoloğa gitmez. Bunu "delilik alâmeti" sayar. Zaten doktor sayımız, psikolog sayımız fazla değildir.

Türkiye'de "kriz entelektüel"leri saymaz isek hastalık hayat tarzının değişmesinden, geleneksel yaşantı ve mekânların terk edilmesinden, köylerin boşalmasından, tarım toplumundan sanayiye geçişteki sancılardan, devletin dayatmalarından, modern teknolojik medeniyet unsurlarının bizi de ağır ağır içine çekmesinden, onun hız ve hazzına kapılmaktan kaynaklanıyor.

Ama şükür henüz kafayı çizmedik.

%84 kurban kesen, %60 sürekli, %20 ara sıra oruç tutan, Ramazan'ı coşkuyla yaşayan bir toplum kolay kolay pes etmez.

Bizim sorunumuz şu:

Bir yandan modernleşiyoruz, öte yandan bir şekilde dindarlaşıyoruz. (Bu dindarlaşmaya itiraz edenler var, onları anlıyorum.)

Bu nasıl oluyor? Kafayı çizmeden şuna bir izah getirelim.

CAMİ, SEMBOL VE ZİHNİYET

Bir uzun zamandan beri (40-50 yıldır) Türkiye bir yandan modernleşiyor, öte yandan dindarlaşıyor. Bu tablo Türkiye'yi tarif eden en iyi tablodur. Ancak ne üzerinde durulmuş ne de analiz edilmiştir. Sosyolojik formüllere-şablonlara uymamaktadır. Yukarıdaki fotoğraf bize hani "hayat devam ediyor" derler ya, müdahale edemediğimiz bir oluşumu sergiliyor. Mimar Sinan Camii'ni eleştirenler "taklit" diyor. Mimar Hilmi Şenalp seçkin bir sanatçıdır, yurt içinde ve dışında klasik üslupla çok önemli eserler vermiştir. Bu dahi öyledir. Lakin yeri yanlış seçilmiştir. Mesele arkada yükselen seküler zihniyetin gökdelenleri arasında bu caminin (geleneğin-dindarlaşmanın) ezilmiş olmasıdır.

Bu sakil durum asrın başındaki İslâmcıların "Batının ilim ve fennini alacağız, İslâm ahlâkına bağlı kalacağız." tezinin bugünkü tezahürüdür.

Ne yazık ki Müslümanlar Batı tipi hayat karşısında kendi inançları doğrultusunda dünyanın hiçbir yerinde bir "hayat tarzı" kuramadı. Hep tenkit, hep itiraz. Yeni bir teklif ve uygulama yok.

Biz seçkinlerimizi kaybettik. Yeni hayat tarzını inşa edecek olanlar Müslüman filozoflar, ilim adamları, sanatçılar ve onların fikriyatını hayata geçirecek olan siyasiler ile bürokratlar ve teknokratlardır.

Gökdelen hegemonik bir yapıdır. Kapitalist ideolojinin ve tüketim ekonomisinin sembolüdür. Şu anda bütün dünya bu görüşün hayat tarzını benimsemiştir. Alternatif yoktur. Mimar Sinan Camii de o gökdelenler arasında başka bir dünyaya ait olduğunu haykırıyor ama, kim duyacak.

Mimar Sinan yetmedi, şimdi de Çamlıca'ya cami isteniyor. Eğer bir sembolse bu, İstanbul'u sembolize eden çok cami var. Eğer ihtiyaca binaen yapılıyorsa, oraya değil, Taksim'e yapılmalı. Taksim'in tek yeşil alanı, gezi parkı asla yıkılmamalı, daha bakımlı olmalıdır.

Tuhaf değil mi, her yere cami yapılırken, her yere gökdelen dikiyoruz. Yani hem bu dünya fani diyoruz, hem kazık çakmaya çabalıyoruz.

Gökdeleni biz Batı'dan aldık. Öte dünyaya inanmayan, sömürücü, insafsız, hem insanı hem tabiatı tüketen bir uygulamanın sembolü. Sürekli büyüme, sürekli refah ve zenginlik peşinde koşan, konfor düşkünü bir zihniyet. Bütün dünya üretiminin yüzde seksenine el koyan bir azınlığın ideolojisi, hegemonyası.

Bu azınlık dünyada siyaseti, iktisadı, mimarîyi, müziği, edebiyatı, modayı her eğilimi belirliyor. Orduları, laboratuvarları, ar-ge şirketleri var. Yeryüzü inliyor, Afrika'da dakikada şu kadar çocuk ölüyor, umurlarında değil.

Gökdelen ortamından cami çıkar mı?

Modern denemeler olmuştur. Rahmetli Dalokay'ın camisini anmalıyız. Piramidal bir gövde ve füze benzeri minareler.

Bunu değiştirerek çok uygulayan oldu. Ama hiçbiri kayda değer değil.

Bunun dışında Behruz Çinici ve arkadaşlarının yaptığı TBMM Camii'nin çok sözü ediliyor. Bana sorarsanız iri bir konteyner.

Gazeteci Cüneyt Özdemir geçenlerde bir mimar arkadaş ile bu cami meselesini tartıştı. Mimar arkadaşın adı aklımda kalmamış ama şu sözü dikkate değer: "Bizim mimarlar Müslümanlığa uzaktır,

Müslümanlar arasında da iyi mimar çıkmıyor."

Şimdi ben bu zihniyet karmaşasından şu sonucu çıkarıyorum. Hayatımız gökdelenler istikametinde ilerliyor. Artık bu hayat tarzının bir alternatifi yok.

Ama cami canımıza, kanımıza, beynimize, kalbimize kazınmış. O bizi terk etmiyor.

Çok şükür.

Türkler ne zaman bir hayatî hamle yapmaya kalksa gerekli gücü dinden almıştır. Din Türk'ün muharrik gücüdür. Yazının başındaki soruya cevabım şu: Modernleşme kolay bir şey değil. Türkiye bu yolda mesafe almak için yine göğsündeki imana güveniyor. Dindarlaşma bu yüzden.

Ama gelin görün ki, ne dindarlaşma ne modernleşme bize bir "hayat tarzı" kazandırmıyor. Sürekli cambaza bakıyoruz.

Selimiye Camii'nin vücut bulması için beş yüz yıl geçmesi icap etti.

Biz de modernizmin (gökdelenin) hegemonyasından çıkmak, modern camiler inşa etmek için bir o kadar bekleyecek miyiz?

Allah bilir.

Modernleşmeyi istiyoruz. Böylece güçlü olacağız. Tek korkumuz gavur ayağı altında kalmak, istiklalimizi kaybetmektir.

Ama tenakuz şurada, "tüketimle büyüyoruz", başörtülü kızlarımız kot giyiyor, converse kullanıyor. Tezatlar altındayız.

Tekrar "cami tartışmasına" dönersek şu son cümleleri söyleyelim. Mimar Sinan Camii'ne "taklit" diyenler; ne dikkate değer bir bina yapmış ne de cami inşa etmiştir. Etsinler de görelim.

Her iki eğilimden haberdar olan bir mimarımız vardı, kaybettik: Turgut Cansever. Allah rahmet eylesin.

Bir soru da yıllar önce İsmet Özel sormuştu:

"Türkiye Müslüman olarak mı güçlenecek,

yoksa güçlenerek mi Müslüman kalacak."

Şimdiki tablo "ortaya karışık" bir şey.

ŞEHİR DEDİĞİN

Şehir dediğin fotoğrafta görüldüğü gibi olmalıdır. Yeşillikler içinde, birbirini boğmayan, ferah mekânlar, asude evler.

Geçmişte bizim şehirlerimiz de böyleydi. Minare boyundan yüksek bina yapılmıyordu. Hemen her hanenin sahibine-varlığına göre bir bahçesi vardı. Az varlıklı olanların bahçeleri geniş, konak sahiplerininki bayağı bir bağ sayılırdı.

İnsan tabiattan, ağaçtan, meyveden, sebzeden, topraktan, iğde kokusundan, çimenden-çiçekten, böcekten kopmamıştı.

Çocuklar horozdan korkmuyordu. Uğur böceğini tanıyorlardı.

Bazı nadanlar şöyle diyebilir: Tanıyor da ne oluyor yani. Diyelim: Ağacı, toprağı, kuşu, yaprağı, uğur böceğini tanımayan, onları sevip okşamamış olan insanı da tanımaz, sevmez. Kendisi eşyaya teslim olduğundan, hayatında bir kez olsun ne gül ne leylak koklamadığından, eşya arasında kaybolduğundan insana da eşya muamelesi yapar. Numara verir; bugün git, yarın gel der. Her neyse, biz şu "resimdeki şehre" dönelim.

Görüyorsunuz ne bir beton bina, ne çok katlı bina ve AVM'ler ne arabalar gözükmüyor ortalarda.

Burası Almanya'da bir şehir: Freiburg.

Nasıl yapmışlar burayı böyle, diyenleriniz olacaktır. Söyleyelim: II. Dünya Savaşı'nda yerle bir olmuş. Ama şehir halkı bir şehir kültürüne sahip, kendi şehrine (hatıralarına) bağlı. Hiç başka bir şey düşünmemişler. El ele verip eski şehirlerini yeniden inşa etmişler. İşte buna tarih şuuru, mirasa sahiplik, incelik ve insanlık derler. Hiçbir yer kapanın elinde kalıp ranta dönüşmemiş. Almanlar zaten şehirlerin nüfusunu kontrol eder, nüfus baskısı ile özelliğini kaybetmesini istemez.

Freiburg aynı zamanda "nükleer enerji" karşıtı olarak tanınıyor.

Garip karşılamayın kendi enerjilerini kendileri üretiyorlar. Nasıl?

Şehrin boş alanlarını, binaların çatılarını güneş panelleri ile kaplamışlar. Tamamen güneş enerjisi (temiz enerji) kullanıyorlar. (Bir sanayi şehri olsaydı bu enerji onlara yeter miydi bilemiyorum.) Tabii enerjiden hareket edildiği için şehrin ve binaların dizaynı buna göre biçim almış. Ünlü mimar Rolf Dish bu "güneş panelli" çatılardan başlayarak evleri, sokakları tasarlamış. Sıfır karbon salınımı olan evlerin ısıtma sistemleri, oldukça soğuk sayılan bölgede üç bin euro'luk tasarruf sağlıyormuş.

Evlerde tercih edilen malzemeler tabiata zarar vermeyen türlerden seçilmiş. O kadar iyi bir yalıtım sistemi kurulmuş ki, diğer evlere oranla %90 verim alınmış.

Bu "yalıtım" işi çok önemli. Ülkemizde yeni yeni fark ediliyor. Kendi çocuklarımın Başakşehir'deki evinden biliyorum. Bir türlü ısınamıyorlar ve evin kuzeye bakan duvarları neredeyse ıslak kalıyordu.

Sonunda o bölgede bir "mantolama" kampanyası başlatıldı. Epeyce masrafı oldu ama evler ısınıverdi.

TOKİ keşke bu işi inşaatları yaparken düşünseydi. Ama şimdilerde tecrübe sahibi oldular her siteyi mantoluyorlar.

Freiburg'dan bahsederken şehrin kuzeyindeki Freiamt köyüne de değinelim.

Köy halkı ihtiyaçlarından %40 daha fazla enerji üretiyormuş. Ürettikleri enerjiyi devlete satıyorlarmış. Enerjinin kaynağı işte bildiğiniz hayvan pisliği. Tabii bu yüzden köyü bir koku kaplamış ama, orada yaşayanlar zaten bu kokuya alışık.

Hayvan atıklarını bu iş için üretilen mısır koçanları ile harmanlayıp işliyorlar. Ortaya çıkan metan gazı jeneratörler yoluyla köyün hem ısınmasında hem elektrik üretiminde kullanılıyor.

Şimdi bu şehir ve bu köy istisna sayılır. Geçiniz efendim, fantazya denebilir.

Ama oradalar, gidip görmek lazım.

Biz (ve neredeyse bütün dünya) çok katlı binalardan, beton ve demirden oluşan, sokaklarına arabaların sığmadığı bir şehir tarzını seçtik ve her yana yaydık.

Çamlıca'ya çıkın ve oradan İstanbul'a bakın. Şehrin üzeri kahverengiden griye doğru giden bir bulut ile kaplı.

Biz bu havayı soluyoruz ve ha bire gökdelen yapıyoruz.

Marifet bu mu?

Şehir dediğin böyle mi olmalı? Elbette hayır. Ama İstanbul artık tedavi kabul etmez. "Dönüşüm" falan sözlerine rağmen makus talihinin peşi sıra sürüklenecek.

Çevre ve Şehircilik Bakanı İstanbul civarına bir milyon nüfuslu bir yerleşim bölgesi kurulacağını söylüyor. Umarım bu işe girişmeden gidip Freiburg'u görür.

Yeni şehrimiz klasik Türk mimarisi ile Freiburg'dan daha güzel olabilir.

Ameller niyetlere göredir.

(Yazıyı kaleme alırken Sayın Vedat Atasoy'un *Radikal*'de (12 Ağustos 2012) yayımlanan yazısından faydalandım. Teşekkür ederim.)

SİTELER İSTANBUL'U UÇURACAK

Uçurdu zaten. Ama farkında değiliz.

Farkında olsak da değişimin önüne geçmek mümkün değil. Buna gücümüz yetmez. Çünkü muktedir olan, borusunu öttüren küresel zihniyettir. Bununla aczimizi, zafiyetimizi belirtmek istemiyorum.

Aksine.

Olup-bitene aşk ile sarılıyor, ihtirasla "ben de isterem" diyoruz. İnternetin gövdesine binmiş, cep telefonlarından kanatlarını açmışız.

Bir yanda siteler, öte yanda gökdelenler.

Hayat tarzımız (var mı öyle bir şey) hızla değişiyor. Biz birtakım tartışmalar ile havanda su döverken atı alan Üsküdar'ı geçiyor.

Geçmişte de böyle olmuştu.

Bahçeli ahşap evden apartman katına doğru koşmuştuk. Apartman ile hayat tarzımız değişmişti. Farkında olamamıştık. Sınıf atladığımızı sanıyor, elimize geçen ile seviniyorduk. Elimizden kaçanın farkında değildik.

Siteler çokluk şehrin dışında kuruluyor. Size bir kır, bir köy hayatı vadediyor. Çayırlar, çiçekler, göller, ağaçlar arasında bir huzur bahçesi. Kalabalıktan, betondan, asfalttan, pis havadan sıkılmış insanlar bu huzur dolu köşeye doğru savruluyor.

Gölün yapay, göle saçlarını sarkıtmış salkım söğütlerin yapay, göldeki ördek ve balıkların yapay olduğunu fark edemiyor.

Vay be!..

Diyor. Adamlar yapmış işte. Budur.

Adam isteyince Boğaz'ı ve yalıları dahi dağın başına inşa ediyor. Alkışlamalı. İstersen alkışlama, kalkınmanın amiral gemisi inşaat.

Gelin isterseniz şu manzaraya biraz hayal biraz fantazya katalım.

Bu siteler ileride birer mahalle olur. Yeni nesiller onu benimser. Onunla iftihar eder. O zaten bir markadır. Bakarsınız bir futbol takımı çıkarır. Ötekinin eli armut toplamıyor, o da çıkarır.

Hadi size sitelerarası bir futbol ligi. Bu kadar sitenin kamusal işlerini görecek bir teşkilatı, bu teşkilatın bir bütçesi olmalı.

Siteler Birliği diyelim. Demokratik usullerle teşkil ediliyor; bir site anayasası ve bir site hukuku oluşuyor. Bütçeyi unutmayalım.

Bu birlik bir örnek stadyum yapabilir. Maçlar burada oynanabilir. İstenirse "Siteler Olimpiyatı" dahi organize edilebilir.

Her ne kadar her sitenin bir veya iki AVM'si olsa da teşkilat bir yerde işi uluslararası kılmak yolunda "serbest pazarı" açmıştır. Her ne kadar iş ve alışveriş "sanal" âlemde gerçekleşse de bu pazarda "mekân tutmak" bir ayrıcalıktır.

Niçin acaba?

Onu da reklamcılar düşünsün.

Her ne kadar her sitenin bir güvenlik sistemi, bir güvenlik gücü olsa da teşkilat umum siteleri dış güçlerden korumak için bir ordu kurmuştur.

Ordu ile yetinmemiş, vergi toplamaya başlamıştır.

Hoop! Hop!

Portakal, orda kal.

Devlet içinde devlet kuruyorsun.

Hayallerime engel olamazsın.

İyi, madem hayal, kur öyleyse.

Ben bu fantazya ile sitelerin özgür ve güvenli yapısını bozmak istemiyorum. Biliyorsun onlar birer "köy". Hepsinin adının ardında bir "köy" takısı var.

İnsanlar tabiatla birlikte yaşamaya geldiler. Onları yeniden merkezî yönetimin dişlileri arasına atamayız. Siteli olmak bir ayrıcalıktır. Gerisi karabudun.

Yine sınıfsal bir ayrım yaptın.

Sınıflar olmasa hayatın tadı kalmaz.

Ama çatışma da çıkabilir.

Hayır, hayır. Siteler barışçıdır, hümanisttir. Değil insan, hayvan haklarına saygılıdır.

Demek gelecekte hayat "siteler ve ötekiler" diye tanzim edilecek.

Bilemem. Gökdelenden sonra ne gelecek, internetten sonra ne gelecek, genetik nereye varacak tahmin edemem.

Hayal kur canım.

Hayır, bunun hayalini kurmak istemiyorum.

Niçin?

Bana korkutucu geliyor.

Ne korkusu?

Nasıl desem; mesela gökdelenden sonra, "yerdelenler" inşa edilse, insanlar cehenneme dönen yeryüzünden yer altına inse. Korkunç, dayanılmaz.

Böyle filimler çekiliyor, makina adamlar falan.

Bilimkurgu sevmiyorum. Hem hayali bir yana koyalım, gerçek şu ki; siteler aldı başını gidiyor. İstanbul'u uçuruyor.

Yakında taşraya sıra gelir.

Öyledir; büyük döker küçük toplar.

Başa dönelim, hayat tarzımızın nasıl olacağını bilemiyoruz ve hayat devam ediyor. Bizi nereye götürüyorsa oraya gidiyoruz.

İdeoloji teknolojiyi, teknoloji ideolojiyi besliyor. Ve hayat tarzı böylece beliriyor.

Biz?

Biz kim?

YÜKSEK YÜKSEK BİNALAR

Türkü şöyledir: "Yüksek yüksek tepelere ev kurmasınlar." Şimdi yakılsaydı bu türkü herhâlde "yüksek yüksek binalara iş kurmasınlar." şeklinde olurdu.

Çünkü çok zararı tespit edilmiş. Her tür psikolojik bozukluk; sindirim, algı, hareket bozukluğu. Boğulma hissi, vesaire. Bilim adamları şunu keşfetmiş:

İnsanların hücreleri ile tabiattaki canlı cansız her yaratık arasında bir alışveriş var ve bu her iki tarafı sağlıklı kılıyor. Yüksek binalarda iş görenler bir bakıma canlı canlı mezara giriyor. Ama nedendir bilinmez, dünyanın her yanında yüksek bina yapımı çılgınca devam ediyor.

Bu binaların İstanbul'un silüetini değiştirdiği de tartışıldı. Gerçekten de "sur içi" İstanbulu'na böyle bina dikmek yakışıksızdır, yersizdir; izin verilmemelidir, verilmiş ise bina yıkılmalıdır.

Lakin bu da yaraya merhem olmuyor. Yeni dünya eskisini boğmaya devam ediyor.

İstanbul'a Marmara cihetinden gelen her kişi, kubbeler ve minareler ile bir harika İstanbul silüeti görüyor ama, başını az çevirince Maslak tarafında semalara yükselen gökdelenler ile ikinci bir silüet daha görüyor.

Hangisi İstanbul? Her ikisi de.

Sayın Başbakan'ın ilgiyle inşasını takip ettiği Mimar Sinan Camii de banka gökdelenlerinin gölgesinde kaldı. Acı ama gerçek.

İstanbul yüksek yüksek binalarla doldurulurken, sokaklar arabadan geçilmez oluyor. Trafik kangren. İşten çıkıp evine zar-zor varan kişinin zihnî ve bedenî yorgunluğu o safhaya varıyor ki, içeri girer girmez bir sedire uzanıyor. Söz yok, hareket yok, neredeyse nefes yok; bir ceset sanki.

Trafik kangren, çünkü her gün İstanbul trafiğine beş yüz ila bin arasında araba katılıyor. Bu arabalara yol bulmak için Kadir Başkan'ın açtığı tüneller yetmez, Boğaz'ın nefesini kesecek üçüncü köprü de. Ama insanlar araba almaya devam ediyor. Çıldırmış gibi. Televizyon ve basın reklamdan geçilmiyor. Bir gazeteyi açın yarısı site, rezidans, bina reklamı ile otomobil dolu.

Hormon, zehir kalıntısı, GDO derken "gıda güvenliği" de son süt macerasından sonra büyük problem oldu. Bazı tıp adamları "paketlenmiş (yani fabrikasyon) her gıdadan şüphe edin, iyice inceleyin." diyorlar. Bazıları daha ileri gidiyor, paket süt alacağınıza, köylünün getirdiği sütü alın o daha sağlıklıdır diyor. (Diyor da köylü nerde, süt nerde?) Peki uğruna deterjanlar tükettiğimiz hijyen ne olacak? İnsanlar otobüste bir yere el uzatıp tutunmaya çekiniyor, hiçbir şeye el sürülmüyor, sürekli tedirginlik içinde. Kardeşim otobüsün, metrobüsün tutulacak yerinden tutmuyorsun ama, araçtan indikten sonra soluduğun havada neler var biliyor musun?

Bu yüzden aileler çocuklarını sokağa salmıyor. Arada bir parka götürdüklerinde salıncakların iplerini ıslak mendil ile siliyorlar. Çocukların ne eli ne ayağı toprağa değmiyor. Çiçek koparmaktan bile korkuyorlar.

Zavallı renksiz, hareketsiz, mızmız balkon çocukları.

Oyuncakları bile güvensiz hâle geldi. Çin'den gelenler tümden zararlı imiş. Plastik yapıları, boyaları zehir kusuyor. Herhâlde yeniden eski dünyanın tahta oyuncaklarına döneceğiz. Oyuncaktan geçtim, çocuklara naylon karışımı çamaşır, elbise giydirmekten çekiniyor insanlar. Naylon ve petrol, kullandığımız ilaçlara kadar sızmıştır. Bu havadis üzerine doğal ilaçlara, bitkilere, ağaç kabuklarına hücum ediliyor. Bilim adamları yine ikaz ediyor. Bu "şifalı otlar" faydadan çok zarar getirir, aman dikkatli olun.

Deli danayı, kuş gribini saymıyorum.

Sığırların sürekli kapalı yerde tutulması hem sütüne hem etine zarar veriyor. Bir de yedikleri yem. Tavuklar dahi aynı akıbeti bekliyor. Normalde iki ayda kesime gelecek piliçler, verilen ilaçlarla kırk günde kesiliyor. Öyle ki bu piliçlerin henüz kemikleri dahi tam oluşmuş değil.

Konutlar depreme dayanıklı değil, hastanelerden enfeksiyon kapılıyor, adliyede açılan davalar bir türlü bitmek bilmiyor. Şiddet her yanda kol geziyor.

Yüksek yüksek binaların yapıldığı şehirlerde güvenlik zayıflıyor. İnsanlar dış kapılarına üç beş kilit daha ekliyor. Sitelerin etrafı tel örgüler, yüksek duvarlar, kameralar ile çevriliyor. Bunlar yetmiyor, bir güvenlik ordusu siteyi bekliyor. İnsanlar etrafı surlarla kaplı ortaçağ şatolarına kapanmış gibi kimseyle görüşmeden, dışarı çıkmadan yaşıyor. Yaşasın steril hayat.

Ama tüm bunlar o içe işlenmiş tedirginliği yok etmiyor. İnsanlar güvenini kaybettiği için kimseye güvenmiyor.

Bir insanla münasebet kuracağına bir makinaya bağlanıyor: İnternet.

Teknolojiye dayalı medeniyetin bize sunduğu hayat bu işte.

Yarasın.

AVM'LER VE SİTELER

İnsanoğlunun bütün çabası, çalışması, bilgisi, savaşı, kazancı sonunda gelip bir noktaya dayanıyor: "Hayatı nasıl yaşamalıyım?"

Günümüzde bu sorunun net ve kesin, kabul görmüş bir cevabı var: "Tüketerek."

Ne kadar tüketirsen o kadar mutlusun (kağıt üstünde).

Tüketime kim hükmediyor?

Bugün için "Küresel sermaye".

Sermaye'nin neye ihtiyacı var: Güvenliğe.

Bu sebeple günümüzde yapılan tartışmalarda zenginler "öncelik güvenlikte" demektedir.

Çünkü "hayat tarzı" bunu gerektiriyor.

Gereğin icabı "site"ler doğmuştur. Gariptir bu siteler, geçmişin site devletlerini hatırlatıyor. Onlar da etrafı surlarla çevrili, güvenlikli yerleşim alanlarında yaşıyor, hatta bazıları kendi ihtiyaçlarını sur içinde üretiyordu. (Eski Yunan'da site sakinleri kendilerini "medeni", dışarıda kalanları "barbar" sayıyorlardı.)

Şimdiki siteler de onlara benziyor. Etraflarında yüksek duvarlar, duvarların üzerinde tel örgüler (Hapishane misin mübarek! Eh, bir bakıma öyle. Nasıl algıladığına bağlı.), aydınlatma direkleri, onlar üstüne monte edilen sayısız kamera. Gece-gündüz site çevresinde dönüp duran güvenlik ordusu. Sağlam-elektronik kapı. Kapıda kapı gibi nöbetçiler. Siteler sakinlerini seçerek alıyor, her önüne gelen sitede daire sahibi olamıyor.

— Kimi aradınız?

— Filanı.

Filanla bağlantı kuruluyor.

— Kendinizi tanıtın.

— Filan yeğenim olur, ziyaretine geldim.

— Efendim ziyaretinize gelmiş.

Öbür uçtakinin paşa gönlüne kalmış. Ziyaretçiyi ya kabul eder veya etmez.

— Buyrun gelsin.

— Özür dilerim efendim bir arama yapmalıyım.

— Ne araması?

— Ne olur-ne olmaz araması. Malum güvenlik.

— Eh! Arayın bakalım. Yahu mahkûmla görüşmeye geldik sanki.

— Çantanızı da açar mısınız?

— Ne münasebet!

— Yönetmelik böyle efendim. Malum güvenlik.

— Eh, madem geldik katlanacağız. Buyrun, bakın.

— Size bir mihmandar veriyoruz, gideceğiniz dairenin kapısına kadar refakat edecek. Malum güvenlik.

— Bu mu?

— Evet bu.

— Eh, gelsin bakalım.

Apartmanın kapısına varılıyor. Refakatçi megafonla malum daireyi arıyor.

— Ziyaretçinizi getirdim efendim.

— Teşekkür ederim. Kapıyı açıyorum. Buyursun gelsin.

Site içine kapanmıştır. Halk ve hayatla ilişkisini kesmiştir. Yalnızlığın bütün hastalıkları siteye bulaşmıştır. Geçimsizdir, agresiftir. Bazıları bürolarını da eve taşımıştır. İş ve alışverişini internet üzerinden yapar. Site içindeki AVM'den faydalanır. Spor sahalarını kullanır. Mecbur kalmadıkça dışarı çıkmaz.

Dışarısı tehlikelerle doludur. Her yan fakirlerle, sokak serserileriyle, çetelerle kaplanmıştır. Otomobilde olsanız dahi güvenlikte değilsiniz. Gideceğiniz yere mümkün olduğu kadar çabuk gidip çabuk dönmelisiniz. Korumanız var mı? Ruhsatlı silahınız.

Biraz abarttık gibi değil mi?

Evet abarttık, ama abartma çağın gereği, zamanın ruhu. "Höt" denilince insanlar marketlere koşacak, makarna stoku yapacak.

AVM'ler de "hegemonik" bir devlet manzarası arz etmektedir. (Türkiye'de 236 AVM var. Beş yıl içinde 165 adet daha açılacak.) Kendinden küçük işletmeleri yutmuştur, bir zincir kurmuştur. Bu zincir şehirleri, ülkeleri, kıtaları kaplar. Bankalar, silahlar, laboratuvarlar, bilim adamları, sanatçılar, filozoflar zinciri korurlar. Muhalefet serbesttir, ama nedense ortada muhalefet yoktur. Çünkü mümkün olan en iyi yönetim, bu yönetimin yönettiği "tüketim"; tüketimin biçim verdiği "hayat tarzı" oluşmuştur. Bu "hayat tarzı"na karşı çıkan kıçına tekmeyi yer; siteden ve AVM'den atılır. O bir halk düşmanıdır. Aforoz edilmiştir. Meczup muamelesi görür.

Bir AVM'de en az 50.000 çeşit ürün vardır. İnsan bu kalabalık arasında ihtiyarını kaybeder, eşyanın çekim alanına girerek bir büyük işmiş gibi sarhoş olur. Alışveriş sepetini lüzumlu-lüzumsuz mallar ile doldurur. Şehvetle saldırır raflara. Aldığı malların çoğu çürür, bozulur, çöpe gider. Dert değil. Nasılsa çocuklar AVM'nin "Çocuk parkında"dır. Alışverişten yorgun düşerseniz bir cafeye oturun, dinlenin yüzlerce içecek ve yiyecekten bir şeyler atıştırıp dinlenin.

İsterseniz AVM içindeki sinemaya-tiyatroya-sosyal etkinlik merkezlerine, psikoloğa, doktora, spor salonuna gidin.

Bir AVM, tıpkı bir "site" gibidir. Her arzunuza, her ihtiyacınıza cevap verir. Güvenliklidir. Aldığınız mallara güvenebilirsiniz.

(Gülmek serbest (!)) Temizlik, hizmet yerindedir. Her malın iyisi oradadır. Hijyen fevkaladedir.

Günümüz insanının "ideal yaşamı" site ile AVM arasında geçer.

Abarttık galiba. Evet abarttık ama, şöyle geleceğe doğru bir bakış fırlattığımızda bunun böyle olacağını görür gibiyiz.

Hayatımız gittikçe kolaylaşıyor. Çağdaş yaşam bizi kanatları üzerine almış uçuruyor. Mutluluk yorgunu olacağız neredeyse.

Doğrudur. Gönüllü esaret böyledir. Ne demişti eskiler:

Ya terakki ya inhitat.

AVM'LERİN HÜCUMU

Dünya değişiyor, Türkiye değişiyor, hayat değişiyor. Yirminci yüzyılda bu değişimin milyonla unsuru arasında üç tanesi öne geçti, hayat tarzını darma-duman etti: Televizyon, Bilgisayar (internet), Otomobil.

Şimdi bunlara AVM'leri de katabiliriz.

Gerçi AVM'ler için kadim şehirlerdeki bedestenler ve kapalıçarşılar örnek gösterilebilir ama, biz burada bu karşılaştırmayı şimdilik yapmayacağız.

Site hayatı, rezidanslar, çiftlik evleri, jipler ve AVM'ler aynı dönemde hayatımıza girdi. Girdi diyorsam bunlar tuzu kuru olanların mekânları. Ama yavaş yavaş bütün halkın benimsenmesi sağlanacak. Şuradan belli: Bir küçük Anadolu kentinde (bildiğim bir yer) üç AVM açılmış, dördüncüsü yolda. Köylere bile servis koymuşlar.

Marka bir mânada eskiden de vardı. Mesela adam gömleği Beyoğlu'ndan aldım derdi; öteki Mahmutpaşa'dan almış ise ona fark atardı.

AVM'ler bütün markaları biraraya topluyor. Böylece kendisi hepsinin üzerinde bir marka oluyor. Tüketim toplumunun alâmet-i farikası. Bir traş bıçağı almak için girdiğiniz AVM'den muz, pastırma, sabun, beyaz leblebi ve terlik alarak çıkabilirsiniz. Kışkırtıcı, büyüleyici bir ortam.

Mahalle bakkalları AVM'leri sürekli eleştiriyor, kendilerine hayat hakkı kalmadığını söylüyorlar. Doğrudur. Ama daha derine inmek lazım.

"Mahalle Baskısı" denilen saçma tartışma sürerken şunu söylemiştim: "Yahu mahalle mi kaldı ki baskısı olsun." Mahalle ile beraber bakkal da göçtü. Bu elbette iyice silindi mânasına gelmiyor. Bir mahallede on bakkal varsa yedisi gitti, üçü dayanmaya çabalıyor. Benim bakkallara tavsiyem şudur: Veresiye defterinin hâlâ yürürlükte olduğu yerlere gidip orada dükkân açsınlar. Veresiye defteri ortadan kalkmadıkça bakkal yaşar. AVM'lerle aşık atmaya kalkmasın, Başbakan'a şikayet etmesinler. Zaten Başbakan onlara şu cevabı vermiş: "Türkiye değişiyor. Bunu artık ister kabul etsinler, ister etmesinler. Gerçekler ortada ve ben küçük esnafımızın bu noktadaki şikayetlerini de biliyorum. Ama onlar da artık bu gerçeği görecekler.

Ne yapacaklar? Bu sorunu sivil toplum örgütleriyle ve kendi aralarında birleşmek suretiyle (bir nevi kooperatif galiba) aşacaklar. Belki marketler, belki süper marketler hâlinde... Hayatın gerçeği bu. Sürekli ilerlemek durumundayız."

Bu konu binlerce küçük esnafı ilgilendiriyor. Başbakan da bilir ki bizde üç kişinin biraraya gelip ortak iş yapması hayli zordur. Bu sebeple tasarı her iki tarafı yok etmeyip besleyecek bir anlayış üzerine bina edilmelidir.

Ne dedik? AVM bir hayat tarzı dedik. İnsanlar eşofmanları çekip, arabaya atlayıp AVM'ye gidiyor. Elli bin çeşit mal arasında çırpınıp duruyor. Sepetler doluyor, ihtiyaç olmayan mallar dahi kapışılıyor. AVM sadece bu değil.

Orada lokantalar, cafeler, barlar, müzikholler, sinema salonları, buz pateni, bovling, masa tenisi var.

Yeme-içme-spor-eğlence-yarışma-gösteri-moda hepsi bir arada.

Zavallı "bir Kahraman bakkal" bu "orantısız güç" karşısında ne yapabilir?

Ya diğer küçük esnaf? "İnsanlar bütün günü AVM içinde geçirebilir. Bir bayan gazeteci bu gerçeği şöyle dile getiriyor: "Alışveriş Merkezleri'nin pazar günleri kapalı olmaları gündemde... Peki biz ne yapacağız şimdi? AVM'ye gitmek başlı başına bir program. Sinemaya, markete, manava, spora, yemeğe, sergiye gidiyoruz. Bu mekânlar artık alışverişten çok bir yaşam alanı hâline geldi. Sokaklarda yürümeyi, otopark aramayı unuttuk."

Söylendiğine göre İstanbul'a 109 AVM daha açılacakmış. Bu tam bir istiladır. Hayatımıza düpedüz ipotek koyuyorlar ve bayan yazarın dediği gibi biz buna gönülden razıyız. Zaten AVM Yatırımcılar Derneği Başkanı da "Pazar günü kapalı." konusunda şöyle demiş: "Bu karar hepimizi bitirir." Meseleyi gündemde tutan Sanayi ve Ticaret Bakanlığı'nın alışveriş sektörünün tüm tarafları ile istişare ve müzakere ederek bu meseleye çözüm getirecek bir tasarı hazırlaması.

Başbakan: "Esnafımızı asla haksız rekabete maruz bırakmadan, inşallah bu yasayı çıkartacak ve sektörü rahatlatacağız."

Bütün bunlar kapitalizmin hayat tarzımıza müdahalesinden ibarettir. Başbakan ve o yasa bunu engelleyemez.

Peki Mustafa Kutlu sen ne diyorsun?

Her zamanki gibi olmayacak bir cevabım var: O elli bin çeşit malı yüz elli çeşide indirirsek dünya rahatlar, sektör rahatlar, biz de rahatlarız. Bunun adı henüz ekonomi biliminde yok. Ama ben koydum bile: Kanaat ekonomisi. Olmayacak duaya "âmin" demenizi bekliyorum. Çünkü olmayacak dua yoktur.

KENTSEL DÖNÜŞÜM

"Kentsel dönüşüm" kavramından yaklaşmakta olan muhtemel büyük İstanbul depremine karşı çürük binaları yıkıp yerine sağlamını yapmak, bazı binaları güçlendirmeyi anlıyorsak meseleyi çok dar bir alana hapsetmiş oluruz.

Kentsel dönüşüm, şehir hayatında mekânın, onunla beraber insan ilişkilerinin ve hayat tarzının değişmesidir. İstanbul ile beraber taşra şehirlerimiz yakın tarihte böyle bir dönüşüme şahit oldu. Bahçeli, ahşap yapılı İstanbul yıkıldı, bahçesiz, hisar gibi birbirine bağlanmış beton apartmanlarla dolan tıkış tıkış İstanbul vücut buldu.

Halk bazen çeşitli dinamiklerin tesiri ile devletin önüne geçer. İstanbul'da son kırk-elli yılda böyle bir yapılanma yaşandı. Mahalle hayatı sona erdi, site hayatı başladı. Siteler şehrin dışında veya kıyıcığında yapılıyor, oralarda oturanlar kendilerini "seçkin" sayıp "karabudun"dan ayırıyordu.

Bu seksen sene önce "Şişli'de bir apartman" diye başlayan "Lüküs Hayat"tan bambaşka bir oluşumdu. Var olduğu söylenen ve fakat imar değişiklikleri ile delik-deşik olan şehir planından, hazine arazilerinden pay kapanlar Boğaz sırtlarını, havadar yerleri villalar ile doldurdu. Zaman zaman "yıkım kararları" alındıysa da bu akımın önüne geçilemedi.

Ülke ilerleyip kalkındıkça (!) gökdelenler mevsimi açıldı. Büyük şirketlerin öncülüğünde bilhassa Maslak civarı bunlarla doldu. Gökdelenler daha sonra her yere yayıldı. Hatta İstanbul'un silüetini tehdit etmeye başladı.

Önceleri "iş yeri" olan gökdelenler dünyadaki trende uyarak rezidansa geçtiler ve süper lüks daireler gündeme geldi.

AVM'lerin paralelinde artık "lüks"ün belirleyicisi "rezidans" olmuştu.

İşte bu gerçek "kentsel dönüşüm"dür.

Bir derginin dile getirdiği gibi "inşaata hücum" değil bu. Bu "yeni hayat"a doğru bir yolculuk. Site ve rezidans hayatı AVM'ler ile içe dönük bir "seçkin hayat" sunuyor ve öncelikle varlıklı olanları kışkırtıyordu.

Şehrin kalabalıklaşması, gecekonduların önlenmesi için TOKİ devreye girdi, gerçekten de az gelirli veya orta gelirli kesimler için yeni yerleşim bölgeleri inşa etti. Bu apartman ormanlarının adının konulması zordur. Oralarda yaşayanlar şunu diyor: "Bu bölge ne köy, ne mahalle ne şehir." Acaba buralarda nasıl bir "hayat tarzı" vücut bulacak? Fakir halkın kendi gücü ile inşa ettiği "gecekondu"lar birer mahalle olmuş, kendi kültürünü, müziğini, insan ilişkilerini yaratmıştı.

Ama diyelim ki şehrin içinde kalan Süleymaniye (o ahşap binalar, konaklar) restore edilse –ki kısmen ediliyor– yeniden yapılsa, orada kimler oturacak? Şimdilik yapılan binalarda çokluk şirketler, vakıflar ikamet ediyor. Ahşap Süleymaniye'yi yeniden inşa etmek önemli, ama orada oturanları tayin mümkün değil. Oysa bir semte damgasını vuranlar oranın sakinleridir. Ve bir yerde bir "hayat tarzı"nın vücut bulması çok zaman alır.

Site ve rezidans hâkimiyetine giren kent (En azından eski ahşap evlerde oturanlar, o zamanlar yeni yeni yapılmaya başlayan apartmanlara hevesleniyorlardı.) bu gidişle ne tür bir özellik kazanacak? Şimdilik görünen "alafranga" eğilimin ağır bastığıdır. Bunu normal saymalıyız. Çünkü ülkeye damgasını vuran "alafranga hayat tarzı", ötekini, yani "alaturka"yı saf dışı bırakmıştır. O artık bir özlem, bir nostaljidir. Ama gelin görün ki, bu toplum emir-komuta ile "alafranga" olamıyor. Bu yüzden TOKİ apartman ormanları iki arada bir derede kalmıştır. Sakinleri mekândan memnundur, ama içleri sıkılıyor. Kaybettikleri komşuluğu, mahalle sıcaklığını arıyorlar. Sulukule'nin yenilenmesi elbette yerindedir. Ama şunu unutmayın o derme-çatma sokakların-evlerin sakinleri kaybolan hissiyatlarına ağlıyorlar.

İstanbul için "kentsel dönüşüm" adayları arasında aciliyet kesbeden yerlerden biri de Gedikpaşa.

Ermenilerden, Rumlardan ve yerli sakinlerinden geriye kalan harap evler, hanlar, iş yerleri. Karanlık bir ortam.

Diyelim burayı yıktık, yeniden yaptık. Orada kimler oturacak? Nasıl bir hayat yaşanacak. Veya bina yapmayıp o geniş araziye Marmara'ya bakan harika bir yeşil alan yaptık (ki buna bayağı ihtiyaç var ve çok da güzel bir mekân olur).

Peki bu parkta kimler dolaşacak?

Burası sarhoşlara, tinercilere mi kalacak?

Herhâlde en iyisi Sultanahmet ile birleşip yeni bir "turizm alanı" olmalı, butik otellerle dolmalı. Hizmet sektörü burayı şenlendirir. Bu cümleden olarak boşalan adliye binasını da mutlaka yıkıp yeşil alan yapmalıyız. Yazları Sultanahmet'te adım atacak yer, oturacak bir sandalye kalmıyor. Lütfen bunu böyle düşünelim. "Kentsel dönüşüm" geniş bir kavram demiştik. Temelinde "kültürel" bir unsur bulunmalı.

Bu nedir?

İşte zor soru.

Bu, ülkemizin "kendisini bulma" yönünde atacağı adımlardan biri olmalı. Bilim adamları, sanatçılar, mahalli idare ve nihayet hükümet buna kafa yormalı.

Atı alan "rezidans" Üsküdar'ı geçiyor.

GÖKDELEN'E ALTERNATİF

Son yıllarda gazeteleri tam sayfa rezidans ilanları kapladı. Bir yeni hayat tarzının mekân anlayışını, sözüm meclisten dışarı "ev" anlayışını pazarlıyorlar.

Aslına bakarsanız elli bin çeşit bulunduran AVM'lerin pıtırak gibi etrafımızı sarmasına paralel olarak bu "gökdelen ev!"ler bir uyum unsuru sayılabilir.

Bu paralel gidişe tatil yörelerindeki, kentlerdeki "beş yıldızlı otelleri de" katabiliriz. Açık büfede iki yüz çeşit yemek bulunuyor.

Ardından yine etrafı koruma duvarları ile çevrili, nizamiye gibi kapısı, güvenlik görevlileri, kameraları, koruyucu köpekleri ile "gayet emniyetli!" siteler geliyor.

Ve bu hayat tarzı kentlere yeni bir çehre veriyor, küresel sermaye bu çehrenin vücut bulması için bütün tüketim unsurlarını ekrana bakmaktan âdeta "bakar kör" olmuş insanların üzerine püskürtüyor.

Bu insanı boğan yükseltilerin, ayak üstü yenilen yemeklerin, çalışma temposunun bitirdiği fert feryat ediyor: Yok mu bu mağaranın bir çıkış kapısı?

Neyse ki tünelin ucunda sönük de olsa (ki bu yapısına uygundur) bir ışık belirdi. Bir alternatif "hayat tarzı" kendini gösterdi. Nedir o? "Yavaş Şehir." Simgesi salyangoz. Gavurcası "Cittaslow."

Bu şehirlerin (veya kasaba ölçeğinde yerleşim birimlerinin) özellikleri şöyle: Beş yıldızlı oteller yerine butik oteller. Apartman yerine tek veya çift katlı bahçeli ev. Şehir içinde trafik derdi yaratacak kadar araba bulunmuyor. Yerel kültüre sahip çıkılarak küresel sermayenin fiştekledigi tek tip tüketim dışlanıyor. Koşturmacanın yerini yavaşlık ve sükunet alıyor.

Türkiye'de Seferihisar Belediye Başkanı Tunç Soyer'in gayretleri ile ilk "Yavaş Şehir" seçildi. Bu seçim sonucu Seferihisar'a bir sertifika verildi.

Türkiye'de bu ölçülere uygun kasabalar ve şehirler var (meselâ Erzincan).

Cittaslow'un bir dünya projesi olduğunu belirten Başkan Soyer, projede Türkiye'nin 19. ülke, Seferihisar'ın da 129. kent olduğunu söylemiş. Seferihisar'la beraber seçilen ABD kenti bu iş için iki yıl uğraşmış, oysa Seferihisar altı ay sonunda sertifikayı almış.

Erzincan böyle bir hedefi seçerse bu sertifikayı kolayca alır ve dünyanın tanıdığı bir şehir olur. Biraz gayret.

Cittaslow Bilim Komitesi önümüzdeki dönemde üniversitelerde bu projenin anlatılacağı konferanslar verileceğini duyurmuş. Erzincan Belediyesi hemen harekete geçerek Bilim Komitesini Erzincan Üniversitesi'ne davet etmeli ve bu konferanslardan yararlanmalıdır.

Seferihisar'ın "Yavaş Şehir" seçilmesi esnafı da umutlandırmış. Organik gıdalar, yerel kültür, yavaş yemek konularında eğitim programları düzenleniyor. Yabancı turistler artık böyle sakin köşeleri tercih ediyorlar. Çünkü dünyada "kafa dinleyecek" bir yer kalmadı.

İtalyanca Citta (şehir) ve İngilizce slow (yavaş) kelimelerinden oluşan Cittaslow'un kökeni "fast food"a karşı tepkiye dayanıyor. 1986 yılında Amerikan tarzı hızlı yiyecek zincirine karşı çıkılarak İtalya'da "Yavaş Yiyecek Birliği" oluşturuldu. 1989'da Paris'te uluslararası boyut alan birliğin, bugün yüzden fazla ülkede seksen bin üyesi bulunuyor.

"Yavaş Şehir" olabilmek için çevre politikaları, altyapı, kentin dokusunun kalitesi, yerel üretim ve ürünlerin desteklenmesi, misafirperverlik gibi ölçüler gerekiyor.

Bu sertifikayı alan kentler düzenli olarak denetimden geçiriliyor.

Ben hâkim kültür ve hâkim sermayenin "Yavaş Şehir"lere şimdilik bir "tatil yöresi" olarak baktığını düşünüyorum. Ama hızlı yaşamanın, metropollerin, yüksek binaların, gürültünün, asayiş sorunlarının, tabiattan uzak kalmanın ruh sağlığını iyicene tehlikeye attığı "hayat tarzı" karşısında; "Yavaş Şehrin", yavaşlamanın sağlıklı bir alternatif olabileceğini, tüketim çılgınlığını frenleyebileceğini umut ediyorum.

Tatilden yola çıkılmış olsa da gökdelen hâkimiyetine karşı, bahçeli, tek katlı ev bir alternatif olarak beliriverdi. Hele ülkemizde bu bizim için bir nimet olacak. Çünkü yapılan anketlerde halkın yüzde doksanı bahçeli, tek katlı bir ev istiyor. Hızlı yaşayıp genç ölmek yerine yavaş, huzurlu yaşayıp eceli gelince ölmek daha iyi değil mi?

BOŞ ARSA

Henry Ford, şu otomobil üreticisi "Kent sorununu kenti terk ederek halledeceğiz." demiş.

Bu sözü sarfettiğinde dünyadaki otomobil sayısı kaçtı acaba? Ben bir tablo çizeyim, siz sonucu belirleyin. Bundan yaklaşık 25-30 yıl önce Bakırköy tarafında bulunan evimize gitmek için iki şeritli (bir gidiş-bir geliş) bir yolu kullanıyorduk (İETT otobüsleri ile). Trafik çok yoğundu, on beş dakikalık yolu bir, bir buçuk saatte gidebiliyorduk.

Aradan geçen zaman içinde trafiğe akışkanlık sağlamak üzere yol genişletildi, alt ve üst geçitler yapıldı, ayrıca metro da devreye girdi.

Şimdi otomobillerin emrinde 25 şeritlik bir yol var ama trafik sıkışıklığında değişen bir şey yok.

"Kenti terk edin." diyen Ford, herhâlde banliyölere, şehrin merkezinden uzak semtlere taşının diyordu. İnsanları bilemem ama kent kendini uzaklara taşıdı. İzmit'ten Tekirdağ'a ulaştı denebilir.

Kentten kaçan şehirli epeyce uzakta, tarlalar içinde bir çiftlik evi kurdu, oraya yerleşti. Oh, temiz hava, kuş sesleri falan.

Demeye kalmadı yanına yöresine kooperatif ormanları inşa edildi, marketler açıldı, oteller, rezidanslar yapıldı ve fukara "kent kaçkını" yine bina ve otoların arasına sıkışıp kaldı. Üstelik şimdi arabası ile işine gitmek daha fazla zaman alıyordu.

Ne yapsın adam, işi-gücü bırakıp, dağ başına çıkarak çadır mı kursun?

Kentler, pençesinden kimsenin kurtulamayacağı bir zindana dönüşmüştür. Bunun müsebbibi Ford'un kendisidir.

Otomobil ideolojisi kenti kendine göre dizayn etmiştir. Kaçış yok. İstanbul'da her gün 300-400 yeni aracın trafiğe çıktığı söyleniyor. Buna ne yol, ne tünel, ne köprü ne de başka bir şey çözüm getirebilir. İnsanoğlu, icat ettiği canavarın eline düşmüştür ve işin tuhafı bu gönüllü bir esarettir.

Oturduğumuz evin bitişiğinde tek katlı bir fabrika vardı. Geniş mi geniş bir bahçesi vardı. Bahçesinde her tür ağaç, çiçek, çimen vardı. Az rastlanır pembe-kırmızı salkım çiçek açan at kestaneleri, hatta manolyalar vardı.

Bu sebepten olacak sabahın seherinde o ağaçlığı mekan tutan ötücü kuşların korosunu dinlerdik. Bülbül dahi dinledim. İnanılmaz bir şey.

Bu fabrika önceleri kent dışına kurulmuş. Kent genişleyince onu da kuşatıp midesine indirmiş. Fabrikaların kent dışına çıkarılması kararı alınınca bunu yıktılar. Yerinde geniş mi geniş bir boşluk doğdu. Ağaçların büyük kısmı hâlâ yaşıyor, pek tabii kuşlar da.

Fabrika enkazı taşınınca yerine yağmur sularının doldurduğu bir gölcük yerleşti. Maşallah iki yıldır iyi yağmur yağdı, başta martılar olmak üzere, kargalar, güvencinler, kumrular, saksağanlar, serçeler o gölcüğü yıkanmak, eğlenmek ve yüzmek için kullanmaya başladılar.

Balkona çıkıp bu cümbüşü saatlerce seyrediyorum. Kentin ortasında bir kuş cenneti. Boş arsa etrafındaki bina ve beton ormanının ağırlığını alıyor. Ayrıca ağaçlar, çiçekler ve kuşlar ile orada kendiliğinden oluşan bir kır manzarası oluşturuyor. Ferahladık, nefes almaya başladık. Etrafı duvarlarla çevrili ve kapısında bekçi ile köpekleri olduğundan arsaya çocukların girmeleri, gölcüğe girip boğulma tehlikesi yok, zaten gölcükte o kadar su da yok.

Şimdi diyorum ki kentin ortasında bir adacık olan bu boş arsa bize daha ne kadar arkadaşlık edecek.

Çok geçmeden cevap geldi.

Arsaya bir AVM ve bir rezidans yapılacakmış. Yapılır elbet. Öylesine kıymetli bir arsayı boş bırakacak değiller ya.

İnşaat başlayınca kompresörlerin, dozerlerin gürültüsünden önce kuşlar nasibini alacak. Burası da elden çıktı göçelim diyecekler. Ve bir sabah kalktığımızda arsadan hiç kuş sesi gelmeyecek. Kuşsuz kalan ağaçlar belki üzüntüden kuruyacak. Ortada gölcük falan kalmayacak. Biz yine pencereleri sıkı sıkı kapatıp, perdeleri çekeceğiz. Bütün kent insanları gibi beyaz cama dönüp okyanus adalarında devam eden "vahşi tabiat"tan ayrıntıları seyretmeye duracağız.

O boş arsa hayatımızdan bir serinlik gibi gelip geçecek.

"Kenti terk edelim." demiş Ford. Bu herhâlde daha fazla otomobile binelim. Orada kahvemizi içelim, orada müzik dinleyelim, televizyon seyredelim, sohbet edelim demeye geliyor. Otomobilin getirdiği özgürlüğün dayanılmaz hafifliği.

Şarkıdaki gibi: "Otomobil uçar gider."

OTOMOBİL SEVDASI

Bu ne "kanlı sevda" imiş.

Bu yazıyı "bayram öncesi" yazıyorum ve bütün radyo-televizyonlarda şu uyarı: "Yollar kan gölüne dönmesin." Dönüyor çünkü.

Memleket her bayramdan bir savaştan çıkmış gibi çıkıyor. Kıyas olsun ve uyarıyı güçlendirsin diye yazıyorum: Ülkemizde bir yılda trafik kazalarında ölenlerin sayısı "İstiklal Savaşı"nda verdiğimiz şehitlerden fazladır.

Ne oluyor yahu?

Bu otomobil bize bu kadar kıyıyor da, biz neden hâlâ onu "çılgın gibi" seviyoruz.

Efendim suç otomobilde değil, onu kullananda.

Hadi canım sen de.

Âletlerin masum olduğunu düşünmek safdilliktir.

Âletleri doğuran, yani teknolojiyi yoğuran ideolojidir.

Otomobil bir ideolojinin ürünüdür.

Atası "buhar makinası"na kadar gider. Bu ideolojinin temelinde "dünyayı cennet yapmak" vardır. İnsanoğlu buna kolay kanar. On dokuzuncu asırda bu düşünce tüm dünyayı sardı. "Bilim her şeyi halledecek." dediler, sonunda I. Dünya Savaşı çıktı. Hem de Avrupa'da. İnsanlar birbirini yedi. Bu korkunç savaş maalesef insanlara ders vermekte yetersiz kalmış olmalı ki ardından II. Dünya Savaşı yaşandı.

Öyle bir savaş ki sonu nükleer bomba ile noktalandı. Ve bilim insanlara cennet yerine korku, şüphe, diken üstünde yaşamayı hediye etti.

Bir uzun süredir "pirincin taşı" ayıklanmaya çalışılıyor ama nafile.

O savaştan sonra biraz aklı başında olanlar can alıcı soruları sordular. Bu dünya nedir? İnsan kimdir? Varlık nedir? Niçin yaşıyoruz? Nasıl yaşamalıyız? Hayatın mânası nedir? Niçin savaşıyoruz? Oysa bunlar kadim sorulardı.

Cenab-ı Hak Rahman ve Rahim olduğu için peygamberlerini, kitaplarını göndermiş; tüm bu soruların cevabını insanlara iletmişti.

Ama onlar "nankör ve inatçıdır". Nefislerine uydular, Allah'ı, peygamberi, kitapları, ahireti inkâr ettiler. Doğru yoldan saptılar.

Hani cevap: Cevap şu: Dünya, hayat, insan, varlık anlamsızdır, saçmadır, tesadüfîdir. Başka bir izah bulamadılar. Kimi intihar etti, kimi komünist, kimi nihilist, kimi bilmem ne oldu.

Ama ideoloji yoluna devam etti. Yine kandırdı insanları. Yine dünya nüfusunun yüzde onu, yüzde doksanını esir aldı. Onun payına düşeni yemeye başladı. Yiyor, şişiyor (obezite) sonra kilo vermek için yol arıyor. Konfor onu sarhoş etti. Haz ile hızın emrine girdi.

Audi "Kentsel Gelecek Ödülü" diye bir yarışma-sergi düzenlemiş. Hasköy Yün-İplik Fabrikası'nda, Selva Gürdoğan ve Danimarkalı eşi Gregers Tang Thomsen de buna katılmış.

Thomsen şöyle diyor: "Oyun sahaları, organik bahçeler ve diğer kamuya açık kullanımlar için açık alan yaratmak amacıyla sokaklar ve kaldırımlardan otomobilleri kovmalıyız."

Sonra halkımızın sağduyusu ile vaktiyle icat ettiği çok güzel bir isim verdiği "dolmuş" sistemini savunuyor.

Gürdoğan ise geleceğe vurgu yaparak "sürücüsüz araba"ların devreye girmesini bekliyor.

Bu iki "şehir plancısı"nın arabaları sokaklardan kovmak fikri ne kadar cazip. Ülkemiz ve dünya için şimdilik bir fantezi.

Bakınız size inanılmaz bir olgudan söz edeyim: Bütün Avrupa ülkelerinde bulunan kamyon sayısının toplamından fazla Türkiye'de var.

Tarlasını satan kamyona yatırmış.

Bu emperyalizmin bize yutturduğu büyük bir dolmadır. Sonuç ne olmuş dersiniz?

Sonuç şu: Taşımacılığın yüzde doksanı karayolundan, yüzde üçü deniz, yüzde üçü hava, yüzde üçü demiryolundan gerçekleşiyor.

Cinayetin temelinde bu var işte. Bu dolma. Oysa ülkemizin üç yanı denizle çevrili. Denizyolu taşımacılığı gelişmeliydi.

Demiryolları çok ihmal edildi, neyse ki son yıllarda bu alana yatırım yapılmaya başlandı.

Türk halkı "otomobil sevdası"ndan vazgeçemiyor. İstanbul'da her gün 300-400 yeni araç trafiğe çıkıyor. Buna ne yol yeter, ne tünel ne köprü.

Otomobilleri sokaklardan atmalıyız.

Onun yerini toplu taşıma araçları almalı. Dolmuş sistemi yeniden hayata geçmeli. Vesaire.

Şimdi şunu düşünün: Bir maganda kurşunu ile, incir çekirdeğini doldurmayan bir münakaşa sebebi ile, alacak-verecek meselesi sebebiyle ve sayamadığımız sebeplerden biri ile bir yakınımız ölünce nasıl feryat ediyoruz.

Peki ya trafik kazaları!

Sanki doğal hâle geldi.

Kimsenin (dünyanın) kılı kıpırdamıyor. Otomobil bir dev ve her gün yüzlerce adam yiyor, yine doymuyor.

Ben fakir koca bir oto-sanayi dünyasına karşı bayrak açmış Don Kişot gibiyim. Bence bir insanın hayatı dünyanın tüm otomobillerinden kıymetlidir.

Kime konuşuyorum ben? Her neyse.

SİMİT SARAYI VE TÜRKÜ-BAR

"Simit sarayları"nı ilk görenler gözlerine inanamadı. Mazisi ne kadar eski olursa olsun "sokak satıcısı"na mahsus bir yiyeceğin böylesi görkemli salonlarda ne işi olabilirdi ki?

Evet eski günlerden bahseden eski adamlar "İstanbul simidi"ni öve öve bitiremiyorlardı ama "nerede o simitler" diye ilave ediyorlardı.

Simit sarayı orta gelir, alt gelir, üst gelir kesimlerini ayrım gözetmeksizin bir araya getirdi. Doğrusu simitler kaliteli ve çeşitli, servis güzel, çay nefis, salon şıktı. Buralara takılmak moda oldu. Sonra simit sarayları İstanbul'un her yanına yayıldı. Tıpkı "türkü bar"lar gibi.

"Türkü-bar"lar da Anadolu'dan gelip İstanbul'u mekân tutanların hem efkârlanmak, hem iki tek atmak, hem eğlenmek, hem hemşehrilerle buluşmak, hem hovardalığa çıkmak hem de "bar" denen ve üst sınıfların buluşma mekânı olan yeri dolduruyordu. Kendini gösterme ve tatmin. Sanki öz benliğini kaybetmeden sınıf atlamış oluyordun.

Bu iki unsur oradan oraya savrulan, bir yandan iş bulma umudu ile çırpınan bir yandan köşeyi dönmeyi arzulayan yerinden, kültüründen, büyük ailesinden, toprağından kopmuş kalabalıkları bir zaman avuttu. Sonra her nev-zuhur oluşum gibi parlaklığını kaybetti. Simit Sarayları ya kapandı veya ürün-imaj değiştirerek pastaneye dönüştü. Türkü-barlar kayboldu.

Kaliteyi kollayan, dünyayı takip eden, değişime ayak uyduran, köklü müesseseler; iyi yönetimler elinde büyüyen Türkiye'de büyüdü, yurt dışına açıldı. Ancak bu imkânlar elit dışında geniş kalabalıkların ulaşacakları noktada değildi. Onlar sona eren Klasik Türk Müziği ile Hafif Batı Müziği'ne "Arabesk" ile karşılık vermişler ve varoşlarda tutunmayı başarmışlardı.

Arabesk devri bitti. Simit Sarayı ile Türkü-bar kapandı.

Türkiye bir yol ayrımında.

Bir yanda "Ergenekon", öte yanda "yeni ve sivil anayasa" girişimleri.

Türkiye istikbalini teminat altına almış; huzurlu bir ortama kavuşmuş, âdil bir yönetimi-yargıyı bulmuş, yerli ve millî olma açısından zamana mukavim köklü bir idareye kavuşmak istiyorsa öncelikle bu anayasayı yapmalıdır.

Anayasa için taraflar (askerler, iş çevreleri, işçiler, üniversiteler, sivil toplum kuruluşları, partiler, yargı vb.) iyi niyetle ve bu işin öncelik ve lüzumuna inanarak bir araya gelmelidir. Tartışmalıdır.

Tartışma sonunda üste çıkmak için kavgaya dönüşmemeli mesele ne kadar uzun sürerse sürsün barış içinde görüşülmelidir. Havanda su dövme yoluna asla gidilmemelidir.

Türkiye bu "anayasa"yı yapamazsa; bu "anayasa"yı her kesim gönül rızası ile kabul etmez ise sittin sene sıkıntıdan-kavgadan kurtulamaz.

Bu "anayasa"yı kendimiz, yine kendimiz için yapmalıyız. Dış dayatmalardan ve angajmanlardan uzak, gelecek nesilleri düşünerek elden gelen gayreti göstermeliyiz. Kimsenin bu konuda ipe un sermeye, yan çizmeye hakkı yoktur.

Bu "anayasa" gerçekleşirse ülkenin iki yüz yıldır süren "iki arada-bir derede kalmış", "ne o, ne bu olmuş" hâli sona erecek; buna bağlı olarak başta "vesayet" konusu olmak üzere pek çok mesele hal yoluna girecektir.

Anlaşmaya muhtaç ve mecburuz.

Aksi takdirde dünden önceki günden bugüne aktarılan ve bir türlü çözüme kavuşmadığı için sürekli kavga konusu olan meseleler bir nesilden ötekine intikal eder ve ülke özlediği barış ortamına kavuşamaz.

Neticede "bir kanun metni"ne bu kadar bel bağlamak niye; uygulama daha önemli değil mi, diye sorulacaktır. Doğru.

Ama bir yerden başlamak lazım.

Mevcut anayasanın sağından solundan çekiştirip değiştirerek bir yere varmak mümkün değildir. Bunda dahi iktidarın zorlandığına şahit oluyoruz. AB yolunda yapılanlar havai fişeklere benzer. Bizi umutlandırır, neşelendirir. Ama bir anlık parlamadır bu, devamı gelmez.

Hukuk "güçlünün koyduğu kanun" olmamalı.

Türkiye aklını başına toplamalı, bu işlere başlayalı iki yüz yıl geçti, şimdiye kadar çoktan hal yoluna konulmuş olmalıydı.

Toplum belli bir seviyede olgunluk kazanmıştır, halkın sağduyusuna inanmalı, değerlerine saygı göstermelidir. Çevreler birbirini tanıyor. Bir dayatma değil "toplumsal anlaşma-sözleşme"ye ihtiyacamız var. Bir arada yaşamak budur.

Bunlar aslında çokça söylenmiş, hâlâ söylenmekte olan sözlerdir. Söz fazla tekrar edilirse yalama olur, dikiş tutmaz. Seçkinlere düşen burnunun dikine gitmemek, dediğim dedik davranmamak olmalıdır. Toplum kendi seçkinlerine güvenmelidir.

Burada belki şu yakıcı soru akla gelebilir.

Acaba Türkiye'nin seçkinleri var mı?

Veya "İşlerin yolunda gitmesine mani olan kim?"

Bunlar da tartışılsın.

Yoksa "simit sarayı" ile "türkü-bar"a takılıp kalırız. Ve sürekli şu cümleyi tekrar edip dururuz: "Önümüzdeki maça bakacağız."

HUZUR EVİ

Eğer sevdiklerin yanında değil, sağlığın da yerinde değilse ihtiyarlık bir çileye dönüşür. İnsan yaşlanınca çocuk gibi olur; güçsüz, güvensiz, yardıma muhtaç ve nazlı.

Büyük ailenin varlığını sürdürdüğü yıllarda yaşlılar evlatlarının, torunlarının, sevdiklerinin yanında son günlerini geçirir, çok iyi muamele görür, saygıda kusur edilmez ve onlar da huzur içinde son nefeslerini verirdi.

Türkiye'de hâlâ nüfusun yüzde otuzu köylü, yüzde otuzu da şehre gelmiş köylüdür. Bu sebeple "büyük aile"nin tamamen ortadan kalktığı söylenemez.

Gelenek bir şekilde sürmektedir. Aile küçülse de yaşlanan anababaya bir şekilde bakılır. Onları "huzurevleri"ne terk etmek vefasızlık, insafsızlık, sevgisizlik olarak değerlendirilir.

Ancak şehirlerde çalışan anne, çalışan baba işe gidince yaşlılar evde yalnız kalır. Bazıları torun bakar, zordur ama böylece hâlâ işe yaradıklarını gösterirler. Ana-baba için de bir güven kaynağıdır bu.

Ama yine de her iki tarafın içi rahat değildir. Eşini, evini kaybetmiş ihtiyar, oğlunun veya kızının yanına sığınmışsa (Eskiden bu kelimeyi kullanmak fevkalade ayıp sayılırdı. Ne demek sığınmak!) hayatın akışı, zamanın ruhu, yeni hayat tarzı içinde kendini bir "yük" gibi algılar. Çocuklarının işi-gücü, arkadaşları, buluşmaları, eğlenmeleri, tatile çıkmaları vb. sırasında kendisinin bir "engel" teşkil edeceğini düşünür. Ki gerçek de böyledir. Yaşlı adam artık "huzursuz"dur.

Gençler de bu "yaşlı"ya gereken ihtimamı gösteremediklerinden, onu kırmaktan çekindiklerinden, onu ne yapacaklarını bilemediklerinden dolayı gergin, yani "huzursuz"durlar.

İşte tam bu sırada "huzurevi" devreye girer. Huzurevinin devreye girmesi, insanın devreden çıkması demektir. Ananızı-babanızı bir "kurum"a emanet ediyorsunuz ve içiniz rahat değil.

Oysa bu "Batılı hayat tarzı"nın kurumsallaşmanın getirdiği bir organizasyon, bir çaredir. Ki biz de yavaş yavaş buna alışıyoruz.

Batı'da aile bağları iyice gevşediğinden son yıllarda karı-koca dahi ayrı ayrı evlerde oturmayı; "kendi hayatlarını yaşamayı" tercih ediyormuş. Çoğu boşanıyor zaten. Çocuklar ya kreşte yahut yatılı okuldadır.

Geçen yıllarda hatırlarsanız çok sıcak bir yaz geçirmiştik. O yaz sadece Fransa'da 15.000 yaşlı, yalnız yaşayan insan öldü.

Ölümleri tatilde olan çocuklarına, yakınlarına bildirildiğinde şu cevap geldi: "Morga kaldırın, biz tatilden sonra ilgileniriz."

Otuz yıldır Almanya'da yaşayan bir mühendis arkadaş, Avrupalıların tatile çıkarken "ayak bağı" olur diye çocuklarını yanlarında götürmediklerini anlattı.

Teknolojik-medeniyetin doğurduğu zihniyet, "Birey, birey... Bireyin mutluluğu!" diye bağıran ses sonunda bireyi umutsuz bir yalnızlığa itiverdi.

Kurumlar ne kadar konforlu olursa olsun bir "insan"ın yerini tutamıyor.

Bu uzun "giriş"i ülkemizde yapılan bir uygulamaya dikkat çekmek için yaptım.

Aile ve Sosyal Politikalar Bakanı Fatma Şahin geçenlerde Türkiye'nin ilk "Yaşlı Yaşam Evi"nin açılışını yaptı.

Fatma Şahin 2014'e kadar huzurevlerindeki koğuş sistemine tamamen son vereceklerini, yaşlıların artık ev ortamında yaşayacaklarını söyledi. "Yaşlı Yaşam Evi"nde bir sosyal çalışmacı ve dört bakım elemanı görevli olarak çalışacak. Dört oda ve bir salondan oluşan ve güvenliği olan site içindeki apartman dairesinin hemen yanında aile hekimliği ile birlikte bir ambulans hizmet için bekleyecek.

Bakan Şahin "Yaşamla bağını koparmış ölümü bekleyen yaşlılar istemiyoruz. Aktif, sağlıklı, sosyal hayatın içinde, kendi kuşağı ile dayanışma ve uyum sağlayan, gözlerinin içi gülen yaşlılar istiyoruz." demiş.

Güzel, dikkate değer bir uygulama.

Bir noktaya dikkat etmeli.

Yaşlıların oturmuş alışkanlıkları, zevkleri, huyları vardır. Hemen kırılır veya huzursuz olurlar. Bazıları fevkalade inatçıdır. Bu sebeple aynı evi paylaşacak fertlerin seçiminde dikkatli olmak lazımdır.

Eğer koğuş nizamındaki bir huzurevinden seçilerek daireye taşınacak fertler söz konusu ise, öncelikle bu fertlerin koğuşta anlaştığı, uyuştuğu arkadaşları tercih edilmelidir.

Hastanede, hapishanede, askerde, yatılı okulda tatbik edilen "koğuş nizamı" bazı yaşlıları sosyalleşmek bir yana daha da yalnızlaştırabilir. Bu açıdan "Yaşlı Yaşam Evi" deneyimi daha insancıl gözüküyor.

Umarız başarılı olur ve giderek bizim toplumda da artık yakınları tarafından ne yazık ki bir "yük" gibi gözüken ihtiyarlar son günlerini huzur içinde geçirir.

KÜLTÜR SARAYLARI

Yakın geçmişte, bilhassa Demirel döneminde bu ülkenin ücra köşelerine, nahiyelere, küçük kaza merkezlerine, hatta büyükçe köylere ortaokullar, liseler yapıldı. Bunun yanında sosyalizasyon uygulaması olarak sağlık ocakları inşa edildi. İyi, güzel, yapılsın.

Ama kazın ayağı başka türlü idi. Bu yatırımların yapıldığı yıllarda o bölge insanları hızla topraktan kopuyor, büyük şehirlere göçüyordu. Bir süre sonra okullarda öğrenci kalmadı, öğretmen bulunamadı; sağlık ocaklarına giden doktorlar geri döndü; hemşire, sağlık memuru dahi bulunamadı, o güzelim binalar kısa sürede harabeye dönüp ahır olarak kullanılmaya başladı.

Bir mühür, bir müdür ile açılan okullar ne öğretmen ne öğrenci bulabildi; onlar da zamanla kapandılar. Bu uygulamalar ülkeye pahalıya mal olmuş, doğrudan siyasi yatırımlardır. İnsanların bugün olmaz ise yarın köyden büyük kentlere göçecekleri biliniyordu.

Böyle hesapsız-kitapsız yapılan uygulamalar ülkenin kaynaklarını kuruttu. Sadece maarif ve sağlık alanında değil; hemen bütün alanlarda. Ünlü 2001 krizinden sonra, bir televizyon "Havaya savrulan trilyonlar" başlığı ile Anadolu'da yarım kalmış, yanlış yapılmış, yapıldığı hâlde çalıştırılamamış binlerce tesisi ekrana taşıdı –tam bir ay– kimsenin kılı kıpırdamadı. Bunlardan birini unutamıyorum. Traji-komik bir manzara idi. Kamera önce iri bir tabela gösterdi: "Filan Barajı. Kuş cenneti. Avlanmak yasaktır." Kamera ağır ağır geri çekildiğinde gördük ki, ortada ne su var ne baraj ne de kuş.

Yarım kalmış bir duvar.

Meğerse sonradan anlaşılmış ki burası baraj yapmaya elverişli değil, çünkü su tutmuyor. Baraj uçmuş, tabela kalmış.

Şimdilerde büyük şehirler, onların varoşları, taşra kent ve kasabalarında gördüğüm devasa "kültür sarayları"na bakarken aynı tuhaf acıyı duyumsuyorum.

Bir kere kültür denilen şey öncelikle tuzu kuru olanların ilgi alanına girer. Adam evini geçindirmekten aciz, konser-sergi-tiyatro onun neyine.

Kültür üretiminin ve tüketiminin zengin seçkinlerin tekelinden çıkması için geniş halk yığınlarının belli bir refah seviyesine ulaşması lazımdır. Bu refah seviyesi de yetmez, mesela parayı her nasılsa bulmuş bir ailenin okur-yazar, kültürel faaliyetlere duyarlı olması için en azından üç nesil geçmesi icap eder. Kültürlü olmak, kültürle ilgilenmek öyle ayda yılda bir çocuklarını lunaparka götürür gibi tiyatroya götürmekle olmaz.

Ülkede tuhaf şeyler yaşanıyor. Kültür sarayları peş peşe açılırken sinemalar, tiyatrolar kapanıyor, (veya devlet desteği istiyor) kitap satışları sürekli düşüyor (bir yayıncı olarak söylüyorum; altmışların sonu yetmişlerin başında bir kültür kitabının ilk baskısını 3-5 bin basardık; şimdi bine olmadı beş yüze düştü); bundan geçtim gazete satışı bile artmıyor. Nedense tv kanal sayısı artıyor (şaşılacak şey).

Sinema ve tiyatronun gerçekleşmesi için üç şeye ihtiyaç vardır. oyun (veya film), salon ve seyirci. Bunlardan biri eksik olursa o etkinlik gerçekleşemez. Seyircinin var olduğu söyleniyor. Bu tıpkı ülkede beş popüler yazarın kitaplarının satılmasına benziyor. Beş de film gişe yapıyor. Sinema salonları en son AVM'lerin kanatları altına girdiler ama, AVM'ler de şu anda zor durumda, bir bir kapandıkları söyleniyor. Bu kadar kültür sarayının salonlarını dolduracak oyunu, oyuncuyu, seyirciyi nereden bulacağız? Tiyatronun parlak yıllarında eser veren ve artık aramızda olmayan oyun yazarlarının yeri doldurulamadı. Hadi oyunu ve oyuncuyu bulduk diyelim, seyirci nerede? Orta mektep müsameresi seviyesinde gerçekleşen oyunlara sözüm yok. Recep İvedik'in gişe başarısını ülkenin kültür politikasına esas alabilir miyiz?

Ee, peki kardeşim içimizi kararttın, sen ne diyorsun onu söyle!

Benim sözüm sert, katı, zor, zaman ve kararlılık gerektiren bir teklif.

Bunun alt yapısı ailede, okulda ve nihayet kültür sarayında oluşur. Okumuş, okumaya alışmış, bir kültürel altyapısı olan fertler ancak böylesi bir engeli aşabilir. Bunların yetişmesi belli bir refah seviyesinde gerçekleşir. Yani kültürel ve iktisadî kalkınma paralel yürümelidir. Bir yardımcı doçent ile bir küçük kente siyasi amaçlar için üniversite açmakla olmaz bu işler. Uzun süre kararlılık ile, hükumetler değişse de hedefler ve uygulama değişmeksizin bir otuz-kırk sene sabretmeli, çalışmalıyız.

Belki o zaman devasa kültür saraylarında gerçek kültürel etkinlikler gerçekleşir. Aksi hâlde bu binalar kooperatif kongresi, bir partinin il gençlik kolu seçimleri, bazı seminerler ve toplantılar, olmadı nişan ve düğün için kullanılır. Folklor çalışmaları yapılır, amatör ressamların sergileri açılır.

HAYAT TARZI

"Hayat tarzı"nı belirleyen nedir?

Pek çok unsur sayılabilir ama bunların başına kişinin "Allah'a, Peygamber'e, Ahıret Günü'ne, Kitab'a" inanıp inanmadığını koymak icap eder. İnanıyorsa o zaman o adam "ilâhî ahlâka" sahiptir. Uyar veya uymaz, o başka şey. İnanmıyorsa onun tâbi olacağı "menfaat ahlâkı"dır. Ayrıca kültür, coğrafya, gelir düzeyi, gelenekler, sınıfsal farklılıkları da sayabiliriz.

İslâm insan yaşantısını maddi ve manevi tüm yönleri ile kuşattığından; tuvalet adabı ile sofra adabına kadar bir hayat tarzı belirler. Haram-helal, günah-sevap, suç ve ceza buna dahildir. Hukuk ilâhîdir. Buna uymayanların hukuku için şu söylenebilir: Hukukun gücü mü, gücün hukuku mu? Bana göre ikincisi.

Bu görüşleri teoride sıralayabiliriz ama pratikte "bu esaslar" üzerinde çeşitli yorumlar, teviller, menfaat ilişkilerini kollayan uygulamalar gelir. Tefrika çıkar, her topluluk kendine göre bir yol tutar ve "Tek yol benim yolumdur, ötesi batıldır." demeye başlar. İslâm tarihi "Asr-ı Saadet" sonrası oluşan hâkimiyet mücadeleleri ile doludur. O kanlı mücadele bugün de müslümanlar arasında sürüyor. İşin tuhafı kimse kafirle savaşmıyor; küfrüne fetva verdiği kendi din kardeşi ile savaşıyor.

İnsanlık tarihi (insanın imtihanı) Habil ile Kabil'in çatışmasından bu yana insanın nefsi ile mücadelesinin de tarihidir. Bu sebeple zaman zaman Cenab-ı Hak sonsuz rahmeti ile insanlara doğru yolu göstermek için peygamberler ve kitaplar göndermiş; ama insanlar peygamberlere uymak bir yana onlara türlü işkenceler uygulamıştır. Çünkü Kitap'ta belirtildiği gibi: "İnsanoğlu nankördür."

Hayatın "acımasız gerçeklerinden" biri de "gücün hâkimiyeti"dir. Buna "tabiat kanunu" da diyorlar. Güçlü olan sözünü yürütür. Hâkimiyetini kurar ve ötekileri bu hâkimiyetin altına alarak kendine benzetir. (Allah'ı inkâr, öte dünyayı inkâr ile "insanı" yücelten anlayış asırlar içinde güçlenip teknolojik-medeniyeti inşa ederek dünyaya hâkim oldu.)

İkinci Dünya Savaşı'ndan sonra Amerika ile Rusya arasında bir bilek güreşi yaşandı ama, ABD kültürel olarak tüm dünyaya etkisini yaydı. Filmleri, müziği, giyim-kuşamı, özgürlükçü tutumu (yumuşak diken) insan ilişkileri vb. ile Rusya'ya fark attı. Rusya'da Sosyalizm'in yanlış uygulandığı Stalin'in zulmü ile gözden düştüğü söylendi. Sonunda çöktü.

Amerikan tarzı hayat anlayışı tüm dünyayı istila etti. Cola ve kot pantolonu düşünün. Bond çantadan sonra sırt çantasını ve ayak üstü atıştırmayı.

İslâmî hassasiyeti yükselen Türkiye'de bu tarza ayak direyenler var. Başörtülü ve uzun pardösülü bir kız manzarayı yarıp geçiyor.

Geçiyor ama az dikkat ederseniz o da kulağına taktığı aletle ya caz ya rap dinliyor; az sonra McDonalds'a girecek ve hamburger yiyecek.

Bu yıl turist çok. Önümde İranlı bir aile yürüyor. Kadının "çador"u yerleri süpürüyor. Az dikkat ediyorum kot pantolon altına Converse ayakkabı giymiş.

Durum budur. Karşı konulmaz durum. Hepimiz internet aldık. Ama en çok girilen sitelerin "porno" olduğu meydana çıktı.

Melez bir "hayat tarzı" içindeyiz. Yılbaşına karşı çıkıyoruz ama "anneler günü"nü, "yaş günü"nü, "sevgililer günü"nü kutlamak için bin dereden bin su getiriyoruz. ABD'nin kültürel hegemonyası üzerimize bir afet gibi çökmüş. Bunun tarihi çok eski. Sultan II. Mahmut devrine kadar gitmek lazım. Adam kravat takmıyor, Batı'yı protesto ediyor ama giydiği "frenk gömleği" ve altında "pantolon" var.

Aslında bunlara takılmamak lazım. Bunlar teferruat. Temel mesele mesela: Banka.

Biz tüm iktisadî hayatın kalbi olan "banka" dışında bir alternatif düşüneceğimize "İslâmî banka" peşinde koşuyoruz.

Hayat tarzı bugünden yarına değişmez. Afganistan'da, Afrika'da yürüyen yerel kültür "çanak antenler" ile, bilgisayar ve otomobil ile yoldan çıkacak. Ben tüm olup-bitenleri (siyasi-iktisadî-kültürel çabaları) tek bir hedefe yürümenin aracı görüyorum. Her şeyi o idare ediyor:

"Tüketim kültürü."

Hayat tarzının kilidi ve anahtarı burada. Biz bu kültüre karşı koyacak bir inanca sahibiz, ama inancımızı tam mânası ile yaşadığımız söylenemez. Şöyle ki: Hz. Peygamber'in sofrasında bir, bilemedin iki çeşit yemek olurmuş. Madem önderimiz odur, ona uyalım. (Tüketim toplumu yerine "kanaat toplumu"nu kurabilirsek işte bu, dünyayı değiştirir, bize bir hayat tarzı kazandırır.)

Hayır ötekilere öykünerek beş yıldızlı otel yapıyoruz. Bizim hanımlar da havuza, denize giriyor. Açık büfeye saldırıyoruz.

İki yüz çeşit yemek. İsraf bu, haram. Ama biz artanları muhtaçlara veriyoruz. Bu daha kötü. Demek ki muhtaçları kapında bekletip artıklarla besliyorsun.

Ruhumuzu kaybettiğimizin resmidir. Kayıp ruhu nerede bulacağız? İşte soru.

KILIK-KIYAFET

Kılık-kıyafet meselesi dünyanın her yerinde tarih boyunca insanları uğraştıran bir konu olmuştur.

Önemlidir; çünkü beslenme ve barınma gibi hayatî bir unsurdur. Sıcak veya soğuk bölgelerde, iklim ve coğrafyanın etkisinin fazla olduğu yerlerde bu şartlar kılık-kıyafetin oluşmasını etkiler. Asgari müşterekte birleşilmesini sağlayan dinî, siyasi, kültürel, ekonomik sebepler de vardır. Ama neticede kişi giyimi ile bir aidiyeti gösterir. Bu onun hangi bölgeye, kavme, kabileye, millete, dine mensup olduğunun da belgesidir. Bu belge kişiye bir güvenlik alanı açar. Kişi aynı kıyafeti taşıyanlar arasında yabancılık çekmez.

Kılık-kıyafet; zihniyet değişimleri, medeniyet hamleleri, kültürel ilişkiler ile değişim gösterir. Zamanın ruhunu yansıtır. İktisadî hayatın dayatmaları da (dokuma, yün, pamuk vb. üretimi tüketimi) buna yön verir. Yenilikler yadırganır sonra alışkanlık hâline gelir. Gücü olan, hegemon olan ötekilere bu konuda da yol haritası çizer. Güçsüzler çokluk güçlüyü taklit eder.

Günümüzde dünya hâkimiyetini elinde tutan teknolojik Batı medeniyeti, Amerikan hayat tarzı tüm dünyaya ceket-pantolon-Frenk gömleği ve kıravattan oluşan kıyafeti "medeni" olarak kabul ettirmiş; mahalli olanın hareket alanını daraltmıştır. Mahalli kıyafet medeni (devlet) olmaktan ziyade kabile ve aşireti temsil eder. Bu sebeple ikinci sınıf muamelesi görür. Bu aşamanın her devirde "moda ve zihniyet" ile ilişkisi olmuştur (bk. F. K. Barbarosoğlu'nun ilgili eseri). Mahalli kıyafet kullananlar uluslararası bir toplantıya katıldıklarında, adam sırasına konulmak için çokluk yukarıda belirtilen "tek tip" kıyafeti kuşanır. Kişilik göstergesi, onur meselesi, meydan okuma vb. gibi saiklerle mahalli kıyafeti tercih edenler olsa da bu tutum mevcut kabulü etkilemez.

Kılık-kıyafetin Osmanlı'daki özde değişmeyen, şekilde değişen unsurlarını ifade etmesi açısından D'Ohsson'un yedi ciltlik ünlü eserinin 4. cildinde yer alan bilgilerden bazı cümleleri aktarıyorum (*18. Yüzyıl Türkiyesi'nde Örf ve Âdetler*, Tercüman 1001 Temel Eser, Nu: 3, Ts):

> "Asker ile sivil arasındaki kıyafet farkı Orhan Gazi zamanında başladı. Askerler beyaz başlık giydi. Hoca Sadettin'e göre "beyaz" bereket rengidir. I. Bayezit zamanında hassa birlikleri beyaz külah giyerken, taşra paşaları kırmızı "börk" giydi.
> Sarık kullanımı IV. Mehmet zamanında yaygınlaştı. I. Süleyman devlet dairelerinin bütün sınıflarında çalışanların ayrı elbise ve sarık giymelerini sağladı. 1583'te yeni "Kıyafet Nizamnamesi" çıktı. Her kişi kendine mahsus kıyafet ve sarığı giymeye mecburdu. Türklerde kılık-kıyafet mevki ve makam dışında şehirden şehire, eyaletten eyalete farklılık taşırdı. Gayrı müslimler Müslüman kıyafeti giyemezdi. Hiçbir Türk kendi milletine has olandan başka bir kıyafet giyemez. Aksini yapmak utanç vericidir ve dine aykırıdır. Hele ki şapka giyen nikah tazelemek zorunda kalır.
> Ulemanın dışında Türkler sarı deri ayakkabı giyer. Ulemanın pabucu koyu mavidir. Bazı asker sınıflar kırmızı çizme giyer. Gayrı müslimlerin tamamı siyah pabuç kullanır.
> Türk'ün kılığı nasıl olursa olsun giydiği başlık onu diğerlerinden ayırır. Müslüman saç uzatmaz, başını usturaya vurdurur. Bir kırmızı fes (takke) örter, onun üzerine sarık sarar. Bıyıksız Müslüman olmaz. Sakal o kadar yaygın değildir. Hacılar ve ulema müstesna. Türkler sakala hürmet eder. Türk kadını Avrupalı kadınların zihnine kâbus gibi yerleşen modanın esiri değildir. Hemen herkes aynı çeşit başlık, aynı kumaştan, aynı biçim elbise giyer.
> Müslüman kadın ruj ve far bilmez. Ancak tırnaklarına kına yakar, gözlerine sürme çeker.

Umumiyetle, imparatorlukta yaşayan kadınlar, hangi milletten olursa olsun, gerek davranış gerekse giyim bakımından, sokakta azamî derecede edebe uygun hareket etmeye mecburdur. Daima örtülü olmalarına rağmen, sokakta da yüksek başlıklarını giyerler; bazılarının giyiminde, dikkatli bir göz, şaşaalı bir zarafet sezer. Zaptiye, bu hususta çok ciddidir. Arada bir yasakları tazeler, bu yasaklar şehrin mahallerinde münadiler tarafından ilan edilir. Bu yasakları bozmaya cesaret eden kadınlar alenen hakarete uğrar. İstanbul sokaklarında, sık sık, zaptiye memurlarının, kadınlara sert ikazlarda bulunduğu, hatta, gerekenden uzun yahut değişik biçimdeki geniş yakaları yırttığı görülür. Bu derece sıkı bir disiplin, şüphesiz Avrupalıları şaşırtır, ancak, hükümetin müspet örf ve ananeleri yaşatmak için devamlı olarak halka nezaret ettiği bir ülkede ve buna alışkın insanlar arasında olunca, işin bir fevkaladeliği kalmıyor."

TEK TİP

Her ne kadar zaman zaman rengini ve biçimini değiştirse de dünyada erkeklerin giyimi tek tip olmuştur. Ceket, pantolon, frenk gömleği, kıravat.

Yüzde bıyık ve sakal pek arzu edilmez, sıra dışı olmak isteyenler en nihayetinde saçlarını uzatırlar, o kadar (şimdilerde saçları kazıtmak da moda gibi).

Bu kıyafet erkek giyiminin gelip dayandığı noktadır. Medeniyet, ilerleme, kalkınma, bilgi, beceri, yetkinlik, (belki iktidar) sembolüdür. Herhâlde estetik açıdan da tasvip edilmektedir, lakin ben sosyal muhtevasına daha fazla önem veriyorum.

Bu kıyafet Avrupa işidir; onun zevki ve kültürünün meyvesidir. Kendisine "Avrupalı gibi olma" hedefini seçenler bu kıyafeti benimseyerek en azından dış görünüş bakımından Avrupalı "gibi"dirler. Böylece ben de "çağdaş"ım, ben de "bilim-ilerleme-kalkınma-medenileşme" yolunda sizinle aynı safta durabilirim, sizi destekliyorum, sizdenim, beni de aranıza alabilirsiniz, benden size kötülük gelmez diyor "gibi"dirler.

Batı medeniyeti sadece teknoloji, hukuk, sosyal hayat bakımından değil, yeme-içme, kılık-kıyafet ve hayat tarzı açısından da kendi dışındaki milletleri, medeniyetleri, hayat tarzlarını kâh gönüllü olarak, kâh cebrî olarak kendine benzetti.

Bu "oluşumun" temelinde "fabrika" vardır. Fabrika "seri üretim" demektir, açıkcası "tek tip". İnsanlığın yakın tarihinde fabrikadan önce, fabrikadan sonra diye bir ayrım yapılabilir. Biri eski dünya, yani buhar makinasından önceki dünya, öteki yeni dünya. Yeni dünya fabrika ile beraber yeni bir hayat tarzı getirdi. Mesai saatleri, tatil günü, saat kulesi, servis veya metro, üniforma, toplu yemek, patron (fabrikatör) ve işçi, işçilerin mahalleleri ve dramatik hayatları, sömürü düzeni, pazar için üretim vesaire. Bildiğiniz şeyler. Fabrika zamana hâkim olmuş, hayatı yeniden tanzim etmiştir.

Sanayi devrimi insanların (patron ve işçi ayırmaksızın) "tek tip" bir hayata bağlanmalarını, bunun gereklerini yerine getirmek için çırpınmalarını, sermayenin hâkimiyetini, kârın sürekliliğini, günümüzdeki krizin dahi temellerini atmıştır.

Bu hegemonyaya katılmak istemeyenler küçük sembollerle muhalefet şerhi düşüyorlar. Mesela İranlılar sakal bırakıyor ve kravat takmıyor. Bunun elbette bir mânası var ama İran'daki günlük hayata baktığınızda Batılı tarzın dışında büyük bir fark bulamazsınız.

Araplar ve başka Asya ve Afrika ülkelerinde "tek tip" olmayan giysiler hâlâ var ama Avrupa onları "çeşit bulunsun" diye kaale almıyor. Petrol konusunda hır çıkarmadıkları sürece ne giyerlerse giysinler.

Bu tek tip üniforma dünyayı Batı medeniyetinin tebası hâline getirmiştir. İçeride ve dışarıda muhalif hareketler (hippiler vb. gibi) görülse de yeni dünyanın hayat tarzı modern teknolojinin ellerine teslim edilmiştir.

Dizüstü bilgisayar taşımak icap ettiği zaman çantaların dizaynı değişmektedir. Bir zamanlar bizimkilerin de "keçi sakalı", "papaz sakalı" diye alay edip küçümsedikleri sakal şekli entelektüellik sembolü olarak benimsenmiştir.

Bach ve Mozart, bilumum Klasik Batı Müziği ustaları "evrensel değer" olarak kabul görmüş, tiyatro tanrısal denebilecek (eh doğrudur paganları hatırlamalı) bir yüceliğe erişmiş, Batı fikir tarihi ve toplumsal gelişmesi model olmuş iken tek tipin dışına çıkma güç ister.

Sadece güç de yetmez (Mao üniforması bitti).

Bakın günümüzde kot pantolon dünyanın bütün ülkelerinde kullanılmaktadır. Sağlamdır, pratiktir, her gömlekle giyilir, estetik hüviyeti vardır. Siz bu pantolon ile rekabet etmek istiyorsanız, onu dışlamak arzusunda iseniz ondan daha kullanışlı, daha estetik, daha dayanıklı bir pantolon modeli geliştirmeniz lazım. Bu da yetmez; satış-pazarlama ve reklamda "kot"u tahtından indirmelisiniz. Yoksa kuru gürültü sayılacak protestoların kıymet-i harbiyesi yoktur.

Tek tip hayat tarzı silahıyla, hukukuyla, bilimiyle, modası ile bir "güç gösterisi"dir. Hâkim sermaye ve hâkim kültür daima hükmünü yürütür. Japonların geleneklerine bağlı olması bir menkıbedir. Tersine "tek tip" olmaya can atan en disiplinli topluluk Japonlardır. İşini kaybedenlerin intihar ettiği söyleniyor.

Bu "tek tip" hayat faşizmin dik âlasıdır. İnsanlığı nereye götürmektedir? El-cevap: Kıyamete. Kıyamet bildiğimiz dinî mânası ile söylenmiyor. Korku, şiddet, mutsuzluk, güven duygusunu kaybetmek, ailenin yokoluşu, sevgi ve merhamet kaybı, yalnızlık, karamsarlık, baskı altındaki milletlerin düşmanlığı, terör, her yıl adı bilinmedik hastalıkların zuhuru, istikbal endişesi, kaçış duygusu, depresyon, tüketim ihtirasının en üst seviyeye taşınması, seks dahil, evlat sevgisi dahil, dinî inanış dahil, insanları sürükleyen her şeye kayıtsızlık, ölüm ve hastalık korkusu, makinalaşma, makinanın esiri olma, hasılı hayattan bezme, bıkkınlık.

Bu sebeple "tek tip"ler ha bire içiyor. Eh madem "çıkış yok", o zaman "içelim güzelleşelim". Beyhudedir köhne dünyayı tamire çalışmak. Ya devrim, ya kravat. (Ne devrimi yahu, hangi devrim?)

TAŞRA YALNIZLIĞI

"Yalnızlık Allah'a mahsustur." Halkımız bu veciz ifade ile hakikati belirlemiş. Ayrıca mezar taşları üzerine de "Allah bes / Baki heves" yazılır. O bize şahdamarımızdan daha yakındır. Rahimdir, gafurdur. Allah ve ahiret inancı olan biri "trajik yalnızlık" yaşayamaz. Zaten trajedi denilen şey bir pagan âdetidir. Tiyatro yoluyla bize kadar ulaşmıştır.

Peki; "Ne yanar kimse bana âteş-i dilden özge / Ne açar kimse kapım bâd-ı sabâdan gayrı" diyen Fuzulî bir yalnızlıktan bahsetmiyor mu?

Ediyor, ama Fuzulî sûfî bir şairdir. Onunkini anlamak için tasavvufa başvurmamız lazımdır. Kur'an-ı Kerim'de "Sana ruhtan soruyorlar, de ki: Ruh Rabbimin işlerindendir." (İsra / 85) buyrulmuştur. Hz. Peygamber Kur'an-ı Kerim'e dayanarak ruh hakkında fazla tartışılmaması gerektiğini istemiştir. İnsan ruhu bedenden önce yaratıldı. O zaman ruhlar âlemi (âlem-i ervah) denen bir yerde bulunuyordu. Oradan ayrılıp bu dünyaya geldikten sonra sürekli asli vatanının hasretini çekmektedir. Bu çerçevede insanoğlunun ruh burkuntusu hiçbir vakit son bulmaz. Ta ki Yaradan'a kavuşuncaya kadar. Bu sebeple Fuzulî bu yalan dünyada hep hüzünlü, hep boynu bükük durmaktadır. Ancak bir hadiste "Allah kalbi hüzün dolu kullarını sever." müjdesi verilmiştir.

Yalan dünya ebedî âlemin "taşra"sıdır. Böylesine bir anlayışın doğurduğu yalnızlığa eyvallah!... Tasavvufla yakınlığı olmayan Kemalettin Kamu bile "Ben gurbette değilim / Gurbet benim içimde" diyor. Ne de olsa, o da bu toprakların atmosferini solumuş biri. "Ben, ben" diye tepinen benciller elbette dünyevi mânada yalnız kalacaktır. Aile, arkadaş, akraba, cemaat tanımayan, insanları sürü, kendini üstün görenler bir kriz-entelektüel yaşayarak, bazen metropolden kaçıp taşraya sığınır.

Alışkanlıkları itibarı ile taşrada asla duramayacak bu adamlar sürekli sıkılır, sıkıntılarını bulaşıcı bir hastalık gibi etrafa yayar. Piyale Madra'nın 13 Kasım 2007 tarihli *Radikal*'de bir karikatürü var. İki kişi konuşuyor:

— Düşünüyorum da televizyon, telefon, bilgisayar falan olmasaydı hayat nasıl olurdu acaba?

Cevap:

— Çok yalnız kalırdık abi yaa!...

Hız ve hazzın cenderesine sıkışan insan esasen metropolde yalnızdır. İnsanlarla ünsiyeti olmadığı gibi tabiattan da uzak kalmıştır.

Oysa taşra böyle değildir. İnsan ilişkileri sık, sürekli ve içtendir. Doğana gerçekten sevinilir, ölene kalpten üzülünür. Vakit dar değil, vardır. Cenazeye veya düğüne yasak savar gibi gidilmez. İnsanlar vakti sadece kendisine ayırmaz. Ağaçla, çiçekle, böcekle, su ile dağ ile arkadaşlık kurabilir. Kâinatın kitabını okuyabilir. Değişmeyen, hep aynı kalan durum ve ilişkiler; metropolün her an değişen varlığına nazaran sabit kalır. Bu manzara metropol alışkanlığının gel-geç tabiatına aykırı bir derinleşmeyi-bağlanmayı-sevmeyi taşımaktadır.

Peki neden "taşra" ahalisi büyük şehre gelmeye çabalıyor? Cevap: Geçim sıkıntısı. Bu zorluğu çekmeyenler ziyaret için dahi metropole geldiklerinde, sıkıntıdan ter içinde kalır ve bir an önce geri dönmek ister. Gençlerin metropol hayatına heveslenmelerini anlayabiliriz. Onlar hareket, heyecan, servet, eğlence arıyor olabilir.

Metropolde sıkışanlar ise bakarsınız "taşra"ya kaçmış. Ama bu entelektüeller kendi konforlarını yanlarında götürmek için sahil köy ve kasabalarında yine aynı havayı teneffüs edecekleri birer getto ararlar. Halka yaklaşmayı istemez ve beceremezler. Taşra yalnızlığı uydurma (hadi ifadeyi hafifletelim "geçici") bir dramdır.

BİR ZAMANLAR TAŞRA

Çocukluğumun ve ilk gençlik yıllarımın taşrası nasıldı? Onu aşağıdaki satırlarla dile getirmeye çalışacağım.

Küçük ve sıcak.

Yoksul ve samimi.

İçedönük ve derin.

Herkes birbirini tanır, birbirini sever; dert dinler, naz çeker, küser, barışır, kavga eder, çekiştirir, eğlenir, üzülür, ibadet eder; doğumda, cenazede, düğünde, bayramda bir araya gelir.

Büyük bir aile gibi yaşar.

Burada sanki fert yok, sadece cemiyet vardır. Oysa bu dış görünüş bir aldanmadan ibarettir. Taşrada fert cemiyete tahakküm edemez; cemiyet de ferdi alabildiğine ezemez. Herkes ve her şey bir ilâhî hudut, bir hiyerarşi, asırların oluşturduğu bir âhenk ve düzen içinde kendine bir yer bulur.

Medeniyetimizi oluşturan manevi dinamiklerin dışa dönük zâhirî bir zenginlik ve gösterişi değil; içedönük bir derinlik ve yüceliği hedef aldığını söyleyebiliriz.

Bu bir bakıma zâhire nisbetle bâtını kıymetli kılar. İlkeler böyle belirlenince; medeniyet unsurları da bu ilkelerden neşet eden nispetlere, gelişmelere, biçimlere ulaşır.

Mesela evleri ele alalım.

Bu evler sokağa değil, avluya bakar. Sokağa dönük yüzünde, insan boyunu aşan duvarlarında pencere dahi yoktur. Çokluk taştan yapılır ve sağırdır. Sokağa bakan kafesli pencereler bu taş kısmın üzerinde yükselen ikinci katta bulunurlar.

Evet, ev bahçeye, yani içe açılır.

Burası mahrem bir alandır.

Çiçek, meyve, sebze, havuzda su ile bir bakıma tabiatın devamıdır. Güzel ve ferahtır. Saydığımız unsurlarla tezyin edilmiştir.

Evin dış görünüşü sade ve vakurdur. Tezyinat evin içindedir. Oymalar, ahşap bezemeler, göbekli geçmeli tavan süsleri, yüklük ve çiçeklikler hep bu iç güzelliği hedef alır.

Bu incelik ve âhenk büyük-küçük, baba-oğul, ana-kız, konu-komşu, usta-çırak, şeyh-mürit, hoca-talebe münasebetlerine de damgasını vurmuştur. Çırak bir gün usta, oğul bir gün baba olacağından yetişmesine itina gösterilir. Ağalık, beylik, hocalık, şeyhlik dahi bir hududa kadardır. Haddi aşmak hiçbir şekilde hoş görülmez.

Haram, helal, mekruh, müfsit, mübah, farz, sünnet, müstahsen, mendup, edep, hizmet, hürmet, merhamet, şefkat, sabır, şükür, bid'at, örf, âdet, gelenek-görenek-mizaç sayılmayacak kadar kıymet hükmü belli bir denge içinde fert ve cemiyeti çekip çevirir. Öyle ki, helaya girme âdabından, sofraya oturma âdabına kadar.

Bu ahlâk, düzen ve hiyerarşiyi değiştirecek, zedeleyecek her davranış, düşünce, tutum; hastalık ve bozulma alameti sayılır; zamaneden şikâyet edilir, durumun düzelmesi için kanun-ı kadime dönmek salık verilirmiş.

Elbette ki bir değişim yaşanmakta ve taşranın yekpâre zamanı kenarından köşesinden delinmektedir amma, bu o kadar yavaş seyreder ki, değişim hissedilmez bile.

Evler, bahçeler, ustalar, çıraklar, günler, geceler hep birbirine benzer. Sanki tornadan çıkmış gibidirler.

Birileri buna "taşra sıkıntısı" diyor.

İşte yine yanıldınız.

Bu tıpkı dört fâilâtün ile yazılan şiirleri hep aynı sanmak gibidir. Oysa o şiirlerin içine eğilip bakmak lazımdır. O zaman görülür ki, Fuzûlî ile Bâkî; Hayâlî ile Zâtî farklı insanlardır ve farklı şiirler söylemişlerdir.

Her şair gibi her usta, her ev, her mescit, her hoca, her ağaç, her duvar ayrı birer şahsiyettir.

Taşranın âhengi bir yeraltı nehri gibidir. Üstündekileri besler, büyütür ama gücünün sırrını açığa vurmaz. O sebeple zâhire değil, bâtına bakmak lazımdır.

Bu da elbette özel bir terbiye ister.

Ruh terbiyesi.

Bütün bu söylediklerimiz yıllar öncesinde kalmıştır. O günlerden bugünlere köprülerin altından çok sular akmış, çok şey değişmiştir. O âhenk ve hiyerarşi, o düzen değişmiş, pörsümüş, bozulmuş, binbir yerinden yaralanmış âdeta delik-deşik edilmiştir. Artık "taşra" diye bir şey kalmamıştır. Orası da merkezi taklit edeceğim diye bol makyajlı yaşlı bir kadına dönmüştür.

Bütün bunlara rağmen taşra için hâlâ ümitvar olabiliriz. Çünkü ülkede yüzde elli aile hâlâ yer sofrasında yemek yiyor (TÜİK verilerinden alındı).

TAŞRA ÇIKARMASI

Şu merkez-taşra ilişkisini sosyolojik olarak fazla mıncıkladılar. Bu arada merkezin hegemonyası altında taşra güme gitti.

Gerçek hiç de öyle değil!

Evet imparatorluğun her bölgesi, her merkezinden İstanbul'a yiyecek-giyecek-kültürün her unsuru ve insan yağıyordu. Balkanlar, Türkistanlılar, Kafkasya, Arabistan, Kırım derken ta Afganistan'a Hindistan'a kadar, tüm Kuzey Afrika ve de Avrupa hem ziyaret hem ticaret için merkeze akıyordu. Her biri bir şey getiriyor, merkez buna kendi damgasını vurarak standartları belirliyordu.

Beylerbeyi'ndeki bir köşkün ön cephesi, cephenin ebatlarına göre pencere sayısı, pencerelerin ebatları, yerleri, kapının cepheye ve pencereye göre büyüklüğü, binanın ana rengi ve pencere pervazlarının rengi vb. gibi unsurların standartlarını merkez belirliyordu.

Ama bu yerel unsurlarla birleşince mahalline mahsus bir karakter kazanıyordu. Erzurum evleri ile Beypazarı bir olmaz. İklim-coğrafya-tarih-ulaşım vb. gibi pek çok unsur bunu tayin eder. Özellikle kullanılan malzeme ve inşaat teknikleri ki; bunlar o bölgede kadimden beri kullanılmaktadır: Taş, kerpiç, ahşap vb. gibi. Merkez'in taşrayı belirlediğini söyledik ama taşranın merkeze kattıklarını zikretmedik. Biz hâlâ bir Osmanlı bakiyesi olduğumuz için mutfağımıza bakmak kâfidir. Bu Türk mutfağı dünyanın sayılı mutfaklarındandır ve imparatorluğun damgasını taşır. Sayalım bazılarını: Arap aşı, Çerkez tavuğu, Kürt böreği, Boşnak böreği, Arnavut ciğeri, Tatar böreği vb. Unutmayalım Nef'î Erzurum'dan, Nâbî Urfa'dan, Zâtî Balıkesir'den gelmiştir. Yani merkezin taşrayı biçimlendirdiği kadar, taşra da merkezi besliyordu, her bakımdan.

19. asrın "merkezileşme" uygulamasına kadar taşrada bazı bölge ve şehirler, hatta kasabalar mahallin merkezi sayılırdı. Bir mânada bağımsızdılar. Şehirleri bir yana bırakıyorum, kervan yollarının geçtiği kasabalar dahi bir kültür merkezidir. Misal: Giresun Limanı'ndan gelen kervanlar için Şebinkarahisar, Suşehri, Eğin (Kemaliye), Arapgir birer merkez sayılırdı.

Tanzimat'tan ve Cumhuriyet'ten sonra savaşlar, seferberlik, bozulan idare ve iktisat, zayıflayan kültür, taşranın içe kapanmasına yol açtı. Taşra yıprandı, harap oldu, gücünü kaybetti.

Cumhuriyet'in Meşrutiyet devrinden devraldığı "Halka Doğru" hareketi taşrayı biraz canlandırdı. Daha çok "folklor"a dayanan önemli "Halkevi Dergileri" yayımlandı. Sonra bunlar da söndü. Mahalli olan hor görüldü, el sanatları itibar kaybetti, ithal mallar göze girdi. Taşra geçim için büyük şehirlere göç etmeye başladı. Taşranın çöküşü hâlâ devam ediyor. Dağ köyleri tamamen boşaldı. İletişim, ulaşım kanallarının artması, Türkiye'nin yeniden ayağa kalkması, taşranın çöküşü durdurmak için harekete geçmesi (ki İstiklal Savaşı öncesi insanımızın cevherinde bulunan özellikle her bölgede Müdafaa Cemiyetlerinin kurulduğunu hatırlayalım) sonucu "Anadolu Kaplanları" doğdu.

Bu defa taşra kendini merkeze göstermek istiyordu. Son yıllarda İstanbul ve Ankara'da görülen "Şehir Haftaları" bunun işaretidir.

Feshane ve benzeri mekânlarda yılın her mevsimi her ayında bir taşra kentinin "şenliği" sergileniyor.

Gümüşhane, Malatya, Kayseri, Mardin, Siirt hemen her belde kendi mahalli kültürlerini, üretimlerini sergiliyor. Biz bu sergilerde Siirt battaniye ve seccadelerini, Eskişehir lületaşını, Erzurum oltu taşını, Beypazarı havucunu, Kars kaşarını, Erzincan tulum peynirini, Hakkari kilimlerini, Malatya kayısısını ve bunların yanında o beldelerin ürettiği sanayi mamullerini görüyoruz. Müzik dinliyor, halk oyunları seyrediyoruz.

Mahalli olanın böyle kendine dönmesi aynı zamanda kendi tarih ve kimliğini araştırmayı da getirdi. Her şehir artık kendi kütüphanesini kuruyor, taşrada önemli dergiler yayımlanıyor.

MERKEZ İLE ÇEVRE

Merkezin çevreyi belirlediği söylenir. Eh, doğrudur biraz. Buna karşılık çevre de merkezi besler. Mesela Nâbî'nin Urfa'dan, Nef'î'nin Erzurum'dan İstanbul'a gelmesi böyle bir karşılıklı ilişkidir. İkisi de geldiklerinde yetişkin idiler.

Ancak şurası kesindir ki eski dünyada (yani modern öncesi) "standartlar" merkezde oluşur ve oradan çevreye yayılır. Yayılır da çevreyi istila mı eder, çevreye baskı mı yapar, çevreyi tektipleştirir mi?

Hayır.

Evlerin cepheleri, pencere biçim ve oranları, kapılar-çatılar ve bunlar arasındaki ilişkilerin estetik formülleri merkezde oluşur. Oluşur ama bu oluşuma çevreden gelenlerin katkısı mutlaka olur. Karadenizliler ahşabın işlenmesine, Mardinliler taşın işlenmesine, gümüşün işlenmesine katkıda bulunur.

Merkezde olgunluğa erişen estetik obje Kemah'ta, Kütahya'da, Safranbolu'da, Üsküp'te, Erzurum'da, Rize'de bir mühür olarak yapılan yapılara imza koyar. Ama onlara her şeyi dikte etmez. Mahalli örf, alışkanlık, zevk, gelenek, oradaki uygun malzeme ile eserin vücut bulmasını sağlar. Malzeme mahallin rengini taşısa da, eser ortak medeniyetin havasını yansıtır. Mesela bu Türk minaresi dersiniz, bu Arap minaresi.

Makamlar aynı olsa da bu Arap müziğidir, öteki Türk müziği.

Kerkük-Urfa-Harput üçgeninde oluşan müzik bu coğrafyanın

mahsulüdür. O merkezden, merkez ondan yararlanır. En tipik örnek Harputlu Hayri'dir.

"Sinemde bir tutuşmuş yanmış ocağ olaydı." mısraıyla başlayan gazeli, bestesi ile beraber bugün de zevkle dinlediğimiz bir parçadır. Şuraya gelmek istiyorum: Geleneğin sürdüğü dönemlerde merkezle çevre arasında uyumlu, geliştirici, zenginleştirici, çeşitlilikten yana ama bu çeşitlilik içinde bir birliği barındıran bir ilişki mevcut idi.

Dolayısıyla mimarîsi, müziği, yemek kültürü, eğlencesi, örf ve âdetleri ile ülkede coğrafyanın (iklim ve malzemenin) iktisatla beraber olgunlaştırdığı bir "kendine has" mahalli estetik güzellik vardı.

Ödemiş'te, Birgi'de, Kula'da gördüğünüz konaklara; bir baştan bir başa Karadeniz evlerine, Kastamonu'ya, Erzurum'a, Diyarbakır-Urfa ve Mardin'e ayrı ayrı hayran olurdunuz. Her şehrin hüviyeti ve şahsiyeti sizi hemen tesiri altına alabilirdi.

Modernleşme ile birlikte bu çeşitlilik ve kendi üretimimiz olan "standartlar" yıkıldı. Resmen ortadan kaldırıldı. Her semt, her kasaba, her şehir tek bir plan, tek bir biçim uygulamaya başladı. Bu uygulanan şey ise dışarıdan alınmıştı. Merkez öyle istiyordu. O kadar istiyordu ki, bu yolda kendini de yıkmakta tereddüt etmedi.

Şehir ve kasabaların ortasından geçen, mutlaka geçmesi gereken bir "bulvar" olmalı, bulvar kenarına apartmanlar dizilmeliydi. Deniz kenarındaki bölgelerde bu bulvar mutlaka denizle kara arasına girmeli, her şehrin-kasabanın bir "sahil yolu" olmalı, bu sahil yolu üzerinde "piyasa" yapılmalı ve gazinolar sıralanmalıydı.

Bu kesin emir (!) öyle bir kararlılık ile uygulandı ki, üç yanı denizlerle çevrili Anadolu yarımadasında doğal olarak denizle karanın birleştiği bir köşe kalmadı.

Bütün şehirler apartman ormanları ile kaplandı; aynı cafeler, aynı mağazalar, aynı tüp-gaz bayileri, aynı benzinciler her adımda karşımıza çıkar oldu.

Şimdi şimdi belediye başkanları şehir ve kasabalarına bir özellik-bir güzellik kazandırmak için nasılsa yıkımdan kurtulmuş bir iki sokağı, bir bey konağını restore ettirerek ziyaretçilerini bu "müze"de ağırlamak istiyor. Hayfa!.... Bade harabel Basra!

Zaten yeni şartlara uyum sağlayamayan çevre uzun zamandan beri merkeze göçüp duruyor. Göçe göçe sonunda merkezi (merkezleri) doldurdular. Merkez artık nefes darlığı çekmeye başladı, hatta yer yer çevrenin kalabalığı içinde battı.

Bu merkezin artık bir şey üretme kabiliyeti, potansiyeli, gücü kalmamıştır. Ne merkez merkez ne çevre çevredir. Her şey birbirine girmiş, her köşe karmakarışık olmuştur. Hükmünü yürüten artık dışarıdaki merkezlerdir. Gökdelense gökdelen, cam binaysa cam bina, ayak üstü yemek ise ayak üstü yemek, arabaysa araba, internetse internet.

Tıpkı merkezin berhava oluşu gibi artık seçkinlikten, elitten bahsetmek de abestir. Kim modern, kim muhafazakardır? Zenginlik neye yaramaktadır? Madem soruldu söyleyelim: Dubai'de deniz üzerinde bir ada ve o adada az sayıda kişiye nasip olan villalar. Parası olan alır. Rus, Arap, İngiliz fark etmez. Vaktiyle bir Mercedes'in arkasında şöyle bir yazı görmüştüm: "Kıroyum ama para bende." Bu bir meydan okuma idi ve merkezin canına okudu. Ne ölçü kaldı ne tartı. Ekranda birileri tartışıyor: Tartışın, tartışın heyecanlı oluyor.

SAKİN ŞEHİR

Sayın Başbakanımız geçenlerde "Yüksek bina yapmayın!" dedi. Geç kaldın Sayın Başbakan geç. Atı alan Adapazarı'nı geçti. Bir gazete alın otuz sayfa. On beş sayfası rezidans, gökdelen, site ilanları ile dolu. Maslak'tan Taksim'e doğru bakın bir. Burası İstanbul değil mi, burası "şehrin silüeti" değil mi?

Tam tersine tomurcuklanan bir şehir anlayışı daha var: "Cittaslow." Kelimeyi hâlâ "yavaş şehir" diye çevirenler var. Türkçeye uymuyor bu. Yavaş dağ, yavaş ağaç gibi. Ben "sakin şehir" demenin daha doğru olacağını söylüyorum.

Modern kentlerin kalabalığından, karmaşasından, pis havasından, gürültüsünden kaçanlar buralara sığınıyor. Nüfusu elli bini geçmeyen, sanayisi olmayan, yeşili bol mekânlar. Seferihisar bunlardan biri. Başkaları da var. Teşkilatın merkezi İtalya'da, orası şartlar uygun ise müracaatı değerlendirip bu unvanı veriyor. Özellikle turizme sırtını dayayan yerler bu işe hevesli.

Benim teklifim başka.

TOKİ yeni şehirler kuracakmış.

Bunlardan birini "Sakin Şehir" yapsa keşke.

Konuyu kökten çözmeli. Mesela ben "tüketim ekonomisi"ne karşılık "kanaat ekonomisi"ni teklif ettim. Hem bize hem insanlığa. Nasıl olacak bu? Bilmem, iktisatçılar düşünsün.

Şehir kolay. Sıfırdan kuruyorsun. Evler bahçe içinde. Tek veya iki katlı. Bütün binalar tarihimize, kültürümüze uygun ama taklit değil. Mesela devasa bir cami yok, ama kuş yuvası gibi, Şemsi Paşa gibi camiler, mescitler var. Bahçeler o evde yaşayanların sebze-meyve ihtiyacını karşılayacak kadar büyük. Şehirde yüksek bina yok. En önemlisi şehirde otomobil yok. Sadece itfaiye, ambülans, polis için, şehre yük getiren-götüren arabalar için, şehirlerarası ulaşım için gerektiği kadar olabilir. (Çevre ve Şehircilik Bakanı Erdoğan Bayraktar "elektrikle çalışan" otomobillerden bahsediyor ama bunun şimdilik sadece adı var.)

Ulaşım aracı yürüyüş. Eski İstanbul'da öyledir. İnsanlar bir yerden bir yere yürüyerek gider. At binmek görevliler dışında yasaktır. Belki bir raylı sistem kurulabilir. Bisiklet ana binek aracı.

"Sakin Şehir" kurmak isteyenler, orada yaşamak isteyenler kanaat ekonomisine teslim olacak. Büyüme, zenginlik, konfor, kalkınma, refah bunları terk edecek. Butik otellerde en fazla beş çeşit yemek olacak. Ama bunlar sıra işi değil, seçkin yöresel gıdalar. "Ye beni!" diyen cinsten.

Şehrin hinterlandındaki köylerde organik tarım yapılacak. Makina kullanılmayacak. Enerji, güneş-rüzgâr-bioenerjiden gelecek.

Sayın Kutlu "tarım toplumu"na mı dönüyoruz?

Eh, sayılır. Keşke dönebilsek ama bu bir ham hayal. Sakin Şehir öyle değil, gerçekleşebilir.

Şehrin ekonomisi diyelim "deri"ye dayalı. El işi çanta, bavul, kemer, cüzdan, o kadar kaliteli (ve tabi pahalı) işler çıkacak ki, iyi bir çanta edinmek isteyen buraya gelecek veya sipariş verecek. Herkes dericilik yapmak zorunda değil. Kimi bez dokur kimi çömlek yapar. (Beypazarı sadece havuç ile marka oldu.) Çömlek ama alelâde değil, en az Alev Ebüzziya'nın eserleri kadar çarpıcı.

İhtisası ile ün yapan bir hastanesi ve Tıp Fakültesi olabilir. O fakülteden mezun olanlar parmakla gösterilir. Kayda değer bir sahaflar çarşısı olabilir, dünyanın dört bir yanından kitap meraklıları oraya akar.

Yerine ve iklimine göre kaplıca tedavisi, su sporları, kayak, tenis, yamaç paraşütü, her tür imkân sunulabilir.

Şehrin sabır, şükür, merhamet, barış, sevgi, ibadet, güler yüz, dürüstlük vb.ye dayanan bir ahlâkı bir hayat tarzı vücut bulur. AVM'ye yer yok burada.

İnancı olmayanlar da bu hayat tarzını incitmemek, bozmamak üzere orada yaşayabilir.

Ama her gelen elini kolunu sallayarak bu şehre yerleşemez. Mesela adam berber. Bir dükkan açmak istiyor. Nerede? Şurada. Orada oturanlara sorulur. Bir berbere ihtiyacımız var mı? Var der iseler, bu defa adam sorguya çekilir, kimdir-nedir-işinde, ahlâkında iyi midir denip izin verilir. Belli bir süre. Eğer mahalle adamı benimsemez ise, hadi hemşerim başka kapıya diye adam gönderilir. Adem-i merkeziyetten bahsediyorsun. Yok yahu, ama istenirse "Sakin Şehir"e böyle bir statü tanınabilir.

Müzeleri, sanat faaliyetleri, kütüphaneleri ile çok dinamik bir sosyal hayatı vardır. Mesela öyle bir ihtisas kütüphanesi kurarsınız ki dünya çapında şöhret kazanır.

İlim-sanat-kültür ve başka konularda bir kongre ve tartışma, sergi turizmine açıktır.

Ehliyete ve liyakata yatırım yaparsınız. Sakin şehirden yetişen nesiller ahlâken sağlam, meslekî olarak birinci sınıf vasıftadır.

Bu şehrin sokakları egzost değil leylak, gül, mimoza, mevsimine göre çiçek kokar.

Bu bir ütopya mı Sayın Kutlu?

Yoo! Gerçekleşebilir, yeter ki inanılsın, niyet edilsin.

Bir getto mu?

Ne münasebet.

Bu bir teklif, akıl sahiplerine bir uyarı. İnsanı ve dünyayı tüketen vahşi kapitalizmin kurduğu düzeni ve şehirleri görüyoruz.

Memnun olan var mı?

Bu bir anlamda mânalı bir başkaldırı.

Hadi be TOKİ!

Yap şunu.

Tarihe geç.

SAKİN KENT

Erzincan tarihi boyunca on-on iki büyük deprem görmüş. Sürekli yıkılıp yeniden yapılmış. Bu kadar yıkıma uğrayan kenti niçin terk etmemişler?

Çünkü çok verimli bir ovası var. Bu yüzden onu tarif için "etrafı dağlık ortası bağlık" darbımeseli söylenir. (Deprem bölgesine kim gelir demeyin, Türkiye'nin her yeri deprem bölgesi.) Gerçekten de ovanın etrafı başı karlı ve dumanlı yüksek dağlarla çevrilidir. Dağların başından kar eksik olmaz. Dağ eteklerine, dere ağızlarına köyler kurulmuştur. Her dereden buz gibi sular çağlar. Üstelik Erzurum'dan doğup gelen Karasu (Fırat) ovayı bir baştan bir başa yarıp geçer.

Son büyük depremden (1939) sonra şehir bulunduğu Karasu kenarından zemini daha sağlam olan dağa doğru kaydırılmıştır. Eski şehir kırk bin nüfuslu bayağı mamur bir belde imiş. Oradan kalan fotoğraflara baktığımızda üç-dört katlı ahşap oteller görüyoruz. Üçüncü Ordu'nun Erzincan'da bulunması muhteşem binaların yapılmasını da sağlamış.

Ama bütün bunlar mazide kaldı. Artık o şehrin yerinde yeller esiyor. Sadece iç kalenin kapı kalıntısı var. Bir de hatırladığım kadarıyla ahır olarak kullanılan iki yıkık hamam. Erzincan'ın manevi mimarlarından Terzi Baba'nın (Hayyat Vehbi) türbesi çevresinde oluşan mezarlık duruyor. Son dönemde bu büyük mezarlık elden geçirilerek çiçeklerle bezeli, tertemiz bir hâle geldi.

Şehrin bulunduğu bölge elli senedir sürülüp ekilen tarlalar hâlindedir.

Yukarıda sıfırdan inşa edilen "Yeni Şehir" kağıt üzerinde ızgara planlı olarak vücut buldu. Deprem riski sebebi ile öncelikle tek katlı prefabrik ama gayet sağlam ve kullanışlı binalar yapıldı. Türkiye'de hiçbir şehirde bulunmayan bir yerleşim var orada. Bütün sokaklar, caddeler birbirini doksan derece kesiyor ve düzgünlüğünü kaybetmiyor.

Konutlar tek katlı ve bahçe içinde. Bu bahçeler dört yüz, altı yüz metrekarelik. Fevkalade verimli olan toprağa vişneyi-kirazı bu yıl dikin; gelecek yıl meyvesini yersiniz. Tabiattan kopmayan Erzincan halkı bahçelerini şenlendirmiş, ağaç-çiçek-havuz ile harika dinlenme mekânları kurmuştur. Bir tepeden baktığınızda şehir yeşillikler içinde gömülmüş gibi görülür.

Resmî binalar dahil eskiden çok katlı ve iri yapı yok gibiydi. Şimdilerde ana caddeler üzerinde, çarşılarda dört-beş katlı binalar bulunuyor. Yine de bunların varlığı bu küçük şehrin asude havasını bozmuyor.

Dünyada modern kentlerin kalabalığı, hava kirliliği, trafiği, gürültüsü, karmaşası, yüksek binaları ile insanı boğduğu, yok saydığı, ezdiği bir gerçek. Hemen herkes bu kaostan kaçmak istiyor ama iş sebebi ile dayanıyor bu işkenceye.

İlim adamları, tıp çevreleri, psikologlar giderek hızlanan hayatın insanı bitirdiğini tespit etti. İnsanlar artık yemeklerini bile ayakta atıştırarak yiyor. Buna reaksiyon olarak İtalya'da bir "Yavaş Yemek" hareketi oluştu.

Bunun ardından hızdan arınmış, gürültüden ve karmaşadan uzak kentlere bir eğilim belirdi. Cittaslow (Yavaş Kent) kavramı ortaya çıktı. Zaten ilim çevreleri de insanoğlunu uyarıyor, ona sürekli "Yavaşla!" diyor.

Uluslararası bir hüviyet kazanan hareket organize oldu ve "Yavaş

Kent"ler şöhret kazandı. Ben "Sakin Şehir" ismini daha munis buluyorum. Bu kentlerin tamamı sanayiden uzak; yerel renklere, yerel tatlara, kültüre, spora odaklanmıştır.

Türkiye'de de Seferihisar (İzmir), Gökçeada (Çanakkale), Akyaka (Muğla), Yenipazar (Aydın) ve Taraklı (Sakarya), yavaş kent üyeliği almıştır. Ardından müracaat eden üç belde daha var: Yalvaç (Isparta), Vize (Kırklareli) ve Perşembe (Ordu).

Ben vaktiyle bu konuda bir yazı yazarak Erzincan il idaresi, iş çevreleri ve Belediye'nin bu yolda adım atmasını dilemiştim (bk. bu kitap, s. 84). Eğer Erzincan "Sakin Kent" seçilirse hem Türkiye'de hem Uluslararası camiada adını duyuracak; bu yoldan hem turizm hem yerel değerlerin pazarlanması ile bambaşka bir hüviyet kazanacaktır.

17 Aralık'ta İzmir-Yaşar Üniversitesi'nde toplanan sekiz kentin belediye başkanları ile ilim adamları "Sakin Kent"in ülkemizdeki geleceğini tartıştılar. Keşke Erzincan'dan bir temsilci de misafir olarak bu toplantıya katılsaydı.

Erzincan mevcut yapısı ve potansiyeli ile bir "Sanayi Kenti" olmaya ve kendini mahvetmeye heveslenmesin. Tam tersine elinde Türkiye'de eşi bulunmayan bir "sakinlik" hazinesi var.

Peki bu sakinlik para eder mi, şehri doyurur mu?

Elbette. Öncelikle "Sakin Yemek" çeşitlerinin üretimi, lokantaların dizaynı, hizmet kalitesinin yükseltilmesi ile tüm Türkiye'den seçilen kaliteli yemekler Erzincan mutfağı ile birleştirilerek bir "yemek cenneti" inşa edilmeli.

Mevcut olan veya olmayan el sanatları, dokuma, bakır ve turiste hitap edecek her tür mal için atölye tezgah girişimleri yapılmalı. Bunlardan "marka" çıkarılmalı.

Mesire yerleri elden geçmeli. Şehir içinde ve dışında "Butik Oteller" yapılmalı. Dağcılık, balıkçılık, rafting, yürüyüş, jeotermal turizm geliştirilmeli. Kongre merkezleri kurulmalı. Üniversite bu işe kafa yormalı.

Türkiye'de "Sakin Şehir" adayı olarak en güçlü kent Erzincan'dır. Bu şansını kullanmalı. Üzümü, kirazı, elması, folkloru, mutfağı, manzarası, havası, suyu... (Kurutelek suyu ne oldu acaba?) Maden suyu (Bögert) alt yapı için kâfi değil mi? Sadece peynir üzerine yatırım yapılabilir. (Bakınız kuzu eti 50 liraya çıktı. Ülke ihtiyacı küçük baş hayvan altmış milyon; mevcut olan yirmi milyon. Bu alana yatırım yapılmaz mı?) Kırk çeşit peynir üretilebilir. (Ne yazık ki şimdilerde mevcut tulum peyniri de bozuldu.) "Mado" kolayına marka olmadı. Adam kalite için kendi keçi sürüsünü besliyor. Ama şimdi dünyaya ihracat yapıyor. Erzincan niçin "organik tarımı" denemiyor. Otomobil yerine bisikletler dolaşmalı caddelerde. Sokaklar çiçek kokmalı.

MAVİ YELEK MOR DÜĞME

Elindeki kurumuş çubuğu toprağa sok, seneye yeşerir, ister vişne, ister kiraz. Erzincan meğerse. Bir dağ gördüm gerçekten dağmış. Başında kar gibi kar varmış. Eteklerinde sular, eleğimsağmalar sıçratarak akarmış. Nane, yarpuz kokusu, su değirmenleri, değirmen arkında kırmızı benekli alabalıklar, sanki bir masalmış.

Erzincan meğerse.

Bir kuş, kanadı gümüş, bahçeler üzerinde uçar. Ova bir baştan bir başa bahçe, yeşil ekin denizi, pancar, fasulye. Kuş bir dala konar, elmanın yarısı kan kırmızı, yarısı sarı. Bu nasıl bir elmadır, yaza kadar kalır.

Meğerse Erzincan.

Mis kokulu tulum peyniri, tandırdan çıkan buğusu üzerinde ekmek, yanında yana yatmış iki salkım Cimin üzümü. Sarmaşıp bir sofra olmuşlar.

Ali Ekber Usta, Davut Sulari, bir de Hafız Şerif bağdaş kurup oturmuş. Sofra ahengini bulmuş.

Erzincan meğerse.

Zalım Ahmet, Zozo Özkan, Dayı Muammer, Albayraklı Nurettin, Kalas Naci, Hacı Hilmi, Sobacı Mehmet Yıldız, Kömürcü Naim, gecelerin adamı Abdurrahman, Kadir Ağa, Kasap Mehmet, Uncu Fahri, Berber Ziya. Liste uzanıp gidiyor. Kimi Rahmet-i Rahman'a kavuşmuş. Herkes birbirini tanıyor; ölenler Terzi Baba'da koyun koyuna yatıyor.

Liste uzayıp gidiyor, en sona bakıyorum: Deli Lütfü ile Deli Tevfik.

En önde Demirci Ziya Uslu. Kıratına binmiş, başında kalpak, göğsünde dürbün. O gün 13 Şubat'mış.

Meğerse Erzincan.

Bir Şubat gecesi istasyona inmiştim. Biz ekspresi karşılamaya inerdik. Saat bilmem kaç olmuş, kar boncuk boncuk dökülüyor. Trabzon Caddesi'nin ortasında yürüyorum. Beyaz lambalar caddenin tepesinde. Bu kar kaç santim olmuş, neden etrafta kimsecikler yok? Caddeden ilaç için bir araba geçmemiş; öyle temiz, öyle ılık, öyle munis bir gece. Orduevi'nden, Yenişehir Sineması'ndan geçiyor. Hastane önüne varıyorum. Ara sıra geri dönüp karda bıraktığım izlere bakıyorum. Bu geceyi unutamıyorum.

Erzincan meğerse.

Vasgirt'te korkozanın başındayız. Herhâlde on sekiz yaşındayız. Koltuğumuzun altında kitaplar, alnımızda hayaller. Selami çay taşıyor, biz umut taşıyoruz. Suyun sesi sesimize karışıyor. Sesimiz ovayı geçip yaylalara ulaşıyor. Laleler, mor sümbüller, adını bilmediğimiz çiçekler. Ve o kekik kokulu rüzgâr. Rüzgârın türküsüne tutunup giden çobanlar, sürüler, kayalardan kılıç gibi düşen gölgeler. Gölgeler kendi aralarında konuşuyor. Seferberlikten, kıyımdan, kıtlıktan, depremden bahsediyor.

Erzincan meğerse.

Kırklar tepesine çıkın, oradan ovaya bakın. Evler ağaçların arasında kaybolmuştur. Çarşı Mahallesi, Orta Çeşme, Topal Kitapçı, Kristal Lokantası, Güneş Oteli, dolmuş durakları yok olmuştur. Oralarda Âşık Fahri'nin anlamından çok ahengine vurulduğumuz sesi yankılanır: Lapseki Çardaklı-Eminönü Dörtevler.

Pazar yerine varalım, bir ihtiyar nene bulalım. Tamas lalavucu, bal armutu, kuşburnu koravası falan alalım. Renkler, lezzetler, sözler, vaatler, gençlik aşkları, kavgalar, kaçan goller, geçip giden yıllar.

Erzincan meğerse.

Köşeyi dönünce Terzi Baba ile burun buruna geliyoruz. Mübarek yeni abdest tazelemiş, sular sakalından damlıyor. Eğilip elini öpüyorum: "Efendim bir düş gördüm, lütfedip yorar mısınız." Güller gibi gülüyor: "Anlat bakalım." Yukarıdan beri sıraladığım şeyleri anlatıyorum. Ve daha neler, neler.

Düşümü yorumluyor:

Erzincan meğerse.

TÜRKİYE'NİN YOKSULLUK HARİTASI

Kış geliyor.

Çok geçmez tipi-boran çatılarda, yollarda ninni söylemeye başlar. Yoksullar, elleri koynunda boş gözlerle ufuklara dalar. Kriz bastırmış, işsizlik göz açtırmamıştır. Bir umut, kapıyı tıklatacak bir yardım. Beklenen budur.

Tam bu günlerde Başbakan Yardımcısı Hayati Yazıcı Türkiye'nin Yoksulluk Haritası'nın çıkarılacağını söyledi. Çok sevindim. Çünkü ancak bu kapsamda oluşturulacak veri tabanı ile tüm yoksul kesimlere ulaşılabilir. Bu proje için 2009 bütçesinde 7 milyon TL ayrılmış. Yazıcı şöyle diyor: "Eşi vefat etmiş, boşanmış kadınların durumunu çıkaracağız. Projedeki hedefimiz yardımların gerçekten hak edenlere yapılması ve sosyal yardımlarda zaman zaman ortaya çıkan suistimallerin önlenmesi."

Lakin daha önce yapılacak bir şey var. Bunu bu sütunda defalarca yazdım, bir daha yazıyorum.

Efendim bilinen şu ki, ülkemiz nüfusunun neredeyse yarısı "yoksulluk sınırı"nda yaşıyor. Bunun yarısı da "açlık sınırında"dır. Lakin bu sınırların tayini hususunda ilgili kuruluşların çıkardıkları rakamlar birbirini tutmuyor. Devletin ilan ettiği rakamla mesela Türk-İş veya Kamusen'in rakamları arasında dağlar var. Bu çok sakil bir durumdur. Bir ortak noktaya varılmaksızın "yoksulluk" denilen olguya yaklaşmak sağlıklı olmaz.

Önümüzde "seçim" var. Yardımların dağıtılması her hâl ü kârda istismar konusu yapılacaktır. Bunu bazıları siyasi niyetlerle ve bire bin katarak yapar, bazıları iftira atar, bazıları da hakikati dile getirir.

Hayati Bey de bu noktaya parmak basmış. Şöyle diyor: "Adam hem belediyeden, hem sivil toplum kuruluşlarından hem de devletten aynı anda yardım alıyor. Oluşturulacak veri tabanı sayesinde yardımlar hem daha geniş kitlelere ulaştırılacak hem de kimsenin itiraz edemeyeceği şekilde dağıtılacak. Yardım yapılırken "partizanlık yapılıyor" şeklindeki iddialar da ortadan kalkacak. Kim nereden yardım alıyor belli olacak. Projedeki nihai hedefimiz yardımların tek elde toplanmasıdır."

Bütün bu söylenenlerin kulak ardı edilmeden hayat geçirilmesi en büyük arzumuzdur. Bakınız gün geçmiyor ki televizyonda (siyasi durumuna uygun olarak) bir yardım haberi (yani suistimal) yer almasın. Bunlar arasında en sık rastlananı adamın yardım diye aldığı kömürleri satmasıdır.

Hayati Yazıcı Proje'nin yürütülmesi sırasında takip edilecek yolu şöyle izah ediyor: "Bu iş Çalışma Bakanlığı, DPT, TÜİK, Sivil toplum örgütleri ve belediyeler gibi ilgili kuruluşların katılımı ile Sosyal Yardımlaşma-Dayanışma Fonu Genel Müdürlüğü'nün koordinatörlüğünde yapılmaktadır. Sözü geçen veri tabanının bir şifresi olacaktır. Yardımlarda sorumlu kuruluş Sosyal Yardımlaşma-Dayanışma Fonu'dur".

Türkiye'nin Yoksulluk Haritası'nın çıkarılması geç kalmış bir projedir. Her neyse, şimdi hayata geçirilse bu da bir kazançtır. Ve sosyal yardımın devlete yakışır bir düzen ve adalet ile yapılmasını sağlar. Bu alandaki dedikodular ve suistimaller nisbeten son bulur. Bakın kesinkes son bulur demiyorum. Çünkü bu yardım meselesi nazik, netameli bir iştir. Çokları aldığı yardımdan tatmin olmaz, daha fazlasını ister, komşusunu kıskanır, siyasi çıkar umarak yardım dağıtanları karalar vesaire. Kimsenin ağzı torba değildir, her kafadan bir ses çıkar. Ancak Hayati Bey'in çerçevesini çizdiği proje bu alanda iyi bir çözüm öneriyor, bütün arzumuz bir an önce hayata geçirilmesidir.

Bakınız devlet her ay illere elli trilyon para gönderiyor. Sırf yardım için. Bunun dağıtılmasının sağlıklı olması lazım. Ayrıca Kızılay dahil, sivil toplumca teşkil edilen yardım kuruşları da, vakıf ve dernekler de çok sıkı denetlenmelidir. Bu denetimsizlik iyi niyetinden şüphe etmediğimiz Deniz Feneri'ni hayli hırpalamıştır.

Yazıcı "iş kurmak isteyenlere destek verildiğini" söylüyor ki, yardımın en gerçekçi uygulaması budur. Bazıları "mikro-kredi" ile dalga geçiyordu ama sonuç çok parlak oldu.

Gönül ister ki ülkemiz genelindeki gelir farkı uçurumu azalsın, kimse yardıma muhtaç duruma düşmesin, başkasına el açmasın. Ancak bu idealin gerçekleşeceği güne kadar dayanışmaya-yardımlaşmaya muhtacız. Hele şu kriz günlerinde.

KÜLTÜR MERKEZLERİ VE AVM'LER

AVM'lerin hızla çoğaldığını, bakkalların bu durumdan şikayetçi olduklarını biliyoruz. Ancak bu devasız bir derttir. Tüketim toplumu hayat tarzını değiştiriyor. Bir sel gibi. Önüne geçmek neredeyse imkânsız.

Peki bakkallar ne yapacak?

Yeni alternatifler arayacak. Nedir onlar? Bilmiyorum. Arada fazla benzerlik yok ama, bir örnekten bahsedeyim. Memlekette haddinden fazla İletişim Fakültesi, Tıp, Eczacılık var. İş bulamayan doktor ve eczacılar sürekli şikayet hâlinde. Onlara Anadolu'da yeterli eczane ve doktoru olmayan küçük kasabalara gitmelerini öğütlüyorum. Önce karşı çıkıyor, "Biz oralarda yaşayamayız, üç günde patlarız." diyorlar ama; aralarından gözü kara bazıları bunu deniyor.

Evet, başlangıçta sıkılıyorlar; kaçıp gitmek istiyorlar ama, biraz dişlerini sıkınca dükkan çalışmaya başlıyor. Paranın rengi her şeyi örter. Zamanla kasa dolmaya başlayınca "Ulan ne iyi ettik de şuraya geldik." demeye başlıyorlar. Ee, ne denilmiş: "Kıç ıslanmayınca balık tutulmaz."

Tabii şikayete başlayınca ilk söyledikleri yeter ölçüde sosyal etkinlik, eğlence ve kültürel mekân olmayışıdır.

Devletimiz sağolsun.

Memleketi bir baştan bir başa "Kültür Sarayları" ile doldurmaya azmetmiş. Sineması, tiyatrosu olmayan illere, ilçelere devasa binalar kondurmuş. Bunların çoğu boş. Çoğu yanlış yapılmış.

Kültür Bakanımız geçenlerde Adana'nın Yüreğir ilçesinde geçmiş yıllarda belediye tarafından inşaatı başlatılan, ancak yarım bırakılarak bakanlığa devredilen Yüreğir Kültür Merkezi'nde inceleme yaptı. Sonuç: Kaynaklar yanlış kullanılmış. Bakan şunları söyledi: "Buna benzer olaylar Türkiye'nin birçok yerinde var. 1990'lı yıllarda plansız, programsız, amaca uygun olmayan, gelişigüzel boş mekânlar, bir dolu yapı, özel firmalara projelendirilmiş. Bu gördüklerim karşısında içimde isyan duygusu hissediyorum. Hiçbir bakan, hiçbir vali, hiçbir belediye başkanı kendi cebinden tek kuruş harcamıyor. Buralarda boşa harcanan kamunun parası. Kamunun parasını hiçbir yetkili hesapsız plansız kullanmamalı. Ancak ne yazık ki, bunlar yapanın yanına kâr kalıyor."

Günay kullanışsız durumdaki binanın koca bir alanı kapladığını, ancak içerideki salonun üç yüz kişilik olduğunu, balkonun ise sahneyi göremeyecek şekilde dizayn edildiğini söyledi (*Radikal*, 9 Ekim 2009).

Bu traji-komik durum bana "havaya savrulan trilyonlar" hesabından bir sahneyi hatırlattı. Epeyce bir zaman önce bir televizyon kanalı bu "havaya savrulan trilyonlar" konusunda tam bir ay yayın yaptı. Hiçbir yerden ses çıkmadı. İçlerinden biri şöyle idi.

Sahneyi tamamen kaplayan bir tabela. Tabelada şunlar yazılı: "Bilmem ne baraj gölü. Kuş cenneti. Avlanmak yasaktır."

Kamera açılmaya başlayınca bozkırdaki dere yatağını görüyoruz. Bir de dere önüne yapılan yarım kalmış duvar. Ortada ne baraj var, ne su ne de kuş. Meğerse o toprağın su tutmayacağı anlaşılmış ve barajdan vazgeçilmiş. Anadolu'nun küçük bir şehrinde dört AVM açıldığına şahit oldum. Mağazalar dolup-boşalıyor. Öyle ki AVM idaresi köylere bile servis koymuş. Yani su yatağını bulmuş akıyor. Kültürel hayatımızda ne su var ne yatak. Kurak bir iklimde dolaşıyoruz. İstanbul İl Milli Eğitim Müdürlüğü'nün yaptırdığı bir araştırmaya göre öğrencilerin sadece %4'ü müzikle ilgileniyor. %68'inin ilgilendiği hiçbir sanat dalı yok. Burası İstanbul, sanat ve kültür etkinliklerinin merkezi. Merkezde durum böyle ise taşrada nasıldır. Önce bunu düşünmeli. Kültür hayatı sepeti alıp AVM'den alışveriş yapmaya benzemez. Bir donanım, bir birikim ister. Bakınız yine eğitimcilerin yaptırdıkları bir araştırmaya göre Türkiye'de kitap, ihtiyaçlar listesinde 237. sırada bulunuyor. Ortalama bir Japon senede yirmi yedi kitap okuyor; bir İsviçreli on bir kitap, bir Fransız yedi kitap. Bir Türk'e gelince (sıkı durun) on yılda bir kitap.

Okur-yazarlık (okuma alışkanlığı kazanmış olmak) kültürel hayatın alt yapısıdır. Bu yapı çürük ise bunun üzerine konduracağınız "Kültür Sarayı" hiçbir işe yaramaz. Boş kalan salonlar bir süre sonra paslanır. Bazı odalar başka kuruluşların deposu olarak kullanılmaya başlar.

Devlet-Özel Sektör-Milli Eğitim-Aile el ele verip önce bulunulan muhitte bir kültürel potansiyel yaratmalıdır. Öyle ki bu potansiyel yatağından taşacak hâle gelsin ve bir "Kültür Merkezi"ne ihtiyaç olsun. Bu işe okulların salonlarından, Halk Eğitim Merkezleri'nden başlanabilir.

Kültür işi iğne ile kuyu kazmak gibidir. Sabır ve zaman ister. Ayrıca en önemli noktası doğru yerde durup doğru adım atmaktır.

YAPMA TOKİ

24 Mart 2009 tarihli *Yeni Şafak* gazetesinde okuduğum bir habere göre TOKİ "İspanya Modeli" diye bilinen ve sahilde oluşturulacak mini kentler kurmak istiyormuş. Bu sebeple başvurduğu Maliye'den istediği arazilerin hiçbirini alamamış. Dolayısıyla proje hayata geçirilemememiş.

Bu mini kentler Aydın, Muğla, İzmir, Bursa, Antalya, Balıkesir ve Adana'da kurulacakmış. Hedef yabancılara yönelik yazlık tatil köyleri. Yani adı "mini kent" ama asıl "tatil köyü". (Satışından büyük para bekleniyor.)

Çevre ve Orman Bakanlığı bu alanların "özel çevre koruma bölgesi" olması hasebiyle projeye onay vermiyor. Ayrıca arazilerin "SİT alanı" olduğu ve buralarda yapılaşmaya izin verilemeyeceği de yapılan itirazlar arasında.

Ben de "itirazım var" diyorum.

Mesele hakkında detaylı bilgim yok, hatta bu yazıyı da sadece şu yukarıdaki habere istinaden yazıyorum. Bir nevi "masa başında ahkâm kesmek" oluyor. Olsun. Fikrimi ve hissiyatımı söylemek zorundayım.

Bildiğim ve gördüğüm kadarı ile Marmara sahillerinden İskenderun'a kadar kıyılarımız "beton ormanları" ile kaplıdır. Bu "tatil köyleri" yazlık adı altında senede bir iki ay kullanılır. Buralara bir Türkiye kadar yatırım yapılmış, bir hayat tarzının "israfa" dayanan çirkin görüntüsü sahillere hâkim olmuştur. Mesele hakkında binlerce yazı yazıldı, yüzlerce tartışma yapıldı, ama herşeye rağmen o güzelim koylar, sahiller, zeytinlikler ve ormanlar kıyımdan kurtulamadı. İnsanın içi sızlıyor.

Ben TOKİ için tam tersine Anadolu'nun bağrına, bozkırın ortasına yatırım yapmasını uygun buluyorum. Yabancılar için değil, fukara köylümüz için. "Fundamentalist Piyasa İdeolojisi" (bu tabiri Kemal Dervişten öğrendim) iflas etmiştir. Bozkırın ortasına yapacağım yatırım bana ne kazandıracak, diyebilirsiniz. Ben de AKP'nin seçim sloganlarından biriyle cevap vereceğim: "Sen Türkiye'sin, Büyük Düşün".

Anadolu'nun içi boşalıyor.

Bir kez daha tekrar edeyim: Anadolu'nun içi boşalıyor.

O Anadolu çocukları ki bizi Çanakkale'de, Yemen'de, Sarıkamış'ta canları pahasına ayakta tuttu. Bu günleri ne çabuk unuttuk. Anadolu'nun boşalmasına göz yumamayız.

Eee!.. Ne olacak peki. Teklifin nedir?

Teklifim şu anda dünyadaki bütün ilim adamlarının ortak görüşüdür: "Tarıma yatırım yapmak, suyu korumak."

Bunun özeti iki kelimedir: ekmek ve su. Bunu bize Anadolu verebilir. Elinizde tonla para, tonla altın olsa, kıtlık zamanı bunlar işe yaramaz. Kuraklığın ve kıtlığın eli kulağında. Tamtam çalarak geliyor. Erozyon Anadolu toprağını her yıl Kıbrıs büyüklüğünde çekip alıyor bizden.

Bozkırı yeşertmemiz lazım.

Efendim rantabl değil, orada bir şey yetişmez, boşa çaba, boşa yatırım. Turizme ağırlık verelim demeyin. Aynı kapıya çıkar.

Sivas'ın 216 köyü hiç nüfus kalmaksızın boşalmış. Anadolu'da önceleri verimsiz de olsa işlenen topraklar şimdi boş yatıyor.

Elin oğlu çölde tarım yapıyor, unutmayın çölde. Uygun ürün, uygun teknoloji, uygun yatırım ve bıkıp usanmadan çalışmak.

Bunun için geçmişte projeler yapıldı ama hayata geçirilemedi. Anadolu'yu kurtarmak istiyorsak oradaki nüfusun kendi üretimi ile geçinmesini sağlamamız gerekiyor. Bunun için "Tarım Kentleri" mi kurulur, "Köy Kent" projesi mi uygulanır bilemiyorum. Bunlar ütopik fikirlerdir, uygulama imkânı sıfırdır diyebilirsiniz.

Ben fikrimde ısrar ediyorum.

Sivas, Erzincan, Kastamonu, Erzurum, hangi kent ve onun ilçe ve köyleri boşalıyorsa; bu göç elli senedir başımızı ağrıtıyorsa bunu öne almalıyız.

TOKİ öncelikler listesinde bunu öne almalı. Tabii ona düşen işin konut yanıdır. Oradaki nüfusun nerede çalışacağı, ne yiyip ne içeceği, sağlık ve eğitim sorunları hep birlikte düşünülmelidir. Bu yatırımlar boşa gitmemelidir.

Umutsuzluk bize yakışmaz. Millet oradaysa hizmet nerede?

Fundamentalist Piyasa Ekonomisi çöktüğüne göre işi devlet üstlenmelidir. Geçmişte bir Et-Balık özelleştirilmesi yapıldı, sonuç felaket. Bence Et-Balık-Süt (Süt, evet süt. O kadar hevesle alınıp beslenen süt inekleri kesime gidiyor, insanın içi parçalanıyor. Şu koca devlet süt üreticisine sahip çıkamıyor.) adıyla bu kurum yeniden teşkilatlanmalıdır. Tarım kentleri kurulmalıdır. Anadolu bozkırından yemyeşil bir manzara fışkırmalıdır. Hep söyledim yine söylüyorum: Organik tarım hedef olmalı. Şu anda esamesi okunmayabilir ama ilerisini düşünmeli. Artık çelik satmakla çilek satmak arasında fark kalmadı. Kuraklık ve kıtlık hiçbir vakit akıldan çıkmamalı. Deremizi, gölümüzü, suyumuzu temiz tutmaya çalışacağız. Çünkü istikbalde bizi onlar kurtaracak. Onlar nedir? Ekmek ve Su.

TOKİ gel etme eyleme, turiste yatırım yapma; çocuklarımızı ve torunlarımızı düşün, yatırımı Ekmek ve Su'ya yap.

İşte fikrim, işte hissiyatım.

İNSANLIKTAN ÇIKMAK

Büyü bozuldu. Belki bu yüzden edebiyatın yerini medya aldı. Eski dünyanın bizi uçuran şiirsel bir yanı vardı, şimdi şiir bir yürek burkuntusu sadece.

Hayretimizi, şaşkınlığımızı yitirdik. Oysa insan korkar, şaşar, hayret eder, ürker, dehşete kapılır vesaire.

Havai fişeklerin rengarenk patlamaları, gökyüzünü boyamaları ile misket bombasının patlatılması nasıl da birbirine benziyor. Utanmasak "eğlenceli" diyeceğiz.

Acaba utanmak hâlâ gündemde mi; yoksa alay konusu edileli çok mu oldu?

Bakın geçen yıl bir "sahte rakı" operasyonu dolaştı dillerde.

Önce Menekşe sahilinde yaşlı bir alkoliğin cesedi bulundu. Yapılan inceleme sonucu adamın alkol zehirlenmesinden (sahte rakı) öldüğü anlaşıldı.

Sahte rakının peşine düşen polis çeteyi yakaladı. Çete reisinin bu işi defalarca yapmış, içeri girip çıkmış birisi olduğu anlaşıldı.

"Ne var bunda?" diyeceksiniz değil mi?

Demeyin.

Sahilde ölen ihtiyarın bu adamın babası olduğu anlaşıldı. Yani adam oğlunun imal ettiği rakıdan içerek ölmüş.

İş bu kadarla kalsa iyi. Meğer bu ihtiyar da bu işin ustasıymış, o da sahte rakı imalatından defalarca içeri girmiş çıkmış.

İşte size bir "Babalar ve oğulları" hikâyesi. İnanılır gibi değil. Ama medyada öyle cinayetler görüyor, öyle dehşetli sahneler seyrediyoruz ki; bu tuhaf-acı-şaşırtıcı olay bir oyun, bir skeç gibi algılandı. Kah kah gülenler bile oldu.

Demek ki ölümün, işkencenin, toplu imhanın, bombaların, yıkılan evlerin, kaçışan insanların, kolu bacağı kopmuş çocukların görüntüsü bizi artık kazımıyor.

Kimse ekranı kapatmıyor.

Kimsenin kılı kıpırdamıyor.

Amerika Irak'a girdi, gireli seneler oldu, milyonun üzerinde insan öldü, medeni dünyanın umrunda değil.

Her iki buçuk saniyede dünyada açlıktan bir çocuk ölüyor, kimsenin umrunda değil.

Hissiyatımız (insanlığımız) dumura uğradı.

Gösteriler yapılıyor, bayraklar sallanıyor, nutuklar atılıyor, bütün bunlar ekran süsü gibi haber bültenlerine hareket katmaktan öteye gitmiyor.

Elbette bütün bunların bir sebebi vardır. O sebep malumdur. İnsanlığa insan olmayı öğreten "ahlâk"tan uzaklaşmak. (Öyle ki ahlâk bizi Allah'a götürecek diye ödü kopanlar "etik" kelimesine sığındılar.) Ahlâkın bir tek kaynağı vardır: İlâhî emir ve yasaklar. Öte dünya inancı, hesap günü. Yüzyıllardır bunun bir "safsata" olduğu pompalanıyor. Sen gününü gün et, ânı yaşa, kendini sev. Altta kalanın canı çıksın.

Hesap gününü hesaba katmayan bir "adalet" olur mu? Olur.

Güçlünün koyduğu kanun budur. Veyl mağluplara. Ama kan ve gözyaşından elde edilen servet sahibine huzur vermiyor. Sahip evinin etrafını duvarlarla, dikenli tellerle çeviriyor. Site kapısına güvenlik elemanları yerleştiriyor. Hiç inmiyor arabasından, etrafa bakmıyor. Haberleri ona ileten âletler, insanlar, casuslar, görevliler, laboratuvarlar, üniversiteler, sivil toplum kuruluşları, ilim adamları, aktörler, bankalar, kankalar var.

Yine de uyumadan önce kapısına vurduğu beş açılmaz kilidi defalarca kontrol ediyor.

Nafile. Beyhude.

Ruh sağlığı giderek bozuluyor. Ne içki, ne seks, ne uyuşturucu, ne doktor ne ilaç içindeki yangını söndürmüyor. İçin için yanıyor adam; bu sebeple sağa sola saldırıyor. Bu adam insanlıktan çıkmıştır artık. Şefkat, merhamet, nedamet, feragat, cömertlik, sabır, şükür, rikkat, hürmet, hizmet onu terk etmiştir.

Ne yazık ki hepimiz o adamın bindiği jipi, oturduğu evi, yüzdüğü havuzu, yediği havyarı, yatağa attığı hatunları, gezdiği bakir köşeleri, yediği kanlı kızartmaları, bir işareti ile rakiplerini yerle bir etmesini istiyor; adamın gücüne tapıyoruz.

Dinden çıkmak başka nasıl olur?

İyi uykular.

SOKAĞIN NABZI

İnsanımızın zaman içinde değiştiği, değerlerini kaybettiği, maneviyattan uzaklaştığı şikayet konusu oluyor. Değişim elbette ki bir realitedir. Ama bu hangi boyuttadır. Üniversitenin, sosyologların, bilim adamlarının bu konuda yeterli araştırmaları olmalı ve bu araştırmalar kendimize has yöntemlerle yapılmalı. Ben burada bilimsel bulunmasa da dört araştırma örneği vereceğim.

1. Tanrı misafiri: Köyde, kasabada, mahallede, şehirde, herhangi bir semtte bir evin kapısını çalalım. Vakit gecenin bir yarısı olsun. Orta yaşta bir kadın, bir erkek. Giyim-kuşam-konuşma-tavır güven verici. Kapıyı açan kişiye "Biz yolumuzu kaybettik veya arabamız arıza yaptı yolda kaldık" deseler. Mevsim kış, etraf karla kaplı olsa. Acaba kapıyı açanlar bu iki "Tanrı misafiri"ni evlerine kabul edip onları bir gece misafir ederler mi?

   Bence yüzde doksan ederler.

2. Kayıp cüzdan: Şehirde kalabalık bir sokağa bir cüzdan bırakalım. İçinde hatırı sayılacak kadar para olsun, cüzdan sahibinin adı, adresi olsun. Cüzdanı bulanları izleyelim. Kaç kişi cüzdan sahibini arayacak ve cüzdanı ona teslim edecek? Kaç kişi karakola götürecek? Kaç kişi bir sağa, bir sola baktıktan sonra cüzdanı cebine atıp hızla oradan uzaklaşacak? Bence yüzde doksan sahibine teslim edilecek.

3. Yolunu kaybeden kadın: Kadın mesela Trakya'dan İstanbul'a

gelmiş olsun. Adapazarı'na gidecek. Ama vakit geç. Gece yarısını çoktan geçmiş. Sokakta şaşkın-şaşkın dolaşan genç ve güzel bir kadın. Biraz saf galiba. Önüne gelene hâlini anlatıyor. Köylü olduğu her hâlinden anlaşılıyor. Bir akrabasına gelmiş, oradan ayrılıp Harem Otogarı'na gidecek ve otobüse binecekmiş. Trafikte gecikmiş, yanlış vapura binmiş, Kadıköy meydanında inmiş. Telefon yok. Akrabasının telefonunu da bilmiyor. Üstelik cüzdanını-parasını da akrabasında bırakmış. Meydanda kalakalmış. Dokunsan ağlayacak. Bu kadına kim kötülük eder? Kaç kişi onu Harem Otogarı'na götürüp biletini de alarak Adapazarı'na gönderir? Bence yüzde doksan bu kadına yardımcı olurlar. Çok mu iyimserim? Gazetelerin üçüncü sayfasını, televizyon haberlerini hiç izlemiyor muyum? Yoo! İzliyorum. Ama onlar olumsuz, kötü, dehşet verici haber arıyorlar. Olumlu, müsbet, ahlâk sahibi kişiler haber olmuyor. Bunu biliyorum. Onların haberleri bu milletin solda sıfırıdır. Bu yüzden tirajları otuz yıldır bir milim artmıyor. Teorik, ütopik laflar bir yana bizzat şahit olduğum bir olayı nakledeyim.

4. Ev sahibi olmanın umulmadık yolları: Mecidiyeköy otobüs durağında bir kuyrukta bekliyorum. Otobüs gecikiyor, bekleyenler kendi aralarında sohbete dalıyorlar. Önümde yaşları altmışın üzerinde iki kişi konuşuyor. Daha doğrusu biri anlatıyor, öteki şaşkınlıkla dinliyor. Anlatan vaktiyle dağ başında bir arsa almış, tapulu ve ucuz. O yıllar çalışıyormuş, arsasına gidip bakmaya vakit bulamamış. Aradan yıllar geçmiş, emekli olmuş. Ulan gidip şu bizim arsaya bir bakayım yerinde duruyor mu yoksa birileri alıp gitti mi diye yola koyulmuş. Arsasına varmış, bir de ne görsün! Birileri oraya inşaat yapmış, birinci katı çıkmış, ikinci katı çıkıyorlar. Etrafa o kadar ev yapılmış ki orası bir mahalle olmuş. Aklı başından uçmuş. Demiş, bi dakka arkadaş, ne oluyor burada? Muhatapları bir yandan çalışıyor, bir yandan adama laf yetiştiriyorlarmış. Hiiç, demişler; görmüyor musun ev yapıyoruz. Bunlar genç imiş. Adam demiş

sizin bir büyüğünüz var mı, onunla konuşayım. Var demişler, babamız, bak aşağıda kireç kuyusunun başında. İnmiş adam gitmiş ötekinin yanına, selam-sabah, sonra demiş arkadaş bu işte bir yanlışlık var, burası benim tapulu arsam, siz buraya nasıl ev yaparsınız, hiç sormadınız mı? Karşıdaki tapu nerede, diye sorunca çıkarıp göstermiş. İnşaatın sahibi yumuşak bir adammış. Meseleyi anlatmış. Bunların akrabaları buralar hazine arazisi diye çevirip birer ev yapmış. Gelin siz de yapın demişler. Adamın arsası sınırda imiş, orayı hazine arazisidir diye kabul edip temeli atmışlar. Sonrası malum, ne arayan var ne soran.

Ee!.. Şimdi ne olacak demiş mal sahibi. Mahkemeye mi gideceğiz? Yok demiş öteki gülerek, oğullarına seslenmiş, çay getirin, sandalye getirin. Çayları içmiş, sigaraları yakmışlar. Evi yapan şöyle bir teklif getirmiş: Mahkemeye ne lüzum var. Gideriz tapuya, arsa senin, inşaat benim kaydını-kuydunu yaparız. Ben sanki müteahhit olmuş olurum. Bir kat çıktık, bir kat daha çıkıyoruz. Üstü senin, altı benim olur. Nasıl? Beriki elini çeneye atıp düşünmüş. Evet arsa var ama ev yapacak para yok. İşte adam sana hazır daire veriyor, anlaşın, anlaşın. Tamam demiş, olur. Öteki sevinerek bir çay daha gönderin demiş sigaraları tazelemişler. "Ya, efendi işte böyle durup dururken ev sahibi oluverdik, iyi adamlar, kaç yıldır beraber oturuyoruz, şimdi eve gidiyorum", dedi anlatan. Otobüs de geldi. Türkler pratik ve pragmatisttir. Bunu bilin. Bu yüzden bizden filozof çıkmaz.

MADALYON

Madalyonun bir yüzünde eski güzel günler var. Pek tabii bu günleri ancak yaşayanlar biliyor, hatırlıyor. Kitaptan okumak suyunun suyudur.

Kapıları açık bırakır yatardık. Ne hırsızlık, ne kavga ne cinayet olurdu. Mahallede herkes birbirini tanırdı. Komşular ve akrabalar arasında sevgi bağı vardı. Hatırlıyorum, kahvaltıları ya bizim bahçede yahut komşunun bahçesinde birlikte yapardık. Kimsenin evinde buzdolabı, çamaşır makinası, mobilya, televizyon, bilgisayar yoktu. Konuşurduk, dedikodu yapardık, çocuklar taklide bayılırdı, birlikte şarkılar söyler, gizli aşklar yaşardık.

Hayat zor muydu?

Bilmem, gençtik o zaman, taşı sıksak suyu çıkardı. Çocuklu gelinler her gün bebeğin yirmi-otuz boklu bezini yıkardı. Sıcak su maltızın üstündeki kazanda kaynar, yemek-börek, yazın dahi bahçedeki kuzineli sobada pişerdi.

Dut mevsimi dalından dut, kiraz mevsimi kiraz yerdik. Kış için şurup, reçel, marmelat, turşu; bunların üç-beş çeşidini kaynatırdık. Sebze ve meyve kuruturduk. İşimiz hiç bitmez, paramız ancak yeterdi. Kimsenin arsada-borsada gözü yoktu; herkesin gözü toktu. İhtiyaçlar belirlenmiş, hayat geleneğe bağlanmıştı.

Hayatın hep böyle geçeceğini sanırdık. Ölene ağlar, doğana sevinirdik. Çocuklar sokakta, bağda-bahçede büyürdü. Herhâlde mikrop yoktu, çünkü ilaç da yoktu. Kolay kolay kimse hastalanmazdı. Güz gelince odunu-kömürü depoya; turşuyu-unu-bulguru-yağı-peyniri bodrumun serindiğine indirenler kendilerini emniyette hissederdi.

Bağlar bozulmamış, bahçeler kurumamış, yün yataklar ortadan kalkmamış, bakır kaplar eskiciye verilmemişti.

Eski dünyanın ihtiyaç ve kanaata dayanan bu büyülü dünyası kayboldu. Onu dediğim gibi yaşamış yaşlılar hatırlayıp özlüyor. Gençler ne bilsin.

Gençler aynı mekâna gittiklerinde geniş asfalt bulvarlar, lüks arabalar, büyük şehirlerde olanların benzeri mağazalar, cafeler görüyor.

— Vauvvv!.. Ya burası baya değişmiş. Hoş olmuş yani, diye şaşırıyor.

Kendilerine ninelerinin anlattıklarını göremiyorlar.

Artık madalyonun öteki yüzündeyiz.

Sürekli iş kovalayan askerden yeni dönmüş iş adamları bozulmuş, kurumuş bir bağ gördüklerinde "Ya şurayı hemen kapatsak be abi, harika site yapılır buraya. Şöyle havuzlu falan." diye düşünüyor.

Çoktandır memlekete gelmemiş oğullar, eski mahalleyi, bahçeleri zar zor hatırlayıp "Bu kerpiç evlerde, bu dar sokaklarda büyümüşüz işte. O zamanın şartları. Elektrik var mıydı acaba? Ya, unuttum valla, çok zaman geçti. Ben diyorum ki burada Almancı çok, hayat baya değişmiş. Buraya bir AVM kurmalı, ha ne dersin?"

Hayat eskiye dair ne varsa önüne katıp götürmüş. Şehre bir üniversite açılmış, sosyal etkinlikler artmış, hayat tarzı değişmiş, her delikanlının yanında bir genç kız, caddeler dondurma yalayanlarla dolu, birkaç fast-food dükkanı açılmış, eski evler yakılıp şehir bir apartman ormanına dönmüş. Şehirde yıkılacak ev kalmayınca bahçelere hücum başlamış, kooperatifler her yanı sarmış. Organize Sanayi bölgesinde epeyce bir sanayi tesisi kurulmuş, şehrin nüfusu artmış, dışarıdan ve köylerden gelip yerleşenler olmuş.

Her balık suyunu tanır.

Kim nerede doğmuş, büyümüş ise oranın adamı olur. Cenab-ı Hak insanoğlunu kendisine ibadet etsin, kulluk etsin diye yarattı.

Âlemin bir nizamı var. Atın önüne et, itin önüne ot konulmaz. Bu "Hududullah"tır. Dünya güzeldir, insana düşen bu güzelliği bozmamak, daha da güzelleştirmektir.

Bizim nesiller her iki dünyayı da gördü, yaşadı. Bir kıyas yapabiliriz. Nostaljiye düşmeden "eski güzel günler"den bahsedebiliriz, ama yeni nesiller madalyonun bu kayıp yüzünü tanımıyor.

Şehircilere, mimarlara, siyasilere, iş adamlarına, sanatçılara, yazarlara, düşünürlere düşen "eski dünya"nın yeniden inşası değil, (bu zaten mümkün değil) onun insanî, estetik, âdil ölçülerine uygun mekânlar kurmaktır.

Bu uygulama yeni nesilleri de uyaracaktır. Vahşi kapitalizmin dünyası dışında bir dünyanın varolabileceğine inanacaklar; hız ve hazza gömülen, teknolojinin esiri olan ruhlarına kavuşup özgürlüğün gerçeğini göreceklerdir.

Bu uygulama kaosa yuvarlanan insanı, hayvanı, otu, ağacı, suyu, havayı yerli yerine koyacak (çevrecilik gerekmeyecek) yeni nesiller "sanal âlem"den gerçeğine varınca "vay be!" diye tatlı bir şaşkınlığa düşecektir.

DİLEK AĞACI

Paris'teki Pont des Arts Köprüsü üç yıldır sevgililerin aşk gösterilerine sahne oluyormuş. Âşıklar köprünün korkuluklarına desenlerle süslü asma kilitler takıp anahtarını Seine Nehri'ne atarak aşklarını ölümsüz kılıyorlarmış. Ancak Paris Valisi Bertrand Delanüe bu uygulamayı "kamu malına zarar vermek" şeklinde değerlendirdiğini söylemiş, ardından ilave etmiş: "Devlet mülkünü korumak için asma kilitleri kaldırmak zorundayız." Aşk Kenti Paris'in valisine bak, devleti nasıl koruyor. Köprüye 2008'den beri 1600'den fazla kilit asılmış.

Bu "kilit" işi, ayrı amaçlarla, ayrı yerlerde uygulanıyor. Bizim Güneydoğu'da –şimdi tam yerini hatırlamıyorum– bir caminin veya türbenin pencerelerine de kilit asılıyor.

Hıdırellez'i kutladık (6 Mayıs).

İstanbul Ahırkapı'da ve ülkenin başka yerlerinde "bahar şenliği" olarak karşılandı. Medyaya daha çok "Romanların" damgasını vurduğu bir eylem olarak yansıdı. Bir eğlence.

Hıdırellez çok eski zamanlardan gelen, mitoloji, efsaneler, inanışlarla dolu bir nevi folklor unsurudur. Sadece "bahar bayramı" ile sınırlandırılamaz. Halk arasında pek çok ritüel oluşmuştur. Kır gezileri yapılır, ateş üzerinden atlanır, kızların kısmeti açılsın diye niyet çekilir, maniler söylenir, dilekler dilenir, gül fidanı dibine bu dileklerin kabulü için bazı objeler gömülür. Hastalıklardan korunmak için yeşil otlar üzerinde yuvarlananlar olur. Bu konuda tarihçi Prof. Dr. Ahmet Yaşar Ocak'ın yetkin bir çalışması var: *İslam-Türk İnançlarında Hızır yahut Hızır-İlyas Kültü* (1985).

Dilek dileme ve bu dileklerin kabulü için en sık görülen âdetlerden (hurafelerden) biri de yazıda-yabanda çokluk tek başına yetişmiş bir ağacın dallarına çaput bağlamaktır. Buna "dilek ağacı" denir. Bu ağaçların dibinde çokluk bir yatır olduğuna inanılır.

Çaput bağlama âdeti (hurafe) türbeler için de geçerlidir. Bu eylemde bulunan insanların yüzde doksan dokuzu kadındır.

Ben bu yazıda kadınların (Oruç Baba'da oruç açmayı düşünün!) niçin böylesi bir eğilim taşıdıklarını irdelemek istiyorum.

Bütün bu eylemlerin dibinde arzu edilen bir şeye kavuşmak için yeşerecek umut yatmaktadır. Kadın olsun, erkek olsun hepimizin gelecek konusunda umudumuz olmalıdır. Umut insanı ayakta tutar, ona güç verir.

Kadınlar sanıyorum daha merhametli, daha saf, daha kırılgan, daha arzulu, daha sabırsız, daha güçsüz, daha inançlı (Bu inanç her söylenene inanma, ona hazır olma şeklinde anlaşılmalı!) olduklarından dilek ağaçlarına, türbelere daha çok başvuruyor.

Bunu bilgi ve kültür eksikliğine bağlayanlar olabilir. Doğrudur. Ama işe psikolojik yönden bakarsak "kilit" işinin "kilidini" çözmek daha mümkün hâle geliyor.

Kadınlar bir işin, arzunun, beklentinin gerçekleşmesini daha bir iştahla, merakla, ihtirasla bekliyorlarsa onların umudu çok daha derindir. İşin, arzunun, beklentinin gerçekleşmemesinden de aynı şekilde korkarlar, incinirler, küserler.

Kadınların umut ve korku arasında kalması erkeklere nazaran daha şiddetlidir. Onlar daha duygusal, daha kırılgandır.

Dilek ağaçlarına, türbelere koşmaları; bu hurafelerden bir türlü vazgeçmemeleri yapılarından kaynaklanıyor; cehaletten değil. Aynı cehalet erkeklerde de var.

Bazıları kendilerine "Bunlar hurafedir, bir şey isteyecek veya dileyecekseniz Allah'tan dileyin." denildiğinde bu söze hak veriyor ve şunu söylüyorlar: "Biz zaten ne ağaçtan, ne çaputtan, ne türbeden ne türbede yatan zattan bir şey istemiyoruz. Biz dileğimizi Allah'tan istiyoruz."

Peki o zaman bu ağaç, bu çaput, bu kilit ne oluyor?

O da bir sebeptir, bir yoldur, bir alışkanlıktır, bir güzelliktir.

Dinî-folklorun esası bu. Paris'te de böyle Anadolu'da da.

Folklora niçin dinî bir nitelik yükleniyor? Şunun için: Daha içten dilemek, umudu daha da büyütmek, işi ciddiye almak için.

Daha derine indiğinizde belki pagan geleneklerinden, adaklardan, tabiat dininden, mitolojiden unsurlara rastlayabilirsiniz. Ama neye yarar?

Hıdırellez'de Manisa'nın Sipil Dağı'nda bir türbe mi (Hacet Dede), harabe mi, yatır mı ne olduğu bilinmeyen kalıntının çevresinden sarmaşık toplayıp başına taç, koluna bilezik yapan kadınları kızları etkilemez ki. Onlar gizemli bir iş gibi görüyorlar bunu. Tuhaf bir inanç, tuhaf bir gelenek. Ama neşeli, ama umut dolu.

Dilek ağacına çaputunu bağlayıp evine dönen kadının kalbindeki tatmin bu. O kadın eve varıncaya kadar Allah'a yalvaracak. Hurafe deyip geçmemeli.

DEVLET VE SANAT

Yaşayan âlimlerimizin en mühim simalarından olan Mehmet Genç Hoca, Osmanlı'nın başarısında iki unsuru öne çıkarır: Bürokrasi ve askeriye.

Bu iki teşkilatın elemanları çok iyi tahsil görüyor, özel kabiliyetler sivrilerek yüksek makamlara çıkıyordu.

Günümüz Türkiyesi'nde çocukları kaç yaşında okula başlatalım diye tartışmalar yapıladursun, Osmanlı'da bu dahi bir geleneğe kavuşmuştu. Çocuk dört yaş, dört ay, dört günü tamamlayınca âmin alayı ile mektebe başlardı. On sekiz-yirmi yaşında Mülkiye'yi bitirenler mesela Bitlis'e kaymakam oluyordu.

Osmanlı'nın her kesiminde bir disiplin vardı, öyle ki bu disiplinin serpintileri ellili yıllarda çocukluğunu yaşayan bizlere kadar uzanmıştır. İlber Ortaylı Hoca Mülkiye'nin 1960 yılına kadar iyi bir tahsil verdiğini söylüyor.

Size Namık Kemal'i örnek vereyim. Söylendiğine göre *İkdam*'da yazarken odada bir aşağı bir yukarı dolaşır, iki kâtibe aynı anda iki makale yazdırırmış. Biri iç politika, öteki dış politikaya dair. Henüz yirmi üç yaşında. Şimdilerde bu yaştakiler doğru dürüst bir dilekçe yazamıyor.

Enderun'da çok iyi yetişen bürokratlar yanında ileride padişah olacak şehzadeler daha bir ihtimamla yetiştirilirdi. Askerlik, devlet idaresi, dinî ve dünyevi ilimler, lisan yanında her şehzade meylettiği bir sanata emek vermiş ve bu alanda adı anılır olmuştur.

Hemen bütün padişahlar şiirle meşgul olmuş, bir kısmı "Divan" tertip etmiştir. Bürokratlar, ilmiye sınıfı, askeriye hatta buna halkı da katalım şiirle içli dışlıdır. Okuma-yazması olmadığı söylenen şair "Mürekkepçi Enverî"nin divanı vardır. (O söylemiş, başkası yazmış elbette.)

II. Bayezid, Sultan Cem, Fatih Sultan Mehmet, Yavuz Sultan Selim ve Kanuni Sultan Süleyman hatırı sayılır şairlerdendir. Kanuni ayrıca kuyumculuk sanatında mahirdir.

II. Selim kitap arasına konulan, satır takibine yarayan "hilâl" yapımında ustadır.

III. Mehmet kaşık ustasıdır. I. Ahmet Çerkes kamçıları yapar.

II. Osman saraçtır. Eğer ve at koşumları yapar.

III. Ahmet hattattır.

III. Selim usta bir musikişinas ve bestekârdır. Ayrıca kaval tüfeği yaparmış.

II. Mehmet hem hanende hem sedefkârdır.

Sultan Abdülaziz neyzen, musikişinas, bestekâr ve pehlivandır.

Abdülmecid Han hattattır. Mecidiye ve Dolmabahçe camilerini süsleyen celî hatlar onundur.

II. Abdülhamit usta bir marangozdur.

Son halife Abdülmecid Efendi batı tarzı resim yapmakta şöhret sahibidir.

Bunlar benim aklımda kalanlar. Ulemadan olanları, Sadrazamları ve en küçük memurları saymıyorum.

Sarayda Enderun birinci sınıf bürokrat yetiştirirken halk arasında bilhassa tekkeler sanat faaliyetlerinin merkezi gibidir. Bu müesseseden ne musikişinaslar ne hattatlar çıkmıştır, saymakla bitmez. Karadeniz'in, Tire'nin, Eğin ve Safranbolu'nun, Berat'ın, Mardin'in, Muğla'nın, Kemah'ın, Amasya, Kütahya gibi şehzade şehirlerinin, küçük kasabaların bakmaya doyamadığımız muhteşem konaklarını halktan yetişme kalfalar yapmıştır.

Sözü şuraya getirmek istiyorum. Osmanlı ricalinin sanatla bu kadar içli dışlı olmasına mukabil Cumhuriyet ricalinden niçin kimse çıkmamış.

İsmet İnönü, Recep Paker, Celal Bayar, Adnan Menderes, Cemal Gürsel, Memduh Tağmaç, bir Bülent Ecevit'in şairliği var, Necmettin Erbakan, Süleyman Demirel, Turgut Özal, Kenan Evren, Tansu Çiller, Devlet Bahçeli, Alparslan Türkeş, Turhan Feyzioğlu, Ahmet Necdet Sezer, Abdullah Gül, Recep Tayyip Erdoğan (ona sporcu diyelim) bu listeye girmeyen başbakanlar, bakanlar, hatta milletvekilleri arasında sanatla temayüz eden kim var?

Aklıma Necip Mirkelamoğlu'nun "Gül Ağacı Değilem" şarkısı geliyor, bir de Yılmaz Karakoyunlu'nun romanları. Bir ara milletvekili olan, meclise pek uğramayan Tanpınar'ı, Samet Ağaoğlu'nu saymıyorum.

Tabii bazı şairler de var. Ama bu devlet ricalinin talebeliğinden itibaren bir sanata meylettiği söylenebilir mi?

Bu niçin böyledir düşünmek lazım.

"Kutlu Doğum Haftası" münasebeti ile Ayasofya Müzesi'nde açılan "Hüsnühat" Sergisi'nde izdiham olmuş. Sergiye girmek isteyen halk Ayasofya meydanına kadar kuyruk oluşturmuş. Geçen yıl Diyanet'in düzenlediği hat sergisini iki ayda bir milyon kişi ziyaret etmiş.

Demek ki halkımızın hem sanat zevki var hem hevesi. Bunu da düşünmek lazım. Halkımızın aleyhine üfürmemek lazım.

SANAT EĞİTİMİ

Eğitim sistemimizin ilk kırılma noktası bundan elli yıl öncesine dayanır. O tarihten itibaren ilk ve orta öğretimde "sosyal ilimler ve sanat eğitimi" gözden düşmüş; onun yerine "müsbet ilimler!" geçmiştir. Bir talebenin matematiği, fiziği, kimyası vb. iyi ise o talebe göze giriyor; iki kelimeyi biraraya getirip meramını ifade etmekte zorluk çekmesi hiç önemsenmiyordu.

Felsefe-Mantık-Sosyoloji-Psikoloji ve Din dersleri de "ikinci sınıf" dersler zümresinden sayılmaktadır.

Öğrencinin "sosyal bilimler ve güzel sanatlar"la ilgili derslerde sorduğu başlıca soru şudur: "Hocam bu dersler hayatta ne işe yarayacak?"

Hayatın ne olduğu, nasıl yaşanması gerektiği; insanın ne olduğu, nereden gelip nereye gittiği, doğru düşüncenin nasıl kazanıldığı; güzelin-iyinin nasıl fark edileceği, bütün bunlar orta öğrenim gençliğinin tahsil hayatında hemen hemen hiçbir bilgi edinemediği ve bu sebeple "şahsiyet" kazanamadığı bir durum yarattığı için öğrenci tek bir hedefe kilitlenmektedir: Para, bol para getirecek bir mesleğe en kısa ve kolay yoldan ulaşmak.

Çocuğun yaşadığı mekân, ev içi, bahçe, sokak, komşu evler, ağaçlar, çiçekler, çeşme ve cami, çarşı, eğer mesela eski Bursa sokakları gibiyse, çocuk orada gayrı ihtiyari olarak bir ölçü-oran, renk, ışık-gölge, hacim estetiğinden nasiplenir. Zihninde ve gönlünde güzelliğin unsurları yer eder. Yani çocuk estetik eğitimine doğup büyüdüğü mekânda başlar. Bir vitraylı cami penceresi, evde ve camide serili bir güzel halı, seccade, duvarda bir levha, bir tablo; bir güzel ezan sesi, teravih namazlarından dinlediği Kur'an-ı Kerim, ilahiler, kendiliğinden göz ve kulak eğitimi verir ona.

Oysa okullarımızda resim ve müzik dersleri "olsa da olur, olmasa da olur" kabilinden bir "angarya" gibi algılanmakta, bazı veliler daha ileri giderek bu dersleri sadece kabiliyeti olanlara vermenin gerekli olduğu, öteki öğrencileri boşuna bu işlerle uğraştırmanın vakit kaybı sayılacağını bile söylerler.

Öğrenci ne bakmayı öğrenir ne görmeyi. Güzel ile çirkin arasındaki farkı fark edemez; iyiyi kötüden ayıramaz. Kendini toplumun genel beğenisine, modaya teslim eder.

Sosyal ilimlerden, Din derslerinden gereği gibi donanım kazanamadığı için; güzel sanatlardan nasibi olmadığı için, yontulmamış bir odun gibi kalır.

Bu durum davranışlarına, kararlarına, ilişkilerine sirayet eder. Merhametten yoksun, incelikten nasipsiz, kaba, kırıcı, geçimsiz, uyumsuz, çıkarcı bir tip olup çıkar.

Böyle bir toplumda, merkez ve taşrada Kültür Sarayları, müzeler açılması buralarda kültürel faaliyetlerin yürütülmesi, müzelerin geliştirilmesi ve korunaklı hâle getirilmesi, sinema-tiyatro salonlarının açılması, bunların faal hâlde tutulması başlı başına bir sorundur.

Bana sorarsanız bu tutum "tepeden inmeci" bir geleneğe dayandığı için sıfır başarı kazanmakta, harcanan para boşa gitmektedir. Anadolu'da bugün pek çok şehirde bırakın müzeyi, sinema salonu bile yoktur. Olanlar zorla ayakta durmaktadır. Ünlü sanatçıların arada bir Anadolu'ya "sanat çıkarması" yapmaları göstermelik bir faaliyettir.

Bu uzun girişin sonu kısadır.

Bahis mevzuu edeceğim şey Ankara Resim ve Heykel Müzesi'ndeki kargaşa, kaybolan tablolar ve ülkenin en önemli müzeleri arasında (kaç tane var ki zaten) olan bir kuruluşun içler acısı yönetim zaafıdır.

Biliyorsunuz kültür meselelerinden söz açılınca ülkemizde çok az kitap okunduğu ilk söylenen cümle olur. Bunu defalarca yazdık, bizimle beraber pek çok yazar yüzlerce yazı yazdı. Boşa kürek çeken yazılar bunlar.

Kitapta durum bu ise "sanat eğitimi"nde durum nedir varın siz hesap edin. Laf dönüp dolaşıp müzelere gelsin. Ve ben şunu ifade edeyim: Keşke açılmasaydı. Madem açılmış o zaman ziyaretçiyi, turisti, öğrenciyi, müze gezmeyi bir yana bırakın. En mühim mesele "yağma"nın önüne geçmek, hırsızlığa mani olmaktır. Ötesi dramatiktir, hiç açmayalım: Düşünün çok önemli bir ressamımızın çok önemli bir tablosu filan şehrin müzesinde sergileniyor. Tabloyu bir senede hiç kimse seyretmiyor. "Ört ki ölem!" demenin zamandır.

SANATÇI VE KİBİR

Adam "Sen anlamazsın." diyor. Ne hakkı var buna? Herhâlde şöyle düşünüyor: "Sen bu işin eğitimini görmemişsin, müzeleri gezmemişsin; bir resme, bir heykele nasıl bakılır bilmiyorsun."

Öyle mi? Peki sen nereden biliyorsun benim kronolojimi. Yaptığın bu ucube eserleri beğenmek mecburi mi? Belki ben Avrupa gördüm, çok müze gezdim estetik beğenim gelişti. Veya bunlar hiç olmadı ama yine de gördüğüm bir eseri değerlendirebilirim, ben de insanım yahu.

Sanatçının yüceltilmesi bize Batı'dan gelen bir şey. Onu diğer insanlardan farklı buluyoruz, yarı tanrı gibi sanki. Bu bir pagan geleneği, tanrılardan ateşi çalan Prometheus'un hatırasını taşır. Bizde "deha" diye bir şey de yoktur. Hz. Peygamber "Ben de ancak sizin gibi bir insanım." diyordu. "Deha" insanüstü bir sıfat gibidir, kibre yol açar. Sanatçının öteki insanları aşağı mertebede görmesi kendine biçtiği rol sebebiyledir. Bu "Tavşan dağa küsmüş, dağın haberi yok." misali gibidir. Yahut "Şeyh uçmaz müritleri uçurur." Geleneğimizde "ben" demek terk-i edeptir. Van Gogh hayatında hiç resim satamamıştı. Demek ki sanatın bir piyasası var. Eğer bunu küçümsüyorsan yazdığın şiirleri, kendine sakla, neden yayımlıyorsun?

Hem yayımlıyorsun hem de "Gerizekalılar beni anlamıyorlar." diyorsun.

Sanatçının halkı küçümsemesi bazı noktalarda, konularda çuvallar. Bu defa hazret ağız değiştirir ve halkı yüceltmeye başlar, hatta onunla da yetinmez "halka inmek" ister. (Malum kendisi Zeus gibi yüksek bir tepededir.)

Nedir onlar?

Mesela mimarî.

Karadeniz'in, Mardin'in, Safranbolu'nun, Tire'nin, Eğin (Kemaliye)'in, Muğla'nın vb. o görenleri hayran bırakan evlerini, konaklarını kim yaptı?

Kim olacak hepsi düz bir vatandaş sayılan kalfalar. Asırlar içinde usta-çırak ilişkisi, mahallenin katkısı, hele ki evleri boyama konusunda kadınların zevki bu estetiği oluşturmuştu.

Estetik yazma deseninden elbiseye, iğne oyasından ahşap işlemeye kadar uzanır. Sıra halılara, kilimlere gelince sanatçıların da dili tutulur. Aman Allah'ım bu ne uyum, bu ne güzelliktir. (Ancak modernizme, modern sanatlara, sanayi toplumunun getirdiklerine bir türlü ısınamamış, anlam verememiştir. Bu uzun bir konudur, yeri değil.)

Şimdi halkın böyle bir seviye tutturmasına dayanamaz sanatçı. Arkadaş neyi kıskanıyorsun? Bu halk evinde birer başyapıt olan *Mevlid*'i, *Fuzuli Divanı*'nı, *Hatayi Divanı*'nı, Yunus ilahilerini okuyor.

Orta Asya'dan Fas'a kadar uzanan coğrafyadaki musikiyi harmanlayarak ve tıpkı aruz vezni gibi makamlara dökerek her topluluk, her coğrafya kendine has bir musiki üretmiş.

Bu musikinin hiç mi değeri, işlevi yok. Sen Âşık Ömer'e, Karacaoğlan'a burun kıvırıyorsan onlara "Eh işte halk sanatı" diye bir yer biçiyorsan, zenaat ile sanatın arasına anlaşılmaz mesafeler katıyorsan o zaman neden Neşet Ertaş hayranısın? Neden Veysel'i, Mahzuni'yi seviyorsun. Malatyalı Fahri'yi, Elazığlı Enver Demirbağ'ı bir tekmede deviriyorsun. Adama ne derler biliyor musun?

Sayı ile kendine gel derler.

Bizim geleneğimizde sanatçının kibir bir yana eserine imza atması bile usuldendir. O anonim sayılan eserleri elbet birileri besteledi, ama adlarını bilmiyoruz. Ne demişler: "Sen bir iyilik yap at denize, balık bilmez ise Hâlık bilir."

Hem Batılı mânada resmin bizde gelişmiş olmaması niçin eksiklik sayılsın. Bizim dünyaları fetheden bir "hat" sanatımız var. Tezhibi, ebruyu saymıyorum. Hat sanatını dahi "görsel sanat" olarak görmüyorum. Bizim anlayışımızda "işitmek", "görmek"ten önce gelir. Biz görmeden inananlardanız. İman budur.

Sanatçı kardeşim alçak gönüllü ol. Kimseyi hor görme. Sana yakışan budur. Sen ki "kainatın kitabını" okuyan, "kainatın eşsiz ritmine" iştirak eden birisin. Yunus Emre'yi dinle:

Benim yüzüm yerde gerek
Bana rahmet yerden yağar

HAT, RESİM VE EMİN BARIN

Hat tarihimizin yeniliğe ve soyut resme doğru giden yolda tek ve mükemmel temsilcisi Emin Barın'dır. Hattat, cilt sanatçısı, ressam ve öğretim üyesi. Hakkında kitaplar yayımlandı. Bunlardan biri Küçükçekmece Belediyesi'nin çıkardığı *Emin Barın Yüz Yaşında* adlı eserdir. (2013)

Emin Barın 1913'te Bolu'da doğdu. Dedesi Müderris Mehmet Emin Efendi, babası hattat müzehhip ve mücellit Hafız Mehmet Tevfik Efendi'dir.

1928'de Bolu Ortaokulu'nu bitirdi. İstanbul'da erkek öğretmen okulunda yatılı olarak okudu. 1933'te Bolu'nun Berk köyünde öğretmenlik yaptı. 1934'te Gazi Eğitim Enstitüsü Resim-İş Bölümü'ne girdi. Buradan mezun olup Avrupa İhtisas Sınavı'na girdi ve kazandı. 1937'de altı ay İstanbul Milli Eğitim Basımevi'nde staj yaptı. Aynı zamanda Güzel Sanatlar Akademisi Türk Süsleme Bölümü'nde Kâmil Akdik'ten hat dersleri aldı. Necmettin Okyay'dan ciltçilik öğrendi, sonra Almanya'ya gitti.

1938'de Weimar'da Prof. Dorfner'in Ciltçilik Okulu'nda çalıştı. Yaptığı "Olimpiyat Kitabı" Hamburg Kitap Sergisi'nde birincilik ödülü kazandı.

1943'te ihtisasını tamamlayarak yurda döndü. Millî Eğitim Basımevi'nde ve Güzel Sanatlar Akademisi Dekoratif Sanatlar Bölümü'nde öğretim üyesi olarak çalıştı. 1955'te Akademi'de

Dekoratif Sanatlar Bölümü'ne bağlı "Yazı ve Cilt Atelyesi"ni açtı. Bu arada pek çok kurum için kitabeler hazırladı, madeni paraların yazılarını yazdı. 1958 Uluslararası Brüksel Dergisi'nde gösterilen Fatih Divanı ile kitap cildi birincilik ödülü ve madalyasını aldı.

1961'den itibaren hat sanatında yeni yorumlara yöneldi.

Yurt içi ve dışında pek çok sergiye katıldı; konferans verdi. 29 Aralık 1987 günü vefat etti.

Divanyolu'nda Basın Müzesi karşısında, Köprülü Kütüphanesi sokağında "Barın Cilt Evi" vardı. Burada son devrin hattatları, ressamları, sanatseverler, ilim adamları toplanır hoş sohbetler olurdu. Biz de yayınevi olarak Barın Ciltevi'nde çok kitabımızı ciltletmiş idik.

Resimden gelen Emin Barın'ın klasik hat sanatından ziyade hattı grafikal olarak yenileyip ona yeni bir ruh kazandırdığından bahsedebiliriz. Öyle ki bu yolda tektir denebilir.

Klasik hat sanatımız için "Ruhun Hendesesi" tabiri kullanılır. Emin Barın yuvarlak harekete dayanan bu hendeseyi hem aynı yolda hem de köşeli esasa dayalı "kûfî" yolunda kendine has bir noktaya taşımıştır.

Bana göre en mükemmel eserleri bir siyah zemin kare içine harfleri sola doğru eğdirerek yazdığı "Allah, Muhammed, Ebubekir, Ömer, Osman vb." gibi grafikal şaheserleridir. Burada "kûfî"nin köşeli geometriye müsait olması işini kolaylaştırmıştır denebilir.

Dik duran kûfîleri de aynı başarıyı sağlar. Mesela Boğaz Köprüsü Anadolu yakası girişindeki taşa oyulan "Maşallah" kompozisyonu gibi.

Bunun ardısıra yeni bir yaklaşımla istif ettiği çoğu "celî divanî" levhaları, bilhassa madalyonları ve aynalı yazıları da çok kıymetlidir.

Mezkur kitabın ön ve arka kitap içi sayfalardaki siyah zemine mavi hat ve ince beyaz kontürle kompoze edilmiş yine sola yatık "Tevekkeltü alellah" levhası harikadır.

Ancak bu başarı bazı levhalarda aksar. Mesela ebru üzerine bu defa sağa eğimli kûfî "Elhamdülillah" bunun tipik örneğidir. Hoca burada daha önce bahsettiğimiz kompozisyonların hatasız sadeliğinden uzaklaşmış, üst kısımda mânasız geçmelere başvurmuştur. Buna mukabil bir alem hüviyetindeki aynalı kûfî ile yazılan "Besmele"si eşsizdir. Dörtlü kûfî ile daire şeklinde kompoze edilen "Lâ ilâhe illallah" madalyonu benzersizdir. Bu kompozisyonda kûfîyi yer yer yuvarlaklaştırarak daha zarif-ince hâle getirmiştir. Levhanın olağanüstü bir grafikal dengesi vardır. Buna mukabil kitapta açık sarı üzerine mor basılmış kûfî "Men dakka dukka" hayli kabadır.

Hoca'nın bütün levhalarını tek tek ele alacak değiliz. Ancak şunu belirtelim. Bazı kûfî levhalarda öncelikle "hı", "mim", "ra" ve diğer dikine uzantıların uçları sivriltilmiş bu da yazıya bir hırçınlık ve revnak eksikliği katmıştır ki pek hoş sayılmaz. "Nebatî" yazıyla oluşturulan "Besmele"yi hayli başarısız bulduğumu belirteyim.

"Celî divanî" üçlü "Hiç"ten oluşan levhasını çok tutmuş olacağım ki, *Bu Böyledir* adlı kitabıma kapak yaptım.

Hoca eskilerin tabiri ile eserlerini "miri malı" görmüş olacak ki, hemen her yerde kullanılıyor.

Cilt sanatının örnekleri dışında, Latin harfleri ile de yine kûfî karakterli levhaları çoktur. Bunlardan biri "Emin Barın" ismini dört kez tekrar eden, kitabın kapağındaki kompozisyondur.

Son olarak şunu belirteyim ki, kûfî hariç hat sanatından klasik yazıları kullanarak resme gitmek mümkün değildir. Bu tarz resim İran ve Arap dünyasında çok kullanılıyor ki hiçbiri başarılı değil. Çünkü "kûfî" hariç klasik hat müstakildir, hiçbir müdahale kabul etmez. Hoca bu sebepten olsa gerek kûfîyi kullanarak soyut ve resim benzeri levhalar yaptı. Ama ben onları yine resim değil, yazı olarak görüyorum.

Onun ardından gelip böyle modern denemeler yapan hattatların hiçbirinin (istisna olan bazı levhalar hariç) başarılı olduğunu söyleyemem.

MÜZİK NEREYE GİTTİ?

Hatırlayınız! Pek yakın tarihte assolistlerin televizyonda müstakil programları vardı. İbrahim Tatlıses (gerçi İbo Show hâlâ var ama iş yapmıyor), Bülent Ersoy, Muazzez Abacı, Müslim Gürses, Muazzez Ersoy, Gülben Ergen, Ebru Gündeş vb. televizyonların baş köşesinde idiler. (Şimdi gariptir, müzik ancak yarışma formatında gündeme geliyor, eski assolistler jüri üyeliği yapıyor.) Nedir bu? Efendim az daha gerilere gidersek müzik "gazino" ortamında yükseliyor; plaklar-kasetler, CD'ler ile yayılıyordu. Yetmiş-seksen arasında yaşanan karanlık günler insanları dışarı çıkmaktan alakoydu; sinemalar, tiyatrolar, gazinolar bir bir kapandı. Ama asıl değişim teknoloji alanında vuku buldu. Nasıl televizyon çıkınca radyonun pabucu dama atıldıysa, yine televizyon gazinoları evimize taşıdı. Ardından sinemayı evimize taşıdı, sinema salonları bir bir kapandı.

Televizyon kanalları çoğaldı, onlar ve sanatçılar bir dönem bu değişimin nimetlerinden faydalandılar. Peki ne oldu da günümüze gelindiğinde televizyon kanallarında "müzik programı" kalmadı.

Kolay yoldan bir cevap verelim. Televizyon bir eğlence aracıdır ve sürekli değişim ister. Müzik programları ise esasen sabittir. Araya komikler, skeçler, yarışmalar vb. girse bile.

Ama daha derinde ülkenin müzik kaynaklarının kurumuş olduğunu görürüz.

Türkülerden başlayalım. Artık Türkiye'de türkü yakılmıyor. Türkü tarım toplumuna has bir formdur. Ritmi de, hikâyesi de, üretimi de bu toplumla paralel gider. Türkiye köylerin boşalması ile tarım toplumundan uzaklaşarak "çarpık sanayi" toplumuna kavuştu. İletişim ve ulaşım alanında yapılan hamleler "gurbet ve hasret" duygularını yok etti. Geleneksel âdetler gibi, geleneksel duygu dünyası parçalandı. Artık ne doğana seviniyoruz, ne ölene ağlıyoruz. Tamamı üç gün sürüyor. Çünkü hız ve haz devrindeyiz. Radyolarda, sahnelerde çalınan, söylenen türküler eskimiştir, eski günlere aittir. Sürekli tekrar ile bıkkınlık yaratmıştır bile denebilir. Çarpık sanayileşme – çarpık şehirleşme – gecekondu yaşantısı "arabesk"i doğurdu. Arabesk Cumhuriyet döneminin tek "otantik" müzik türüdür. Hayattan alınma, halkın içinden çıkma, tüm yasaklara rağmen ayakta kalma, kendini kabul ettirme başarısını göstermiştir.

Ancak arabeski doğuran atmosfer de artık yaşamıyor. "Fakir ama gururlu" jargonu yerini "köşeyi dön de nasıl dönersen dön"e terk etti. Gecekondu semtlerinin çoğu şehrin ortasında kaldı ve sahiplerine servet getirdi. Birer birer yıkılıp apartmana, iş hanına dönüştüler. Bu sebepten olsa gerek Müslüm Baba Teoman'ın şarkılarını yorumlamaya, Orhan Baba entelektüellerin sempatisini kazanacak toplumsal konulara yöneldi (ancak ikisi de klasik hayranlarını kaybettiler).

Klasik Türk Musikisi zaten öteden beri seçkinlere hitap ederdi. Köklü geleneğin kavranması zordu. Herkes Nihavend'i, Hicaz'dan ayıramazdı. Bu müziğin zevkine varmak için gayret gerekti, öğrenme süreci gerekti. Bu müzik seçkinlerini kaybedip önce gazinolara düştü, sonra TRT'nin kanatları altına sığındı.

Aslına bakarsanız düşüş Şükrü Tunar'da sona ermiştir. Ama ardından bir ara nesil (1950 sonrası) son bir gayretle bu müziğe bir yaygınlık sağladı (Avni Anıl ve kuşağı). Onların da Rahmet-i Rahman'a kavuşmasıyla kaynak kurudu. Bir –ömrü uzun olsun– Alaaddin Yavaşca ile Zekai Tunca kaldı.

Açıkcası bestekâr yetişmiyor, icracı bol. Ama "marifet iltifata tabidir". Televizyonlar bu müziğe rağbet etmeyince başta TRT sanatçıları olmak üzere şikayetler ayyuka çıktı. Onlar da sonunda "kaset" yaptılar ama devir değişmiş, İMÇ kapıya kilidi vurmuştu. Şimdi müşteri ancak bu işin "meraklısı, tutkunu" olanlardır. Yine de bir umut ışığı yanmaktadır. O da şudur: Bu köklü ve kaliteli müzik hemen hemen Anadolu'nun bütün kentlerinde, irice kasabalarında kurulan korolar (ayrıca devlet koroları da var), kurumların, mekteplerin, amatör toplulukların koroları ile bizim fark edemediğimiz kadar geniş kitlelere ulaşıyor. Bunlar mevcut parçaları meşk ediyor, konserler veriyor. Ama temel mesele dağ gibi duruyor: Beste.

Pop ve benzeri müzikler alafranga kesim dışında yaygınlık kazanmadı. Hâkim kültür ve hâkim sermayenin desteklediği sanatçıların çoğu saman alevi gibi parlayıp söndüler. Hâlâ aynı değirmene su taşıyanlar var.

Bu müziği –çeşitleri ile– bu topraklara basarak yükseltmeye çalışanlar vardı. Mesela bana göre bunların başında Barış Manço geliyordu. Sonra MFÖ, Sezen Aksu, Cem Karaca vb. Bunlar dahi artık mevsimlik simalar. Eskiden üç-beş milyon satan CD'ler, kasetler; bugün yüz bin satarsa rekor sayılıyor.

Televizyondaki assolistlerin müzik programları kanaatımca yerini "diziler"e terk etti. Lakin bu değişim ülke insanının müziğe ardını dönmesini izah etmiyor.

Müziğini kaybeden ülke ruhunu kaybeder. Onun artık bir kalbi olduğunu söyleyemeyiz. Belki de bütün değerlerimiz gibi (başta ahlâk) müziği de hor kullanarak buruşturup attık. Ayrıca bütün dünyada "sanattan uzaklaşma" diye bir olgunun varlığından bahsediliyor, (Avrupa'da, Amerika'da ünlü orkestralar, salonlar müşteri yokluğundan bir bir kapanıyor veya devlet desteği ile ayakta duruyor.) biz de elbette aynı gemideyiz.

Gemi tehlikeli sularda seyrediyor.

Hadi hayırlısı.

TRT-NAĞME

Bu yazıyı TRT-NAĞME'nin kuruluşu ve yayıma başlaması münasebeti ile duyduğum memnuniyeti dile getirmek için yazıyorum. Yirmi dört saat aralıksız Klasik Türk Müziği yayımı yapan bir kanal açmak TRT tarihinde sanırım bir devrimdir. Emeği geçenleri tebrik ediyorum.

Efendim Yahya Kemal'in bir şiirinde Klasik Türk Müziği'ni kastederek "Bu müzikten anlamayan bizden bir şey anlamaz." mealindeki sözü fevkalade yerindedir. Günümüzde televizyonları ve radyoları "niteliksiz ama çok çeşitli müzik" işgal etmiştir. TRT'nin yayımları, ülkenin hemen her yanına dağılmış koroların faaliyetleri gençleri maalesef Türk müziğine yaklaştırmakta, onu benimsemelerini sağlamakta yetersiz kalıyordu. TRT-NAĞME bu alanda kurulmuş bir kaledir. Daha önce yayın yapan TRT-4 de buna benzer bir fonksiyonu yerine getiriyordu.

Efendim musiki konusunda cahilim. Bu eksikliğimden utanıyorum, ama iş küçük yaşlardan itibaren bu alana eğilmekle, emek vermekle, ilgi ile öğreniliyor. Maalesef bizimkisi bir miktar dinlemekten ibaret. Yine de musiki hususunda bazı yorum ve düşüncelerimi yazacağım. Sürç-i lisan edersem affola.

Bildiğiniz gibi kâinat eşsiz bir ahengi barındırıyor. Cenab-ı Hak bize "kâinatın kitabı"nı okumayı, ondan ibret almayı emrediyor.

Kâinatın kitabının temelinde "ritim" var. Ahengi sağlayan budur.

Güneş sistemi, dünyanın ve insanın esrarı, mevsimler, doğum-ölüm, bir çiçeğin açması, bir kelebeğin uçması, arının bal yapması, turnaların katar katar geçmesi, bütün ekolojik sistem bir ritme dayalı ahengi yansıtıyor. İnsanoğlu dünyaya yaradana ibadet etsin diye gönderildi. Bir imtihan verecek.

Su sesi, rüzgâr iniltisi, dalgaların köpüğü, bulutların dansı bunlar akla değil kalbe hitap eder. Kalp ritmi kavrar, ahenge iştirak eder, bu da bir ibadettir. Merhamet, şefkat, feragat, şükür, sabır, huşu bütün bunlar ve topyekun ahlâk bu ahengin farkında olmakla vücut bulur.

Kitabımızda önce kulak, sonra göz zikrediliyor. Bunlar birbirini tamamlayan unsurlardır. İnsanoğlu ne zaman bu ahengi fark etmişse yahut daha doğru bir ifade ile bu ona ihsan ve ilham edilmişse dünyadaki görevini hakkıyla yerine getirmeye çalışır.

Nedir o?

Zaten güzel olan dünyanın güzelliğine kendince katkıda bulunmak. Yani mevcut ahenge iştirak etmek. Onu bozmamak, yıkmamak, kirletmemek, yok etmemek, yani isyan etmemek. Bülbül seherdeki zikrine başladığında, kalbi açık bir neyzen ona iştirak edebilir. Ney sesi ile bülbül sesi birbirine karışır. Rüzgâr durur mu o da esintisini yollar, gül dayanamaz kokusunu salar, dalgalar aynı ritimle sahile koşar, dağlar secdeye kapanır, ağaçlar kıyama durur. Musiki bu ilâhî orkestraya iştirak etmektir.

Aruz vezninin develerin yürüyüşünden ilham ile bulunduğu söylenir. Aruz vezni ile bizim musiki makamlarımız arasında güçlü bir ilişki vardır. Şiir de esasen bu ilhamın neticesidir; ancak vecd hâlinde doğar. Mimarî dahi böyledir. Bizim klasik sanatlarımızın tamamının temelinde tasavvuf (zikir) vardır. Bu konuda rahmetli Cinuçen Tanrıkorur'un eserlerini tavsiye ederim: *Osmanlı Dönemi Türk Mûsikisi, Müzik-Kültür-Dil, Türk Müzik Kimliği, Saz ü Söz Arasında* (Hatıralar). Bu kitapları Dergâh Yayınları'ndan edinebilirsiniz.

Musikiyle ilgili bu soyut meselelerden somuta dönersek şunu söyleyebilirim. Musiki bütün sanatların üzerindedir. Meramını sadece sesle anlatır ve ilâhi ahengi yakalayabilirse gerçekten musiki sayılır; gerisi oyun ve eğlencedir.

TRT camiasına genel olarak, ve TRT-NAĞME kanalına hususi olarak bir hatırlatma: Sunucular sözü çok uzatıyor. Bir parçayı takdim ederken dinleyicinin sabrı taşıyor, bu bir.

İkincisi sanatçılar bir araya geldiklerinde birbirlerine gereğinden fazla iltifat ediyorlar, bu da ölçüyü kaçırıyor.

Osmanlıca güftelerin sunumunda zorluk yaşanıyor. Burada yapılan hatalar bir ölçüde hoş görülebilir ama bu işe ehil olanların sunucu seçilmesine dikkat edilmeli.

Yanlış anons ve yanlış parça çok giriyor. Bazı sunucular bu yanlışlık için dinleyiciden özür dilemiyor.

Yeni Şafak okurlarına TRT-NAĞME'yi sürekli dinlemelerini tavsiye ediyorum. Ülkemizde Klasik Türk Müziği ve Türk Halk Müziği en iyi TRT'de icra ediliyor. En kıymetli ses ve saz sanatçıları orada. TRT kuruluş yıllarından bu yana bir mektep olmuştur. TRT-NAĞME bu mektebin en köklü şubesi olacaktır. Bu kanalın üzerine titremeli ve ömrünün uzun olmasını sağlamalıyız. Sözlerimi bağlarken bir kez daha, başta TRT genel müdürü olmak üzere emeği geçenlere teşekkür ediyorum.

NEREDE DURUYORUZ?

Televizyon esas itibarı ile bir eğlence aracıdır. Elbette ki iletişim, propaganda, reklam vb. gibi başka özellikleri de var. Ancak bütün bunların seyirci toplaması ve etkili olması için şova dönüşmesi gerekir. Televizyon sinema gibi profesyonel bir iştir. Eğer bir köpeğe rol verecekseniz onun oyuncu (eğitilmiş) bir köpek olması icap eder. Bu bakımdan pahalı bir iştir, riski fazladır. Acun Ilıcalı yaptığı programlar ile hem şöhret oldu hem çok para kazandı. Hem sezgileri güçlü (jürilere çıkardığı kişilerden belli) hem dünyayı takip ediyor. Şimdilerde bir kanal satın aldı. Ne yapacağı merak ediliyor.

Bu yazıda üzerinde duracağımız mesele "Yetenek Sizsiniz" programındaki odak noktası ile bunun ülkemiz açısından mânasıdır.

"Hız ve haz" tutkunu olan günümüz insanı içinde yaşadığı teknolojik medeniyetin ritmine ayak uydurmuş, onun ağına takılmıştır. Acun'un seçtiği formatlar bu tutuma "cuk" oturmaktadır.

"Yetenek Sizsiniz"de bu "hız ve haz" ziyadesi ile var. Ayrıca televizyonun asli varlığına yani "eğlence"ye dayanıyor.

Öyle ki hem yarışanlar (gösteri yapanlar), hem jüri üyeleri hem de seyirciler fevkalade eğleniyorlar.

Acun'un "sezgi"sinden söz açmıştım. Kendisi şöyle bir ölçü bulmuş; "Biri beni güldürüyor, eğlendiriyorsa, herkesi eğlendirir." Bu hüküm tecrübenin eseridir. Ama asıl sebep yaşadığımız "hayat tarzı"nın sonucu.

Yetenek Sizsiniz'de hem gösteriler hem Acun'un yönetimi ile bunların süresi belli bir hıza ayarlanmıştır.

Seyirci az bir zaman içinde birbirinin tekrarı olmayan bu yüzden merakla beklenen çeşitli "gösteri"lere odaklanıyor. Bu gösteriler tıpkı sanayinin çarkları gibi hızla dönüyor. Biri bitmeden öteki geliyor. Bu bahsi uzatmadan programı kaplayan "dans" gösterilerine gelmek istiyorum. 8-10 yaşlarından 30-40 yaşlarına kadar çok çeşitli beldelerden (Msl: Almanya ve Azerbaycan vb.) ve yurt içinden gelen çokluk "genç" yarışmacıların Batı'nın hızlı, sesli, hareketli müzik parçaları ile moda olan dansları sergiliyorlar.

Ne kadar çok dansçı varmış ülkede. Bu da gençliğin (varoşlar dahil) nereye yöneldiğinin göstergesidir.

Bunlar sürekli Batı'nın hareketli müziklerini dinlermiş. O kulaklıkla dinlenen "cıs-tak"ların varlığı burada ete kemiğe bürünüyor.

Danslardaki hareket unsuru o seviyeye varıyor ki, bunu ancak jimnastik çalışanlar becerebilir. Gerçi bizim Karadeniz horonları veya Kafkas halk oyunları da hareketlidir ama hep aynı figürü tekrarlar. Ve biz onları çok çok seyretmiş olduğumuzdan fazla bir etki yaratmaz.

Bu cephede böyle bir "gösteri" ekranları kasıp kavururken (dikkatinizi çekiyor mu bilmem) televizyonda yerli müzik programı kalmadı.

Çok değil bundan on yıl önce hemen her "assolistin" bir müstakil programı olurdu.

Ne Halk Müziği ne de Türk Sanat Müziği televizyonda yer bulamıyor.

Çünkü bu iki müzik türü de esasen "tarım toplumu"nun malıdır. Yani sakin, sessiz, hareketsiz, dışa değil içe dönük, tefekkür isteyen, gösteriye (göze) iltifat etmeyen bir hayatın mahsulü.

Türk Sanat Müziği şehre aittir diye itiraz etmeyin, o şehirler de tarım toplumunun şehirleridir.

Belki bu yüzden, yeni "zamanın ruhuna" uygun olarak artık ne "ağıt" yakılıyor ne türkü okunuyor. Çocuğunu "ninni" ile uyutan anneler kaldı mı acaba?

Tek-tük türkü yapanlar var ama bu geneli etkilemez. Türküler esasen âşıklarla vücut buluyordu. Âşıklık öldü. Biraz Kars'ta, biraz Iğdır'da var. Son büyük âşıklar Neşet Ertaş ile Mahzuni Şerif idi.

Türk Sanat Müziğinin son bestekâr nesli ise Yusuf Nalkesen, Avni Anıl nesli idi. Onlar da gittiler. Bir Alaaddin Hoca var, çok yaşlı. Bir de Zekai Tunca.

Başka yeni bestekarların TRT'de eserlerine rastlıyorum ama nafile.

Bu durumun farkına vararak yıllar önce müziğimizi yenilemeye çalışanlar oldu. Barış Manço, Sezen Aksu, MFÖ vb. Ama onlar da devrini tamamladı. Şimdilerde hemen hepsi "eller havaya" diyen, zıplayıp duran kalite sıfır, skandallarla parlamaya çalışan bir kuşağın umutsuz çırpınışlarını görüyoruz. Müzik bitti (eskilerin eserleri ile idare ediyoruz ki, bu da acınası bir durumdur). Teknoloji bu alanı da istila etti. MP3 ve internet yüzünden İMÇ battı.

Cumhuriyet "Eskiyi unut, yeni yolu tut!" demişti.

Ne eskiyi unutabildik ne yeni yolu tutabildik.

Ülke insanının ruhsal durumunu, ahlâkî yapısını, umudunu ve hamle gücünü ölçmek için onun "müziğine" bakmak lazımmış.

"Nerede duruyoruz?" sorusunun cevabı burada. Şimdilik muallakta.

FOLKLOR ÖLDÜ MÜ?

Osmanlı Devleti yıkılırken yerine kurulacak ulus devletin temelleri hazırlanıyordu. Bu temel halka dayalı olacaktı. Osmanlı İslâm'ı esas almıştı. Yeni devleti kuranlar Batı'ya yöneldi. Hem halka hem Batı'ya yönelmek, bundan bir sentez çıkarmaya çalışmak verimli olmadı; derin yaralar açtı. Bugün ülkede hâlâ bir devlet-millet ayrımından bahsediliyor ve barışmak hedefi güdülüyor.

Türkiye'de "halk kültürü" konusuna ilk değinen Ziya Gökalp olmuş, İngilizce "folklor" karşılığı olarak "halkıyat" terimini kullanmıştır.

Halka Doğru dergisi Türk Yurdu tarafından haftalık olarak çıkartıldı (1913-1914, 52. Sayı) Gayesi İttihat ve Terakki Partisi'nin resmî görüşü olarak sunulan Türkçülük hareketinin halk katında yayılması idi. Yazarlar arasında Halide Edip, Yusuf Akçura, Ahmet Ağaoğlu, Celal Sahir, Hüseyinzade Ali, Hamdullah Subhi, Fuat Köprülü, Ziya Gökalp başta olmak üzere geniş bir kadro vardır.

Bir başka *Halka Doğru Mecmuası* İzmir'de (1919) Dr. Nazım, Celal Bayar, Vali Rahmi Bey tarafından çıkarılmıştır.

Halk Bilgisi Haberleri aylık halkıyat ve etnoğrafya dergisi olarak Ankara'da çıktı. (1929-1931, 124. Sayı) Halkıyat araştırmaları bu dergi ile ciddiyet kazanmış, derlemeler yapılmıştır. Ankara'da kurulan "Halk Bilgisi Derneği"nin organıdır.

Daha sonraki yıllarda (1980'e kadar) pek çok folklor dergisi yayımlanmıştır.

Türkçülük fikri etrafında "Türk Derneği", "Türk Yurdu Cemiyeti", "Türk Bilgi Derneği" gibi dernekler kurulmuşsa da bunların en köklü ve uzun ömürlü olanı "Türk Ocağı"dır. 3 Temmuz 1911'de Mehmet Emin Yurdakul, Yusuf Akçura, Mehmet Ali Tevfik, Dr. Fuat Sabit tarafından kuruldu. İttihat ve Terakki Cemiyeti tarafından desteklendi. Resmî kuruluşu 22 Mart 1912'dedir. Dernek başkanlığına Ahmet Ferit Tek seçilmiş, Balkan Harbi sonunda Hamdullah Suphi Tanrıöver başkan olmuştur. 1918'de dernek bünyesinde "Hars ve İlim Heyeti" teşkil edilmiş heyet üyeleri arasında Ziya Gökalp, Mehmet Emin Yurdakul, Fuat Köprülü, Halide Edip, Hüseyinzade Ali bulunmuşlardır. *Türk Yurdu* dergisi ocağın resmî organı hâline getirilmiştir (1924).

Türk Ocağı (daha sonra şubeleri açıldı ve genişledi) Cumhuriyet Halk Fırkası'na rakip olabilecek bir siyasi teşekküle zemin hazırlayabileceği ihtimali ile 1931 yılında kapatıldı, yerine "Halkevleri" kuruldu.

Halkevleri CHP'nin bir kolu gibi çalıştı. Geniş kültürel faaliyette bulundu. 1950 yılında 63 vilayette 478 halkevi bulunuyordu. Bilhassa derleme, kütüphane ve yayın kolu değerli çalışmalar yapmıştır. Halkevleri adına çıkarılan dergiler, halk kültürüne önem verilmesi, halkıyat ve halk edebiyatının tanıtılması yönünde önemli bir birikim sağlamıştır. 1951 yılında kapatıldı. Sonra tekrar açıldı, ama eski prestijini ve önemini kaybederek kültür vadisinden çıkıp siyasete yöneldi. Ankara'da çıkan *Ülkü* dergisi halkevlerinin merkez yayın organıdır. Bunun dışında *Aksu* (Giresun), *Altan* (Elazığ), *Altınyaprak* (Bafra), *Bozok* (Yozgat), *Çorumlu* (Çorum), *Doğuş* (Kars), *Fikirler* (İzmir), *Görüşler* (Adana), *Gediz* (Manisa), *İnanç* (Denizli), *Kaynak* (Balıkesir), *Konya* (Konya), *Muğla* (Muğla), *19 Mayıs* (Samsun), *Orta Yayla* (Sivas), *Taşan* (Merzifon), *Uludağ* (Bursa), *Taşpınar* (Afyon), *Ülker* (Niksar), *Yeni Milas* (Milas), *Başpınar* (Antep), *Derme* (Malatya), *Erzurum* (Erzurum), *Halkevi*

(Eskişehir), *Hatay* (Antakya), *Kara Elmas* (Zonguldak), *Ün* (İsparta), *Erciyes* (Kayseri) gibi şubelerce çıkarılan önemli dergiler vardır (Unuttuklarım olabilir).

Bu dergiler önemli musiki, halk oyunu, halk hikayesi, efsane-masal-mani-ninni, köy oyunu vb. gibi halk kültrünün aydınlar katında pek rağbet görmeyen unsurunu gün ışığına çıkarmıştır. Bugün bırakın ilçeleri, üniversiteler-fakülteler dahi düzenli dergi çıkaramıyor.

Bütün bu gayretler yerli kültürümüzü zenginleştirmiştir. Ancak hâkim sermaye ve hâkim zihniyet bu birikimden yeni ve yüksek seviyeli bir hareketin doğmasına mani olmuştur. Halkın asırlardır bağrında beslediği İslâmî unsurlar geri planda tutulmuş, hatta söz konusu edilmemiştir.

Bir ülke sanatını besleyecek en önemli kaynak halk kültürüdür. Sanatçılar dönüp dolaşıp ya halka ya çocukluğuna varır. Bu tükenmez bir hazinedir.

Lakin değişen hayat tarzı, teknoloji, dünyayı ele geçiren küresel sermaye (küresel kültür) hemen her şeyi ABD damgalı bir "tek tip" anlayışa mahkûm etmiştir. Bu zincirden kurtulup yerli-milli olan bir fidanın yeşermesi mümkün değildir. Yeşerse bile alafranga zihniyet tarafından küçümsenir, ancak modern döşenmiş bir salonun bir tarafında "Şark Köşesi" olarak kalır. Hayata iştiraki zordur. Rahmetli Ecevit seçim gezilerine çıkarken hiç âdeti olmadığı hâlde başına bir kasket geçirirdi. Oysa Millî Mücadele'de "Kalpak" Ankara'nın sembolü olmuştu.

Şimdi Ankara ile Ardahan'ın bir farkı kalmadı. Hayat tarzı ile beraber folklor öldü. Artık ağıt yakılmıyor, mani dizilmiyor, türkü söylenmiyor. Türkü formunda bazı besteler yapılıyor, mesela Özhan Eren'in "Kara Tren" gibi. Bunlar istisnadır. Folklor Orta Öğretim'in "Halk Oyunları Ekipleri"ne münhasır oldu.

Folklor dergisi kalmadı. Dağ başındaki mezralarda bile televizyon her şeyi tayin ediyor.

Durum budur diye eli-kolu bağlı duramayız. Kitaplar, taş plaklar, kütüphaneler bizleri bekliyor. Orak biçmiş, çarık giymiş nesiller hâlâ sağdır. "Sözlü Tarih" buralardan bir şeyler devşirmeye çabalıyor. Alafranga hayat tarzı halkın dış görünüşünü değiştirmiş, ama kalbine sirayet edememiştir.

Hedefimiz o kalbe girmek olmalıdır. Ölü folklor dirilmez ama bir güvenilir kaynak olarak her zaman ona dönülebilir.

AŞK VE ŞİİR

Bu konuda yazmayacaktım. Yazılarımı okuyanlar "aşk" konusuna doğrudan temas eden pek bir şey bulamaz. Niçin? Efendim bu ulvi mesele, bu mahrem konu (esasen ve peşinen dünyevi aşkı kastettiğimi de belirteyim, öteki hakkında konuşmak haddimiz değil) o kadar dile düştü ki, ağızlara sakız oldu. Her yanımızdan gürül gürül aşk ırmakları akıyor sanki, her ferdin paçalarından dökülüyor. Cılkını çıkardılar. Masum; o kadar örselendi ki "orta malı" oldu. İnandırıcılığını, etkisini, büyüsünü kaybetti. Şairlerin eli koynunda kaldı, lügatleri zayıfladı, kimi cinselliğe sığındı, kimi "usta malı" satmaktan başka yol bulamadı.

İşte bu sebeple meseleye değinmiyordum.

Bu yazı da aslında yine çok sözünü ettiğim "hayat tarzı" çerçevesi içinde anlaşılmalıdır.

Harputlu Hayri'nin musiki meclislerinde okunan bir şiiri vardır. Bir beytinde şöyle diyor:

"Zülfün görenlerin bahtı siyah olurmuş
Tek zülfünü göreydim bahtım siyah olaydı."

Eski dünyanın şairleri için bu konu hayalhanemizi zorlayan bir mahremiyetle kaplıdır. İşin ucu dünyevi aşktan mutlaka ilâhî aşka uzanan bağlar ile donanmıştır. Bu sebeple sözün gücü ilham ile beslenir ve yücelir.

Gurbet, hasret, vuslat, ızdırap vb. gibi yüzlerce kelime binlerce mazmun şairi coşturur, ağlatır, sevgilinin ayak tozuna yüzler sürdürür.

Kavuşamama, görüşememe aşkın alevini asumana çıkarır.

Eski hayat tarzında sevgili; bırakın buluşmayı, el ele tutuşmayı, âdeta mâverada duran bir anka kuşudur. Şair onun kokusundan bir katre tatmak için rüzgâra yalvarır. Çünkü kadın-erkek ilişkileri fevkalade disiplin içindedir. Gençler evlenmeden önce kolay kolay birbirlerini göremezler. Bakın türkü ne diyor:

"Evlerinin önü zerdali dalı
Pencereden gördüm kınalı eli."

Şairler dikkat: Zerdali rengi ile kına, dal ile bilek-parmak arasında neler var?

Sevgilinin elini görmek bile âşığa (şaire) aylarca yeter.

Ya şimdi öyle mi?

Yâre ulaşmak için dağları delmek gerekmiyor. Yâr sokaklarda dolaşıyor; fabrikaya, okula, işe gidiyor; canı isterse bir cafeye takılıp dondurma yiyor.

Ne hasret mektubunun ucunu yakmak lazım, ne mani düzmeye ihtiyaç var. Chatleşirsiniz iş biter. Vuslat ne bahara ne mahşere kalır; cep telefonu istediğiniz yerde buluşturur sizi, kimse fark etmez, kimse kınamaz, çok az kalmış bazı bölgeler dışında kan dökülmez.

Dolayısıyla şiir lügati açısından ortada bir çelişki yaşanmaktadır. Zaman ve mesafenin anlamı değişmiştir. Gözün ve kulağın mânası bir başkadır. Dikkat ederseniz eski şarkı ve şiirlerde ne kadar çok "göz"den bahis vardır. Çünkü sevgilinin sadece gözleri görülür. Bakışlarından mâna devşirilir.

Şimdi köküne bereket her yanları görülüyor. Kaynanaların gelin görmek için hamama gitmeye ihtiyaçları kalmadı; hoş hamam da kalmadı ya.

Şairlerin işi zorlaştı. Eski şiirin lügatini artık çok rahat kullanmak mümkün değil. Biraz mübalağa edeyim isterseniz: Günümüzün aşklarını dile getirmek için şiir yazmak gerekiyor mu acaba, diye düşünüyorum. Adam şarkıda "yatağıma gel" diye bas bas bağırırken.

Modern hayat edebiyatı da, şiiri de boğdu. Belki şimdi intikam vaktidir. Nasıl?

Zaman, mekân, teknoloji, hayat tarzı değişiyor ama; insan değişmiyor.

O yine seviyor, seviliyor, kin tutuyor, kıskanıyor, red cevabı alınca dağılıyor, fedakâr ve cesur, pinti ve korkak oluyor; insan bildiğimiz insan.

Sevgili delikanlıdan bir "tek taş" bekliyor; delikanlı diploma sahibi ama işsiz. Değil tek taş almak, sevgiliyi Mc Donalds'a götürüp bir hamburger alamıyor.

Buyurun buradan yakın.

Demek ki araya başka şeyler giriyor; iki gönül bir olunca samanlık seyran olmuyor.

Bakınız evler, yollar, araçlar, alışkanlıklar, yeme-içme-giyinme ve hayata dair binlerce unsur değişirken; tıpkı komşuluk, akrabalık, dostluk, doğana sevinme, ölene üzülme vb. de değişiyor. Galiba aşk da değişiyor.

Bunu en iyi musikideki değişme gösteriyor.

Mesela gecekondu hayatının yaşandığı zorlu yıllarda gerçeklerin doğurduğu "arabesk" gibi.

Şiirin ana-babası olan "ruh" kaybolmadığı sürece şiir sürecek. Lakin "ruh" nerede?

Bize "zamanın ruhu"ndan bahsedenler var. Ama ne dedikleri anlaşılmıyor. Belki bunu şairler anlar, belki değil muhakkak.

Ve o zaman aşkın şiirini, bugünkü lügatini yakalayacaklar.

Bize hızlı trenden, genetiği değiştirilmiş yiyeceklerden, ucuzluk günlerinden bahsedebilirler. Biz bütün bunların arasında sevgilisinden ayrılmış bir gencin gerçekten akan gözyaşlarını fark edebiliriz. O zaman işte bu yazının dramına limon sıkılmış noktasına geliriz:

Kâğıt mendil aranıyor.

FİKİR VE ŞİİR

Şamanların, kâhinlerin şair olduğunu söylerler. Bu nedir? Bu sözü etkili kullanmanın avantajıdır. Öyle konuş ki karşındakiler büyülensin. Bu anlayış kırpıla kırpıla günümüze kadar gelmiş, hayatın her yanına sızmıştır. Şiir gibi gol, şiir gibi kız, şiir gibi dans vb.

Şarkta söze çok değer verildiğinden uzatılması, israf edilmesi, gevezeliğe dönüşmesi istenmez. Arzu edilen mısra-i bercestedir. Öyle bir laf et ki asırlarca dilden dile dolaşsın "kelam-ı kibar" olsun.

Şiirin elbette ki günlük dilden ve nesirden ayrı bir dili vardır. Hatta bu dil şairden şaire değişir, dilini bulan şair kişiliğini bulur. Şiir geçmişte sosyal fayda yanında aynı zamanda bir "hüner" sayılıyordu.

Nesir vazıh, şiir muğlaktır. Büyüsü, bilmecesi oradan geliyor. Adamın sözlerine karşı bir beyit söylersiniz, mâna pek açık olmasa da kıç üstü oturur. Malum "Mâna Şairin Karnındadır" veya "Aldanma ki şair sözü elbette yalandır". Bu yalan sanatın aslında "uydurma" bir şey olduğuna işaret eder. Ancak insanoğlu yalana da muhtaçtır. Adamı menfaat için översiniz, adam "Söyle söyle, yalan olsa da hoşuma gidiyor." der. Bu nedir? Bu nefsin hayır ve şerri birlikte taşımasıdır. Şiirin ideolojiyi veya bir fikri taşıması –eğer o gerçek bir şiir ise– değerini düşürmez. Taşıyamazsa çuvallar, kötü şiir olur.

Toplumu yönetenler, siyasiler, ulema, meşayih sözlerinin etkili ve inandırıcı olması için ve bilhassa "akılda kalması" için şairaneliğe başvurur. Fikriyatı şiirle hafızaya kazırlar. Dinî metinler dahi bu sebeple ezberlenir. Ezberci eğitime karşı çıkanlar aldanıyor. Eğitimin esası ezberdir. Çarpım tablosunu ezberlemek şart olduğu gibi, formüller de ezber ister.

Eski nesir şiirin gücünden yararlanmak için bir ahenge ihtiyaç duymuş, secili ifadelere başvurmuştur. Menakıbnameler, Nasihatnameler, Fetihnameler, Gazavatnameler, Şehnameler hatta lügatler dahi şiirle yazılmıştır. Burada şiirin en kaba tarifi işler: Vezinli ve kafiyeli söz. Bu vezin musiki ile birleşmiş, güfteler makam ve bestelere güç katmış, klasik ifade vücut bulmuştur. (Aruz'un ritmi gibi serbest şiirin de bir ritmi olmalı.) Bir nevi hikâye sayılacak mesnevileri, kasideleri, mersiyeleri saymıyorum.

Meselenin en temelinde "hikmet" vardır. Onun muhtevası biçime bürününce "ahenk" doğar. Şarkın edebiyatı "hikmet ve ahenge" dayanır. Bunun da temelinde "ilâhî kelam" vardır.

İletişim açısından asırlarca kalabalığa hitap eden bu ifade, bizde Batılı fikirlerin halka izahı için uzun süre kullanıldı.

Biz "vatan", "hürriyet" kavramlarını Namık Kemal'in şiirlerinden aldık. Şiir eskiden olduğu gibi fikri yüklenmişti. Tevfik Fikret aynı yolu takip etti. "Vatanım rûy-i zemin, milletim nev-i beşer" derken şairliğini konuşturuyordu.

Fikriyata pek meyletmeyen Cenap Şahabettin, bizde belki de modern mânada fikrin ağırlığından sıyrılıp (Haşim'in görüşü ile musikiye yaklaşan) ilk şairdir.

"Sarışınlık getirir gözlerin akşamlarıma" mısraı neredeyse II. Yeni'yi hatırlatır. Ama bu istisnalar dışında Ziya Gökalp Turancılık ve Türkçülüğü, Mehmet Emin Yurdakul Türkçülüğü, Mehmet Âkif İslâmcılığı, Nazım Hikmet sosyalizmi şiire yükleyerek halka taşımak istemişlerdir. Ve bu çaba sonuç vermiştir. Çoğu insan sosyalizmi Nazım'ın şiirleri ile benimsedi. Hutbelerde hâlâ Âkif'in şiirleri okunur.

İletişim-eğitim alanında Cumhuriyet dönemi de devrimleri halka maletmek için şiire başvurmuş, pek çok şair rejimi öven, lideri öven eserler kaleme almıştır.

Karşı cephede yer alan Necip Fazıl ve Sezai Karakoç aynı yolun yolcusudur. Sosyalizme bağlanan şairler bu ideolojinin propagandasını yapmıştır. Son büyük şair İsmet Özel ise hem sosyalist iken hem İslâm'ı benimsediğinde aynı tutumu sürdürdü.

II. Yeni şairlerine ayrı bir bahis açmam lazım ama yerim dar. Bu arkadaşlar II. Dünya Savaşı (medeni denilen ülkeler nasıl böyle bir vahşeti oluşturdu?) sonunda hayatın anlamını kaybederek (resim dahil) absürde, saçmaya sarıldıklarında, esasen Batılı sanatçıların bunalımını taklit ediyor (biz savaşa girmedik ama), onların vicdan azabı ile dili dahi bozuyorlardı. Sezai Karakoç inancı ile bu vartayı atlattı. Ötekilerden Turgut Uyar işin farkına vardı ve 1963'te "Şiir çıkmazda, çünkü insan çıkmazda" sözünü söyledi. Bu bizim değil Batı'nın çıkmazıdır.

İletişim araçları, radyo, televizyon, görsel medya, şimdilerde sosyal medya devreye girip dünya küçük bir köy olunca şiirin pabucu dama atıldı. O artık sadece meraklısına hitap edebilir.

Çünkü öteden beri dünyayı teknolojik medeniyet ve küresel sermaye yönetiyor. Tüketim toplumunun şiire değil aletlere eğilimi var. Söz itibardan düşmüştür. Göz kulağın önüne geçmiştir. Aslına bakarsanız dünyada kayda değer fikir de yok.

Televizyon çıkınca radyonun önemi kalmadı demiştik; yine de radyo âşıkları yaşıyor. Tıpkı şiir âşıkları gibi.

Bir avuç.

Şiir fikri taşıyamayınca (veya taşıyacak fikir bulamayınca) kabuğuna çekilip orada atıp-tutmaya başladı. Fikre ihtiyacım yok diyor.

Tavşan dağa küsmüş dağın haberi yok.

ŞİİR ÖLDÜ

Edebiyat tarihimizde "şiir öldü" sözü ara sıra temcit pilavı gibi ortaya atılır, bir süre etrafında kısır tartışmalar yapılır (galiba şimdi de oluyor) sonra unutulur giderdi. Sebebi eski şairlerin yenilerden memnun olmayışları. Eh, yeniler de "onların devri geçti" diyor. Anlaşılır bir şey.

Ben başka bir şey söylüyorum. Şöyle ki:

Bizim kültürümüz şiir üzerine kuruludur. Destanlar manzumdur kopuzla çalınıp söylenir. Bazı menakıplar da böyledir. Biz "uzun söz"den hoşlanmayız, mısra-i berceste bize yeter (kısa kes Aydın havası olsun). Şiir etkili, güzel, ahenkli, özlü ve kısadır. Ezberlenir. Bazı hikmetli beyitler çerçevelenip duvara asılır. Hutbede bile imam efendi ayet ve hadislerden sonra söze revnak katmak için şiir okur.

Özetle "fikri taşıyan şiirdir".

Nesre ait olması gereken alanlarda bile şiirin kullanıldığını görüyoruz.

Nasihatnameler, gazavatnameler, siyasetnameler, surnameler, ahlâka dair bazı risaleler hatta sözlükler vesaire nazımla dile getirilmiştir.

Bu şiire yatkınlık Batı tesirinde gelişen edebiyatımızda da görülür. Gelenek kolay terk edilmiyor. Şinasi, Namık Kemal, Ziya Paşa mesela. Biz "hürriyet", "vatan" kavramlarını Namık Kemal'in şiirlerinden öğrendik.

Tevfik Fikret hümanist bir şiir söyledi. "Ferda"nın nasıl bir fikir taşıdığını biliyorsunuz.

Devletin istikbali söz konusu olduğunda ortaya atılan "fikirler" yine şiire sığındı. Türkçüler Ziya Gökalp, M. E. Yurdakul başarılı olmasa da şiir yazdılar.

Gökalp'in:

"Türkiye büyüyüp Tûran olacak" mısraı örnektir.

Mehmet Âkif "İslâmcılık fikriyatı"nı şiirle dile getirdi. Bu şiirler bu fikriyatı hâlâ taşıyor. Sosyalistler ideolojiyi Nazım'ın şiirlerinden öğrendi. Necip Fazıl, Sezai Karakoç, son büyük şair İsmet Özel aynı yolun yolcusudur.

Ne zaman ki modern teknolojik medeniyetin aletleri devreye girdi, şiirin tahtı sallanmaya başladı.

Bir şeyhin müridine telefonla telkini mümkün değildir. Yüz yüze olmak lazımdır.

Radyo iletişimi çok geniş kitlelere taşıdı. Onlara heyecan verdi, topyekun harekete geçirdi.

Televizyon devreye girince radyonun pabucu dama atıldı. Hâlâ "radyo âşıkları" var ama çokluk müzik dinliyorlar.

Televizyonda fert hem görüyor hem işitiyor, dolayısıyla fazla etkileniyor. Görsel medya "söz"ün değerini düşürdü. (Bu konuda Jack Elul'un Paradigma Yayınlarından çıkan *Sözün Düşüşü* diye nefis bir kitabı var.)

Sosyal medya yazılı metni neredeyse devre dışı bırakıyor. Kitlelerin bu kanal ile iletişime geçip heyecan ve hareket kazandığını görüyoruz.

Geçen zaman içinde şiir mevzi kaybetti, hatta kalabalıklar nezdinde itibarı kalmadı. O artık "fikri taşıyacak" bir iletişim aracı değil. (Doğru. Ama memlekette bahse değer bir fikir adamı ve peşine düşülecek bir fikir var mı acaba?) Vakarını kaybetmemek için köşesine çekildi. Meraklısına hitap edecek bir tutum takındı. Bazıları buna "şiir kendine döndü" diyor. Yani duyguya, estetiğe, akıldan ziyade kalbe. Bu ricat asırlar sürmüş bir hakimiyetin sonudur. "Şiir öldü!" demem bundandır.

Yoksa şiir, o tarif edilemeyen yapısıyla ruhumuzu ayakta tutuyor. Şiirini kaybeden ruhunu da kaybeder. Bu topraklarda hâlâ Süleyman Çelebi'nin *Mevlid*'i okunuyorsa içimiz rahat olmalı.

Şiir modern teknolojik medeniyetin iletişim aletleriyle "fikir taşıma" alanında aşık atamaz. Geçmiş olsun.

Bu çerçevede kendine dönmesi isabetli olmuştur. Lakin toplumla irtibatını kesmesi "ölmeden mezara girmek" demektir. Hayat devam ettikçe, şiir de hayatiyetini devam ettirmek için toplumla bağını göz önünde tutmalı. Bir avuç meraklının aralarında gerçekleşen "hüner göstermek" yarışına girmemeli. Sadece biçimden medet ummamalı. Büyük bir şiir geleneğimiz var. Bu toprakların insanı belki modern teknolojik medeniyetin âletlerine râm olmuştur ama, çok şükür ruhunu kaybetmemiştir.

Kitlesel hareket olarak bu ruha bir örnek vereyim:

Sivas şehrinin merhum Muhsin Yazıcıoğlu'na duyduğu sevgiyi ifade için belediye seçimlerinde topyekun onun partisine oy vermesi nedir?

Şudur:

Sivas tüm nüfusu ile saygı duruşunda bulunmuştur.

Bunu bir yere yazın önemlidir.

GÖNÜL

Dilcilere göre başka bir dilde bu kelimenin karşılığı yokmuş. Oysa bizim edebiyatımızın neredeyse yarısını kapsar. Medeniyetimizin bir "gönül medeniyeti" olduğu söylenir. Peki kelime (ki Türkçe'dir) ne mânaya gelmektedir.

Bana sorarsanız gönlü tarif etmek muhaldir. Tıpkı aşk gibi, şiir gibi. Ama biz yine de lügatlere bir bakalım. "Kalp" kelimesinin karşılığı olarak kullanıldığı söyleniyor. İnsanın manevi varlığının ifadesi. İman, sevgi ve nefretin, iyi ve kötü bütün duyguların kaynağı. Tasavvufta aşkın kaynağı. İstek, arzu, heves, niyet. Kibir, gurur. Tabiat, huy. Rıza, muvafakat. Hatır.

Görüyorsunuz lügatler nasıl zorlanıyor. Ne çok mâna yüklüyorlar kelimeye. Kelime böyle bir zenginlik taşıyınca yüzlerce deyimin kaynağı olmuş. Hissiyatımızı ifade için tek bir kelimenin yüklendiği ağırlığa bakın. Musikimiz dahi bu kelimeye bina edilen güftelerin kanatları üzerinde yükselir.

Sûfiler imanın kalpte yer bulduğu sebebi ile kelimeyi çok kullanır. Bunlara ehl-i dil (gönül ehli) denir. Yunus Emre:

"Girdin miskinler gönlüne
Edindin durak Çalabım."

diyor. Rahman ism-i şerifinin ihtiva ettiği anlam ile gönül arasında sıkı bir irtibat bulunmaktadır. Rahman, kalp yufkalığıdır. Gönül de basit mânada rahmettir, yumuşaklıktır. Demek ki gönülde Rahman ism-i şerifinin tecellisi vardır. Nasıl ki göz, Basîr ism-i şerifine aynadır; gönül de Rahman ismine aynadır.

İman ile küfrün merkezi kalptir. Eğer kalp iman ile dolu ise o gönüldür, inkâr ve küfür ile dolu ise o nefistir. Gönül ulviyete, nefis süfliyete meyyaldir.

Gönül ukbâ, beden ise dünyadır. Gönül aşkın dostu, nefis bedenin yoldaşıdır. Nefis düşman, gönül bir kaledir.

Tasavvuf düşüncesine göre aklın sınırlarını aşacak bilgiler ancak gönül ile elde edilebilir. Akıl ilmin, gönül irfanın kaynağıdır.

"Duruş, kazan, ye, yedir, bir gönül ele getir;
Yüz Kâbe'den yeğrekdür bir gönül ziyareti."

Kâbe'de putların bulunduğu zaman nasıl müminler ona yönelmekten kaçınmışlarsa, gönülde de Allah'tan gayrı şey bulunursa -yani dünyaya ait bazı arzu ve hevesler varsa- henüz kemâl derecesine varılmamış demektir. Nefis diri oldukça gönül uykuda, gaflettedir. Nefis öldükçe gönül ebedî hayat bulmaya başlar. Tasavvuf erbabı gönüle bu kadar kıymet verince onun incinmemesini, kırılmamasını sağlamak için hürmet, hizmet ve merhamet esasına dayanan bir ahlâk anlayışı ile insana yönelmeyi gaye edinmiştir. Yunus bu hususu şöyle belirtiyor:

"Gönül Çalabın tahtı
Çalap gönüle baktı
İki cihan bedbahtı
Kim gönül yıkarise."

Dinî-tasavvufî edebiyat verimlerinde gönlün Divan edebiyatında olduğu gibi pek çok şeye teşbih edildiği görülür. Ancak bunlar içinde tasavvuf düşüncesinin sembolik ifadesinde yer alan ayna unsuru çok kullanılır.

Ayna nasıl ışığı aksettirirse, gönül de tevhid sırrını, iman nurunu yansıtır. Ayna vahdetin, toz ise kesretin remzidir. Ayna tozlandığı zaman nasıl bakanı göstermezse, gönül de tozlandığı yani hakkı, hakikati unutup bu fâni âleme daldığı zaman ilâhî tecelliye mazhar olamaz. Gönül aynasını temizlemek, cilalamak gece gündüz Allah'ı zikir ile gerçekleşir. Böyle parlak gönüllere aşk dolar. Aşkla dolu gönül her an diridir.

Gönül bahsi uzundur, oysa bizim yerimiz dar. Zaten gönül ehli olanlara da fazla söz gerekmez.

SANATIN KİLOSU

Eski dünyada, kendi medeniyetimiz içinde, Osmanlı geleneğinde sanatkâr "dâhi" diye nitelenmez, insanüstü bir yaratık olarak algılanmazdı (zenaat ile sanat arasında bir ayrım yoktu).

O da insanlardan bir insandı.

Güzel yaratılmış dünyayı güzel tutmaya gelmişti. Ayrıca bu dünyaya niçin geldiğimizi hatırlatır, fânilik ile bâkilik arasındaki farkı dile getirirdi.

Eski hocalar ders verdikleri kabiliyetli talebeden para almazdı. Musikişinas da böyle idi, hattat da. Eski terbiyeyi almış son ustalar yakın tarihe kadar böyle çalıştılar.

Yönetmen Tarkovski şöyle diyor: "Ne olursa olsun yalnızca bir mal olarak 'tüketilmek' istenmeyen her türlü sanatın amacı hiç şüphesiz, kendine ve çevresine hayatın ve insan varlığının anlamını açıklamak, yani insanoğlunun gezegenimizdeki varoluş nedenini ve amacını göstermek olmalıdır.

Hatta belki de hiç açıklamaya bile kalkmadan onları bu soruyla karşı karşıya getirmektir."

Kapitalizmin insanları döne dolaşa getirip hapsettiği kafes "tüketim toplumu"dur. Bu kafese giren her fert sanat eserini bir "mal" olarak görür. Ya ona yatırım yapar ya tüketip haz alır. Ona elbetteki tüketebileceği ve haz alabileceği ürünler sunulur. Bunlar sanat eseri midir?

Tarkovski'ye dönelim: "Sanat insanları çevresinde toplanmaya iten, o sonsuz dur-durak tanımayan idealin, maneviyat özleminin duyulduğu yerde ortaya çıkar ve gelişir. Modern sanatın seçtiği yol yanlıştır, çünkü hayatın anlamını arama adına salt kendini onaylama peşindedir."

Sadece "onaylama" olsa iyi; ben burada büyük bir bencillik ve kibir görüyorum. Son yılların moda kavramı "öteki" dediğiniz anda, aynı zamanda "ben" demiş oluyorsunuz.

Oysa bizim geleneğimizde "ben" demek terk-i edeptir. Bize yalnız olmaktan ziyade cemaatle ibadet emredilmiştir. Yoldaşın, akrabanın, komşunun hakkı önemlidir. Bütün bunların ötesinde "kul hakkı" fevkalade önemlidir.

"Birey olmak" herhâlde ormanı hiçe sayan bir ağaç olmayı gerektirmez. Bizim ahlâk anlayışımız ferdin cemaata tahakkümünü yasaklar, cemaatin ferdi ezmesine izin vermez. Bu incelik isteyen bir meseledir. Sonu "şahsiyet"in oluşumuna çıkar. Şahsiyet kazanamamış fertten ne kendine ne de cemaate hayır vardır. Bu umumî kaide sanatkâr dahil bütün insanlar için geçerlidir.

Dolayısıyla ferdin sevinci veya kederi cemaati ilgilendirir; tersi de geçerlidir.

Bu "birlikte yaşama, birlikte varoluş" sanatımızın bütün şubelerine yansıyarak onu alabildiğine ışıltılı kılar.

Mimar-düşünür Turgut Cansever bu durumu Batı kültürü ve sanatı ile kıyaslayarak şu tespitleri yapmaktadır:

> "Mutluluk, ümitvar ve neşeli olma gibi tavır ve duyguların renkli ve aydınlık dünyası, bütün İslâm sanatlarının ortak özelliklerini oluşturur. Bu İslâmî "biçim ifadeleri"ni İslâm minyatürlerinde, çini satıhlarında, elbise ve kilimlerde, hasılı İslâm sanatlarının bütün alanlarında gözlemlemek mümkündür. İslâm dışı kültürlerin ve özellikle Hıristiyan Batı kültürünün insanı ümitsizliğe sevk eden, karanlık, kasvetli, dramatik boşluğunun aksine, bu örneklerin yansıması biçim berraklığında ve kullanılan renklerde ortaya çıkar" (T. Cansever, *İslâm'da Şehir ve Mimarî*, İst., İz Yay. 1997).

"Muhalif duruş" dediğimiz şey, Batı kaynaklı kapitalist düzen ve ahlâkın dayattığı ferdi putlaştıran, tüketimi körükleyen yaşam biçimini reddetmekle alakalıdır. Bu reddiye öncelikle zihinlerde vücut bulmalı.

O zaman anlarız "sanatın kilosu kaç para"dır.

AH BU GÖNÜL ŞARKILARI

Safiye Ayla'nın bestesi imiş: "Ah bu gönül şarkıları." Aynı dönemde yapılan pek çok bestede aynı ruhu buluruz.

Bu nedir?

Elbette ki sözleri (güfteyi) kastetmiyorum. Güftenin de önem taşıdığı parçalar vardır (Msl: Yahya Kemal'in şiirlerinden yapılanlar). Ama bizim müziğimizde (esasen müziğin kendisinde) söz âdeta yoktur. Müziğin diğer sanatlara üstünlüğü burada. Öyle bir dil ile konuşuyor ki, orada bildiğimiz kelime yok. Sadece ses var ve bu ses doğrudan kalbe hitap ediyor. (Burada irfanî müziği kastediyoruz. Bir de eğlence müziği var, bahs-i diger.)

Gerçek bestekârlar has şiirden etkilenebilir. Ama onu sadece söz etkilemez ki; bir duruş, bir bakış, bir renk, bir manzara, adalet-feragat-cesaret-şefkat-merhamet vb. Bestekârın nereden yola çıktığını çokluk kendisi de bilemez. Beste tıpkı şiir gibi kalbine iner.

Yine de bestekârı yaşadığı şahsi ve toplumsal hayattan soyutlayamayız. O da bir insandır ve etrafında olup bitenlerden etkilenir.

Sanat hakkındaki görüşümü pek çok yerde ifade ettim. Yeri geldi bir kez daha söyleyeyim.

Hani İbrahim Hakkı hazretleri:

"Mevlâ görelim neyler
Neylerse güzel eyler."

diyor ya. İşte bu güzellik tüm kâinata yayılmıştır. Güzelin ne olduğuna ve estetiğe geçmeden yolumuza devam edelim. Bu güzelliğin temelinde bir "ritim" var ve o bir ahenk uyandırıyor. Seste, renkte, biçimde, harekette hatta duygu ve düşüncede hep vardır. Zerre'den kürre'ye kadar sonsuzluğa uzanan, insan idrakinin kavrayamayacağı ama kalbi açık olanın mutlaka duyacağı bir ahenk ki en çok insana bahşedilmiştir.

İnsana düşen şeksiz-şüphesiz-isteksiz-iradesiz-akılsız-fikirsiz bu ahenge iştirak etmektir. Kul olmak budur. Bu ahengin sırrı ile dereler çağlar, çiçekler açar, bulutlar uçar, kuşlar öter, mevsimler değişir, çocuklar doğar, iki gönül birbirine akar, aşk doğar. Aşkın ateşi ile şair şiirine, ressam resmine, bestekâr bestesine başlar. Hakk'ın güzel kıldığı âleme bir güzellik katmak için. Şuna emin olunuz.

Kalbe düşen bu güçlü sırda (hikmet) ızdırap, hasret, dua, vuslat, aciz, teslimiyet; insana verilen her şey vardır. Ve insan bunu terennüm eder.

Ve böylece var olur.

Var ettiği eser esasen ona değil bu sırra aittir. O bir aracıdır. Tıpkı Cenab-ı Hakk'ın iradesinin vücut bulması için kendisine tevdi edilen emanete göre hareket etmesi; kendi isteğini Allah'ın emrine vermesidir. Cüz'i irade budur. Yok hükmündedir. Ama vardır. Sûfîler bu sebeple "hiç" lafzını çok kullanır.

İfadeden aciz kaldığım ama ifade etmekten beri duramadığım bahsi burada kapatalım. "Sevdiğimi demez isem / sevmek derdi beni boğar" hükmünce davrandım. Cenab-ı Hakk'a sığınıyorum. Okurlardan af diliyorum.

Sadede gelince şunu diyebiliriz:

Safiye Ayla'nın bestesinden başlayarak ondan bir öncekiler ve ondan bir sonrakiler (Msl: çok sevdiğim Şükrü Tunar) bestelerinde hep bir "teselli" aramışlardır. Bu ruh bir yeraltı ırmağı gibi Orhan Gencebay'a kadar ulaşmıştır.

"Teselli", çünkü Yahya Kemal de öyle diyordu. "Mağlupken ordu, yaslı dururken bütün vatan." Ne yapabilirdik. Bir teselli arayabilirdik. Çünkü ülke yanmış-yıkılmış; evlatlar yetim kalmıştı. Her gecenin bir sabahı vardır. Âkif çıktı ve şöyle haykırdı:

"Ulusun korkma nasıl böyle bir imanı boğar."

Evet boğamadılar ve biz küllerimizden doğduk. Çünkü "Hakkıdır Hakk'a tapan milletimin istiklâl" idi.

Lakin mağlubiyet, yıkım, göç, ölüm, yokluk, zulüm çok uzun sürmüştü. Biz Rumeli'den, Kafkaslar'dan, Orta Doğu'dan çekilirken çok şehit verdik, çok kan kaybettik.

Kaybettiklerimizin yasını tutamadan İstiklal Harbi'ni başlattık. Muzaffer olduk ama yorulduk.

İşte bu besteler bu acıların, bu yoksulluğun, bu yetimliğin, bu yorgunluğun ardından aranılan "teselli"yi dile getiriyor.

Zamanın ruhu öyle diyor.

Ve o dönemi bihakkın idrak ederek acısını gönülde duyanlar harika besteler yaptı. Alçak sesle söylenen, bir şefkat arayışında olan, bir kanat altına sığınmak isteyen, bir göğse yaslanarak ağlayan besteler. Sanıyorum esasen 1950'ye kadar devam etti bu. Bazı kendini bilmez adamlar bu bestelerin hep ızdırap, hep acı dolu olmasını hazmedemeyerek onları millet hafızasından silmek istiyor. Bilmiyorlar ki bu besteler; "Gidelim Göksu'ya bir âlem-i âb eyleyelim." gibi Nedim döneminin ruhundan ödünç alınmış şeyler değildir. Yahya Kemal'in dudaklarından dökülmüş olsa bile değildir. Onlar kırık kalplerin, çöllerde kalan sevgililerin, bir daha dönülemeyecek vatan topraklarının hatırasından damlayan acılardan oluşmuştur. Ve ne gariptir ki bunu belli etmemeye çalışır. Çünkü yeni bir devir açılmış, yeni şarkılar çıkmıştır.

Ama biz anlıyoruz. Safiye Ayla "Ah bu gönül şarkıları"nı o buğulu sesi ile her söylediğinde bu sebeple gözlerimiz nemleniyor.

SES, SÖZ, ŞİİR

Klasik musikimizin esası sestir (beste, nağme). Güfte olsa da olur, olmasa da. Tanbur, ney ve kemençeden çıkan sesin ve buna katılan insan sesinin ahengi (aynı zamanda bu ahenk ile anlattığı şey) mâna dünyamızı doldurmaya yeter. Bu dünya sanatın ruhuna uygun olarak akıldan (zihinden) ziyade kalp ile vücut bulan bir şeydir. Musiki doğrudan kalbe hitap eder ve elbetteki gerçek musiki mistiktir. Musikinin dili budur. Sesten ibaret bir dil. Ve bu dille meramını dile getirmek, iletmek, anlatmak hâliyle zordur. Özellikle muhatabın da aynı dilden konuşabilmesi zaruridir. İnsan sesi bazen sadece "ten-nen-ni" diyerek meşke katılır. O dahi bir nevi saz kabul edilebilir. Bazen bu saz (insan sesi) öne düşer, ötekiler onu takip eder.

Klasik musiki bestekârları içinde güfte seçimi konusunda titiz olanlar vardır; bunlar beste kadar (söze dökülmüş ses: güfte) besteledikleri şiire de önem verirler. Güftenin anlattığı hem akla (zihne) hem kalbe hitap eder. Güfte ile beste aynı ahengi paylaşırsa etkileme gücü kat be kat artar.

Bazı bestekârlar ise güfteye önem vermez. Benim gibi musiki bilgisi-görgüsü olmayanlar besteyi bırakıp güfteye bakarsa yüzünü buruşturabilir. Bu sebeple çokluk "Yazık olmuş besteye, daha münasip bir şiir bulamamış mı, bu nasıl bestekâr!" diye hayıflandığım olmuştur. Klasik musikimizin iki asırlık macerasında bu güfte seçimi giderek irtifa kaybetmiş, günümüze doğru gelirken "şarkı sözü yazarları"nın insaflarına terk edilmiştir. Yazık.

Ancak istisnaları bir yana koyarsak son elli yılda eser veren bestekârların eserleri de toplumun genel beğeni düzeyinde kalmıştır. İnsanın " bu başa bu tarak" diyesi geliyor.

Şairlerimizin beslenme kaynaklarından biri halk kültürüdür. Türküleri ele alalım. Türküler esasen bir "hikâye" anlatır. Bu açıdan söze daha fazla bağlıdır. İfade edilen şey bir ağıt, bir hasret, bir medhiye, koçaklama, destan olabilir. Mani ve bilmece dahi vardır. Yine de halka dönük bu açık ve anlaşılır metinler içinde son derece etkili sözlere rastlıyoruz. Bir misal:

"Gül koydum gül tasına
Avlunun ortasına."

İç Anadolu'dan belki Niğde-Nevşehir yöresinden gelen bu türkü yukarıdaki mısralarla başlıyor.

Çorba tası, hamam tası var ama "gül tası" var mı bilmiyorum. Belki vazo mânasına kullanılmıştır. Hadi bunu bir yana koyalım. Peki bu gül dolu tası geniş, boş ve toprak zeminli avlunun ortasına koymak da ne oluyor? Bu düpedüz realizmden sürrealizme geçiş gibi bir şey.

Güneşli bir gün, boş-geniş ve toprak zeminli bir avlu. Avlunun ortasında bir tas (sadece o) ve içi gül dolu.

Acaba bir karşılama merasimi, bir jest mi? Ne olursa olsun bana sinematografik hatta şiirsel bir tablo olarak görünüyor. Ne olduğunu duyuyor ama söze dökemiyorum. Türkülerimizde buna benzer mısralar çok. Bir iki misal daha verelim:

"Havada kar sesi var."

Kar sesi bana çok şairane göründü. Yahya Kemal de fark etmiş bunu ünlü "Kar musikileri" adlı şiirinde; "Bin yıl sürecek zannedilen kar sesidir bu" mısraında kullanmış.

"Akşamın vakti geçti
Bir güzel baktı geçti."

mısraları da olağanüstü. O dar vakitte; bir kapı, sokak, pencere aralığında hayal-meyal görülen sevgilinin silüeti. Fânilik, geçip giden güzellik, şaşkınlık, hayret, çaresizlik, kısacası "büyülenmiş zaman" bu kadar güzel anlatılır.

"Sen yağmur ol ben bulut
Maçka'da buluşalım."

bana bir çocuksu suluboya resmini hatırlatıyor. Belki yeterince derin değil ama uçarı ve samimi.

Klasik musikimizde ses söze dönüşürken, türkülerde sözün gücü sesi doğuruyor.

Musiki vadisinde hayli cahil olduğumu kabul ederim, bu sebeple sürç-i lisan ettimse affola.

TANPINAR VE TÜRKÜLER

Tanpınar'a göre türküler, hayatın sürekliliği içinde bir yığın değişmeye rağmen daima asli kalan yanımızı ifade ederler.

Nitekim *Huzur* romanının kahramanı Mümtaz, "Aç kapıyı bezirgânbaşı" türküsünü söyleyerek sokakta oynayan çocukları görünce şöyle düşünür: "Nuran bu oyunu çocukluğunda mutlaka oynamıştı. Ondan evvel annesi, annesinin annesi de aynı oyunu oynamışlardı.

Devam etmesi gereken işte bu türküdür. Çocuklarımızın bu türküyü söyleyerek, bu oyunu oynayarak büyümesi. Her şey değişebilir, hatta kendi irademizle değiştiririz. Değişmeyecek olan, hayata şekil veren, ona bizim damgamızı basan şeylerdir."

"Yıldız akşamdan doğarsın."

diye başlayıp, "kervankıran" üzerine ağıtla beddua arası bir hava tutturarak uzanıp giden "Yıldız türküsü" için de şu yorumu getirmektedir: ".....Bu türküde insan sesi yıldız parıltılarıyla, onların bu iklimde her şeye sindirdikleri talih sezişiyle, bir nevi hurafeyi andıran bir korkuyla dolup boşalır. Sonuna doğru çeşit çeşit renkler her yanınızı esrarlı bir şafak ışığı ile sararlar. Bu billur prizmada ömrün rüyasını seyredersiniz. Sözlerinde sert, hoyrat Tanrı çehresi ile geçen Kervankıran'a rağmen bu türküde hiçbir büyüklük kaygusu yoktur. Daha ziyade, penceresinden ayı ilk defa gören bir çocuğun mırıldandığı gibi, yarı duaya, yarı türküye benzer. Fakat belki de bunun için sizi sırrın ta ortasına atar."

Cemal Kurnaz'ın denemelerini topladığı *Halk ve Divan Şiirinin Müşterekleri* (Mayıs 1990) adlı eserine göz gezdirirken, Tanpınar'ın bu dikkatlerini şiirimiz için her zaman dönülebilecek bir çıkış noktası olarak belirlediğini gördüm.

Eserin ilk yazısında Tanpınar'ın türkülerimiz üzerine söylediklerinden hareketle, halkın muhayyile ve ifade gücü dile getiriliyor. İlk mısra şu:

"Havada kar sesi var."

Türküde geçen "kar sesi" imgesi modern şiirin unsurlarını çağrıştırıyor. Böyle olmalı ki; Cenab Şahabeddin'in "Elhan-ı şitâ"sına, Dıranas'ın "Kar" şiirine ve Yahya Kemal'in "Kar musikileri"ne ulaşıyoruz. "Kar sesi" Yahya Kemal'in deyişi ile "bin yıl" sürecekmiş gibi geliyor. Galiba değişime direnecek olan şey bu. Burada türkülerin sözden ziyade "ses"e yaslandığını, nağmenin ağır bastığını ve içimizde uyanan ritmin bize rehberlik edeceğini hatırlatmakta yarar var.

"Kayadan indim düze
At bağladım nergize."

Koca bir atı, bir zarif çiçek dalına bağlamak incelik ve zarafetin eseri. Ardından gelen mısralar şöyle:

"Yedi yıl hizmet ettim
Bir ela gözlü kıza."

Ela gözlüye yaklaşmanın büyük bir sabır ve incelik gerektirdiğini böylece anlıyoruz. Ayrıca zaten Divan edebiyatımızda nergis ile göz arasında çok köklü bir ilişki kurulmuştur.

Bir Harput türküsünde ise bu yaklaşımın bedbin örneğini görüyoruz.

"Atımı bağladım ben bir dikene
Tükettin ömrümü ömrün tükene."

Burada önceki türkünün yumuşaklığı, sevecenliği yerine; yaralayan, acıtan, kanatan bir derdin ömürlerce süren ızdırabı var. Bir ilenç...

Cemal Süreya "folklor şiire düşman" demişti ama, şiirinde kullandığı silahlar hep düşmanın silahları idi. Turgut Uyar'ın "Cahil Beşir'e" adlı şiiri şöyle başlıyor:

"benim bildiğim her şeyin adı bir yeşil
ay gelir yaz gecesi ortalarda dolaşır
ay geldi ortalarda dolaştı
ay gelir ortalarda."

Karacaoğlan'ın beni her hatırlayışta çarpan şöyle bir mısraı var:

"Ay da geldi orta yeri dolandı."

Olağanüstü görsel zenginliğe sahip olan bu mısra belli ki Turgut Uyar'ı ziyadesi ile etkilemiş.

Ülkemizde köyün tükendiği öteden beri söyleniyor (gerçi hâlâ %30 köylü nüfusumuz ve bir o kadar şehirdeki köylü var ya, olsun), folklorun bittiği ileri sürülüyor. Türküler tükenir mi dersiniz?

"Akşamın vakti geçti
Bir güzel baktı geçti."

Türküsü unutulur mu?..

KUŞLAR

Kuş deyince nedense aklıma çocuk geliyor. Çocuğun gülüşü, kuşun ötüşü. Bu niçin böyle? Şimdi bu iki unsur arasındaki benzerliklerden falan bahsederek izahat vermek istemiyorum.

Ee, o zaman derdin ne?

Derdim şu:

Doğa Derneği'nin girişimiyle Türkiye'nin son on yıllık kuş verileri "Avrupa'nın Kuşları Raporu-2004"te yer almış. Bilim dünyasının prestijli yayımlarından olan raporda ilk kez Türkiye dahil tüm Avrupa ülkeleri bulunmakta imiş.

Verilen rakamlara göre Türkiye AB ülkeleri içinde 319 tür ile en çok kuş türüne sahip görünüyor.

Türkiye'yi 281 tür ile Fransa, onu da 261 türle İspanya takip ediyor.

Ancak kuş sayısındaki azalma oranında %53,6 ile Türkiye birinci. Geçirdiğimiz son on yılda kuşlarımızın yarısını kaybetmişiz.

İşte burada çocuklarımızı kaybetmişiz gibi içim acıdı.

Kuş kaybı konusunda Türkiye'yi İsveç takip ediyor. İsveç de son on yıl içinde kuşlarının %46,4'lük bölümünü kaybetmiş. Ne demektir bu? Şu demektir: Kuşlar tabiatın pek çok unsuru gibi ağır ağır (yahut hızla) hayatımızdan çekiliyor. Gün gelecek ne bir saka cıvıltısı ne bir güvercinin kanat şakırtısını duyacağız.

Bırak ya, bu kadar dert arasında kuşlarla mı uğraşacağız demeyin. Eğer kuşlar yok oluyorsa; onlarla birlikte çiçekler, böcekler, otlar, ağaçlar, sular, topraklar da yok oluyor demektir. Bütün bu tahribatın sebebi insanoğlunun tükenmez iştihasıdır. Daha fazla ürün almak uğruna toprağı, suyu, havayı zehirlemesidir. Bütün bu ölümler, yokoluşlar zehir saçan tarım ilaçlarından, kirli su ve kirli havadan, asit yağmurlarından oluyor.

Şu gerine gerine, şişine şişine dolaşıp durduğumuz dünya ayağımızın altından kayıp gidiyor.

Bırak gitsin diyebilir miyiz?

Bende bir saka var. Yıllardır arkadaşız. Hüzünde ve neşede sırdaşız. O bana dört duvar arasındaki yalnızlığımı unutturuyor. Beni alıp kırlara çıkarıyor. Yemlikler, meşelikler, üveyikler, pınarlar, rüzgârda sallanan başaklar arasında geziniyoruz. Kanarya çok geveze. Muhabbet kuşları laubali. Kafesten atlayıp omuzunuza falan konuyorlar, ayrıca o rengarenk ufacık gövdeden o bed ses nasıl çıkıyor anlamıyorum. Saka vahşi. Yıllar geçse insana alışmıyor. Kırlara ait olduğunu unutmuyor. Belki sürekli bir hasret türküsü mırıldanıyor. Onun bu soylu bağlılığını da seviyorum.

Kuşlar minicik dereler, kardelenler, beyaz bulutlar, eleğim semalar gibi; emekleyen, sarsak adımlarla koşan çocuklar gibi, şu yalan dünyanın türlü desiseleri, karabasanları arasında bizi sevince, sevgiye, aşka, merhamete, insanî olan neyse ona sevk eden; kalbimizi, ruhumuzu koruyan, onaran iyilik ve güzellik aşılayan mahluklar. Onları görmeyen, sevmeyen; çocukları da göremez çiçekleri de sevemez. Şairler kuşları kaybolmuş bir âlemde ne yazar? İsterseniz sadece Ahmet Haşim'e şöyle bir göz atalım. Kuşların onun şiirinde nasıl güçlü bir ilham kaynağı olduğunu anlayalım:

Altın kulelerden yine kuşlar
Tekrarını ömrün eder ilan
Kuşlar mıdır onlar ki her akşam
Âlemlerimizden sefer eyler

(Bir günün sonunda arzu)

Gün bitti ağaçta neşe söndü
Dallar ateş oldu. Kuş da yakut
Yaprakla kuşun parıltısından
Havzın suyu erguvana döndü
(Ağaç)
Bir gamlı hazanın seherinde
Israra ne hacet yine bülbül
Bil kalbimizin bahçelerinde
Can verdi senin söylediğin gül
(Bülbül)
Gök yeşil, yer sarı, mercan dallar
Dalmış üstündeki kuşlar yâda
(Tahattur)
Kuytu bir bahçede bir kuş ötüyor
Son kızıllıkla yanan bir dalda
(Bitmemiş şiirler'den)
Gurûb u hûn ile perverderuh olan kuşlar
Kızıl kamışlara yakut abâ konmuşlar
Ufukta bir seri maktû'u andıran güneşi
Sükût u gamla yemişler ve şimdi doymuşlar
(Siyah Kuşlar)

Ve şiir isimleri: Karanlıkta Beyaz Kuşlar, Mehtapta Leylekler, Kuğular.

BÜLBÜLÜ ÖLDÜRMEK

Alplerden sonra dünyanın en çok oksijen üreten ikinci dağı olan Kaz Dağları son zamanlarda büyük bir tehlike ile karşı karşıya kaldı. Kaz Dağları'nın otuz altı ayrı noktasında on firma altın, bakır, çinko gibi madenleri aramaya başladı. Bölgede 250-300 ton altın olduğu sanılıyor.

Şimdi bu firmalar dağdan maden çıkarmaya başlar iseler her yan delik deşik olacak, sular kirlenecek, hayvanat kaçacak delik arayacak, o bölge köylüleri rahatsız olacak, turizm etkilenecek vesaire.

Yazıktır, günahtır. Bu iş birkaç gram eti için bülbülü öldürmeye benzer. Tabiat evlat gibidir, parayla satılmaz. Bu dağlara, ağaçlara, sadece orada yetişen kırk yedi çeşit bitkiye kıymayalım. Değmez. İnsanoğlunun gözünü kan bürümüştür, bunu biliyoruz. Bir yerde altın, petrol, doğalgaz vb. varsa bırakın tabiat tahrip etmeyi; uzun süreli savaşlara, binlerce cana maloluyor bu. Bu insanlara çiçek-böcek-bülbül-gül vız geliyor. Bunları romantik, faydasız, gereksiz buluyorlar. Mesele burada. Madencilere Kaz Dağı'nı delmeleri için yetki veren devlet nasıl bir gaflet içindedir. Oysa şunu anlamaları lazım ki; temiz hava, temiz su, temiz toprak her şeyden değerlidir. Bunlar çok şükür ülkemizde bol bol var. Neyse ki baştan ayağa sanayie batmamış, modern teknolojinin dişlileri arasında ezilmemişiz. Bizi yine o ikide bir horlayıp azarladığımız köylüler kurtarmış.

Bakınız TEMA'nın yaptığı bir araştırmada (Türkiye'nin Biyolojik Zenginliği ve Korunması) şunlar söyleniyor:

> "Anadolu'da elmada 500, erikte 200, şeftalide 100, üzümdeyse 1200'den fazla çeşit bulunuyor. Anadolu 30'u aşkın meyve türünün orijin merkezidir. ABD en verimli buğday türünü çaresiz bir bitki hastalığından kurtarmak için Güneydoğu'dan bir buğday türüyle aşıladı. Bu şekilde tarım ilaçlarından yılda 50 milyar dolar tasarruf sağladı. Dünyanın önemli koyun üreticisi Yeni Zelanda'nın geniş meraları da Anadolu'nun otlaklarından alınan tohumlarla geliştirildi. Dünya toprakları tuzlandıkça tuza dayanıklı bitkilerin önemi artıyor. Sadece Tuz Gölü etrafında tuza dayanıklı 30'dan fazla endemik bitki türü yaşamakta."
>
> "Biyolojik zenginlikte sadece İstanbul bile İngiltere ve Hollanda'nın üzerinde. 5 bin 110 kilometrelik İstanbul faunası ve florası 2 bin 450 tür barındırıyor. AB ülkelerinin tamamında doğal ormanların toplam orman sahasına oranı yüzde 1'ken bu oran Türkiye'de yüzde 93'e çıkıyor. Avrupa'da endemik 545 kuş türü bulunurken, Türkiye'de endemik 386 kuş türü var. Dünyanın en uzun ikinci doğal pisti Palandöken Dağı'nda bulunuyor."
>
> "Türkiye'de hâlen tarım ilaçlarıyla tanışmamış bölgeler bulunuyor. Hektar başına tüketilen tarım ilaçları miktarıysa zaten AB'de kullanılanın üçte birinden az. Türkiye organik tarım üretimi miktarı bakımından çok gerilerde. Ama yüksek bir potansiyele sahip. Öte yandan Türkiye'de organik tarım mevzuatı AB'ye uyarlandı. Türkiye, 2004'te AB Organik Pazar Bilgi Sistemi'ne kabul edildi."

Bu zenginliğin kıymetini bilelim. Umarız vatandaş protesto için sokağa dökülmeden yetkililer bu kararı düzeltir, Kaz Dağı'nı rahat bırakır.

BÜLBÜL NEREDE?

En son ne zaman bülbül dinlediniz, diye sorsam; "Bırak yav, her rengi bitirdik tek fıstıkî yeşil mi kaldı!" cevabını alacağımı biliyorum.

Kimsenin umrunda değil, kuş sesi, bülbül sesi.

Adam "dinle abi, şu sese bak, şu sese diyerek son aldığı arabanın motor sesini" tercih ediyor. Gaza hafif hafif dokunup "Ben de işte buna hastayım abi!" diye ilave ediyor.

Peki ne olacak binlerce cilt tutan gül-bülbül külliyatımız? Toptan çöpe mi atacağız?

İşte devir-i gül denilen bahar geldi, erişti.

Bülbülün gülşende gül ile söyleşmesinin vaktidir.

Eski edebiyatımızda bülbülün "asli yurdundan uzak düşen âdemoğlunun" remzi olarak kullanıldığını biliyoruz. Ve tabii bu tasavvufî mânanın ötesinde yaygın olarak âşığın sembolüdür. Sevgilinin yüzü güle, ağzı goncaya benzetilir. Bülbül güle kavuşamamanın ızdırabı ile sabahlara kadar kalbini kanatarak âh çeker. Vücudu yanıp kül olsa da içindeki aşk ateşinin kıvılcımı bir türlü sönmez. Garip ve sahipsiz bilindiği için "gömleksiz" rengi dolayısıyla "kül öksüzü" diye tavsif edilir. Mutasavvuf şairlerde ilâhî aşkla yanan can veya ruhun timsalidir. Bülbül bu dünya ve ten kafesi içinde, uzağına düştüğü gül bahçesinin hasreti ile feryat etmektedir.

Şeyh Galip;

"Yokmuş bir âha ey gül-i ra'nâ tahammülün
Bağrın ne yaktın âteş-i hasretle bülbülün."

derken; Enderunlu Vâsıf:

"Bülbül-i gülşen-i aşkım ki gamınla o gülün
Ne kafes ü ne heves-i lâne gelir hatırıma."

demektedir.

Eskiler sadece gazellerde değil müstakil eserlerle bülbülü yâd ederler. Bu gibi şiirlere Bülbüliye veya Bülbülnâme denir. (Çokça yazılmış Gül-Bülbül mesnevilerini zikretmek ayrı.)

Bu bülbül faslını uzatmak istemiyorum. İsterseniz konuyu iğrenç bir espri ile kapatalım: Geçmişe mazi, hızlı koşan ite tazı denir. Biz geçmişin üzerine ne kadar sünger çeksek de, onu yok sayıp inkâr etsek de geçmiş bizi terk etmiyor.

Bülbül'ü bir yana bırakın leylek dahi bir yerlerden çıkıp gündemi işgal ediyor. Gazetelerin yazdığına göre Ula ilçesine bağlı Akkaya beldesindeki Akçapınar köyü "Leylek Köyü" ilan edilmiş. Gökova-Akkaya'yı Sevenler Derneği'nce üç yıl önce hazırlanan ve UNESCO bünyesindeki Doğayı Koruma Fonu'nca desteklenen Biyo-Gökova ana projesine "Akçapınar Leylek Köyü" projesi de dahil edilmiş.

Nasıl edilmesin?

Yıllardır barınma, yumurtlama ve kuluçka dönemi için beldeye giden 400 civarındaki leylek sayısı artık 60'lara düşmüş.

Leyleklerin sayıca azalmasında başlıca sebebin tarımda kullanılan ilaçlar olduğu söyleniyor.

Akçapınar köyü muhtarı projeden umutlu.

Leylekler korumaya alınıyor. Ve o civarı dolaşan turist kafileleri bundan böyle "leyleği yuvada görmek" için köye gelecekler.

İşte böyle aziz okuyucu.

Hayatımız kâmilen değişiyor. Eskiden bülbül sesi, saka cıvıltısı, leylek lakırtısı arasında, çiçekle böcekle sırt sırta, koyun koyuna yaşarken bütün bunları tek tek kaybediyoruz.

Leyleklere dürbünle bakıyoruz, fotoğrafını çekiyoruz. Bulabilsek bir toy kuşu, bir turna onun da fotoğrafını çekeceğiz. Ne yazık ki bunlar artık türkülerde, belgesel filimlerde kaldı.

Aman... Üzmeyin tatlı canınızı. Arabanızı bir ağaç altına çekip, rölantiye alın.

Motorun sesine dalın. Eminim ninni gibi gelecektir. Bir araba reklamı galiba şöyle diyordu: "Bunlar uysal mahluklardır, sahiplerini sarsmadan eve götürürler."

Dedik ya tasalanmayın. Yakında bülbül sesli robot kuşlar, leylek görünümlü metal işler ruhumuzun gıdası olarak etrafımızı saracaklar.

Bilime güvenin.

ÇİÇEKLER

Okurlarımızın, ülkemizin ve tüm İslâm âleminin Ramazan Bayramı'nı tebrik ediyor; çam sakızı-çoban armağanı bir buket çiçek sunuyorum:

Gül

Nasıl "ormanların kıralı" arslan ise, çiçeklerin padişahı da "gül"dür. Rengi, şekli, kokusu, ağacı ile kazanmıştır bu unvanı. Hz. Peygamber'in simgesidir.

Gül deyince aklımıza ne gelir?

Önce koku.

Kokusu güzel, etkili olan başka bitkiler ve çiçekler de vardır ama gülün kokusu başkadır. Bu yüzden kokusu olmayan gülleri sevmiyorum. Bana plastikmiş gibi geliyor. Oysa kokmayan ama çok çeşitli renklerde, biçimlerde irili ufaklı ne kadar gül çeşidi var.

Kokulu olanlar az. Bunlar içinde gül yağı sanayiinde kullanılan katmerli güllerin yeri ayrı. Ama elbetteki en güzeli, en sevileni "yediveren" gül. Bunların değişik renkleri vardır ve yerini, mevsimini severse (iklimi uygun ise) bütün yıl açar.

Saydığımız özelliklerinin yanında saymadıklarımız daha fazladır. Bu yüzden şarkılara, türkülere en fazla giren çiçektir. Hakkında ne çok şey söylenmiştir. Yazıya geçirsek bir ansiklopedi olur. Benim en çok hoşuma giden şu: "Bize taş atana biz gül atarız." Söz iyi ama bunu yapmak yürek ister. Nedim'in bir beytini kaydederek gül bahsini bitirelim:

"Gülüm şöyle gülüm böyle demektir yâre mutâdım
Seni ey gül sever cânım ki cânâne hitâbımsın."

Lâle

Lâle deyince aklımıza önce renk geliyor. Aman Allah'ım. Ecdat ne kadar çok, ne kadar çeşitli, ne kadar farklı lâle yetiştirmiş. Bazıları o kadar çekici ki saatlerce baksan doyamıyorsun. "Ben yarime gül demem/ Gülün ömrü az olur" diyor türkü. Yanlış. Ömrü az olan lâledir. Mevsimlik bir çiçek. Nisan sonu açmaya başlıyor, Mayıs sonu bitiyor. Vefasız. Bir daha görmek için gelecek seneyi bekleyeceksiniz.

Gül tek başına bir dünya, bir ordudur. Elde yalın kılıç bir süvaridir. Lâle öyle değil. Tek başına bir lâle yetim bir çocuk gibidir, ha soldu-ha solacak. Lâleler biraraya geldiklerinde görkem kazanır. Lâle tarlası lazer ışıklı bir gösteri yeri gibidir. Bu tarlalardan peş peşe havai fişekler atılır. Beyaz lâleler, kızıl lâleler, mor lâleler, ebruli lâleler; gökyüzünde patlayıp dağılan havai fişek gibi yeryüzünden üzerinize yağar. Bir renk cümbüşü içinde kalırsınız.

Aman el uzatıp koparmaya kalkmayın.

Topraktan ayırınca lâle aniden gurbete düşer, boynunu büker. Onu uzaktan sevmek aşkların en güzeli.

İstanbul, mevsimi gelince birkaç senedir lâlelerle bezeniyor. Bazı yontulmamış adamlar bunu boşa giden bir masraf olarak görüyor. Böyleleri için söylenecek çok söz var ama edebe sığmaz. Biz Kadir Başkan'a ve ardından gelecek başkana şunu söylüyoruz:

"Âferin erbab-ı aşkın kuvve-i bâzusuna".

Lâle için de bir antoloji tutarında söz, şiir, şarkı vardır. Biz şu küçük sütuna iki-üç çiçek daha sığdıralım, darılmasınlar.

Sümbül

Sümbül dağ çiçeğidir.

Ehlileştirilip bağa, bahçeye de dikilmiştir. O da baharın mahsulüdür. Kardelenlerden sonra, çiğdem ve nevruz ile beraber açar.

Sümbül deyince önce biçim, sonra koku akla gelir. Minik çiçeklerinin kıvrımları, bir sapa dizilen duruşları, sevgilinin kıvırcık kâküllerini, kulaktan sarkan zülüflerini andırır.

Yaklaşınca bir koku sarar sizi. Baygın bir koku. Kırda bayırda, taşlar kayalar arasında, küçümen derecikler kenarında bir mücevher gibi parıldar. Ben sümbülü bu sebeple kırda severim. Bağda, bahçede açan sümbül, bana hep sanki başından duman eksilmeyen dağları, kekik kokulu yaylaları, mor kayaları özlüyormuş gibi gelir. Belki bu yüzden yüzünü yere eğer, yaşın yaşın ağlar. Sümbül de koparılmaya gelmez. Bırakın toprakta doğsun, toprakta ölsün.

Papatya

Papatya deyince aklıma saka cıvıltısı, dere şırıltısı, yedi yaşından küçük çocuk sesleri, sevinç ve mutluluk geliyor.

Papatya mutluluğun patlamış hâli sanki.

O kadar masum, o kadar cömert, o kadar fedakâr ve dayanıklı. Kır çiçeklerinin temsilcisi gibidir.

Gelincikle beraber öteki kardeşlerini de yanına alır, çayır-çimen arasında dağı-bayırı süsler. Öyle bir süsler ki az sonra burada bir düğün olacak sanırsınız.

Beyaz yapracıkları, sarı göbeği ile bir japon estampı kadar sevimli, iç açıcı, neşe vericidir. Papatyanın temiz yüreği, yüzünüze gülen, sizi sevince boğan, karşılığında bir şey istemeyen yapısı bir çocuğun elindeki yarısı yenmiş elmayı size uzatması gibidir. Onu kucaklayıp bağrınıza basmak istersiniz. Belki bu sebeple kıra çıkanlar, kucak dolusu papatya ile döner evlerine. Sanki onunla beraber bütün kırı; dağı, bayırı eve taşımış gibi olurlar. Papatya ucuzdur. Ama su gibi, hava gibi azizdir. Kıymetini bilin.

Küpe

Adı üzerinde; rengiyle, şekliyle, duruşu ile sevgilinin zarif kulaklarını süsleyen bir ziynet eşyası. Benim sevgilim. Saksı çiçekleri arasında en çok özlediğim.

Ne yazık ki oda içinde tesadüfen ışık-nem dengesini tuttursa yaşıyor. Yoksa ölüyor. Bir kere, sade bir kere, o da Filiz-Çay'ın teneke kutusuna diktiğim küpe çok yaşadı. Ondan sonra belki yirmi saksı aldım, yaşatamadım. Çünkü açık hava istiyor. Onun sümbül misal pembeli-beyazlı, yere doğru başını eğip dizilen biçimini, yaprak uyumunu, dal inceliğini çok seviyorum. Ama o beni sevmiyor. Gözümün önünde ölüyor. Gel de dayan.

KAYBOLAN KARANFİL

Sabah gözlerimi keskin bir karanfil kokusuna açardım. Güneş basma perdelerden sızmış, cam önündeki karanfilin moruna vurmuştur. Nasıl da parıldar ama. Yer yatağında yatıyorduk. Sekiz-on yaşlarında olmalıyım. Her sabah bir karanfil kokusuna uyanırdık. Yaz-kış cam önünde bir karanfil saksısı; babaannem torunlarını sever gibi severdi onu.

Ninelerimizin ev içinde yetiştirdikleri bu saksıda kokulu karanfili yıllardır arıyorum. Çiçekçiler "Boşuna arama abi, kalmadı onlar, tohumu bile kayboldu." diyorlar.

Çiçekçilerde katmer katmer açmış çok renkli, çok çeşitli, adlarını dahi bilmediğim albenisi gelişmiş çiçekler var. Heves edip alıyorum. Bir zaman dayanıyor, sonra ağır ağır sararıp soluyor; bir daha da açmıyor. Ne yapsan nafile. Çiçekçilere soruyorum "Ne iş?" diye; hafifçe gülümsüyorlar, sonra: "At onu abi, yenisini al." diyorlar. İlaçla-hormonla coşturup açtırıyorlarmış; sonra doğru çöpe.

Yapmayın-etmeyin kardeşim; biz bu arada o saksı ile arkadaş oluyoruz; karşılıklı konuşup şakalaşıyoruz, nasıl atarım ben onu?

Domatesler, salatalıklar vb. hep böyle imiş. Çok verim alınıyor, çekirdeği dışarıdan geliyor, ancak bir mevsimlik bu, ertesi sene tohumuna yine avuç dolusu para ödenecek. Adam seni bağlamış.

Tek mevsimlik sebzeler, çiçekler.

Gösterişli ama işte o kadar.

Ne tat kalmış ne koku.

Sadece görüntü. İmaj yani.

Giysiler mevsimlik, mekânlar mevsimlik, eşyalar mevsimlik.

Kullan at.

Kullan at.

Hiçbiriyle uzun süren bir ilişki, bir dostluk, bir aşk yaşamıyorsun. Bağlanma, vefa kalmadı. Kullan at. İnsan ilişkileri de böylesine hormonlu hâle geldi.

Evlilikler ömürsüz, aşklar mevsimlik, dostluklar geçici. Kadir-kıymet arama artık. Gitti, gider.

Ata ata etrafımızı çöplüğe döndürdük.

Çöp-atık meselesi ülkemizin, dünyanın başta gelen meseleleri arasına girdi.

Yapılan açıklamalara göre ülkemizde üç bin belediyenin atık su tesisi ve çöp toplama tesisi yokmuş.

Bunlar doğrudan tabiata savruluyor; kirlenme toprağı-havayı-suyu-dolayısıyla çiçeği, böceği, yediğimiz sebzeyi mahvediyor.

Arıtma tesisleri için 60 milyar dolara ihtiyaç varmış.

Bu "kullan at" ideolojisi bizi ve dünyayı bitiriyor. Her yeni teknoloji bir öncekini çöpe gönderiyor. Ardından bir öteki icat ediliyor. Satın aldığın âlet o gün eskimiş oluyor. Ve insanoğlu âletlerin çöplüğünde boğulmak üzere. Sabır, feragat, cömertlik, yardım, çile, sevgi tutunduğumuz bütün insani değerler tek tek elimizden çıkıyor.

Yaşlılara bakmak yük geliyor, fakirlerden kaçıyoruz.

İhtiyarlarımızı huzur evlerine, çocuklarımızı kreşlere, yurtlara postalıyoruz.

Misafir kabul etmiyoruz, akrabalardan mümkün olduğu kadar kaçıyoruz ya da hiç görünmüyoruz. Komşuluk çoktan tarihe karıştı. Birisi bize kazara selam verecek olsa pireleniyoruz. "Acaba bir şey mi isteyecek?" diye.

"Kendini sev, kendini kolla." teranesi bizi yalnızlığın mağarasına sürüklüyor.

Tek kişilik dünyalar, geçici dostluklar, mevsimlik aşklar, kokmayan çiçekler bizi sıkıntının kucağında bir başına bırakıyor.

Eh oltaya geldiniz, zokayı yuttunuz artık.

Şimdi bu sıkıntıyı defetmenin zamanıdır.

Nasıl?

Eğlenerek tabii. Kendini çılgın eğlencelere kaptırarak.

Bu sebeple dünyada –ve ülkemizde– eğlence sektörü hatırı sayılır bir yer tutmaya başladı. Eğlence sektörüne yatırım yapanlar kazanıyor. Nihai bir çözüm değil bu. Zaten nihai çözüm istenmiyor. Bir tür uyuşturucuya teslim oluyor ve tepinip duruyoruz. Ta ki posamız çıkıncaya kadar.

Sistem o zaman buyuruyor: Kullanım tarihi doldu bunun, at gitsin.

BUHÛRUMERYEM

Bu kelime bir çiçek adıdır, Fransızcası: siklamen. Tavşankulağı da deniyor. Çiçeğin rengi kırmızıya çalan eflatun. Ama bu renk kendi adı ile anılır "siklamen kırmızısı" veya doğrudan "siklamen" diye. Böyle renkler var biliyorsunuz: Nar çiçeği, Erguvan vesaire. Siklamen'in kendi rengi dışında beyaz dahil alaca çiçekler açan çeşitleri yetiştirilmiş.

Buhûrumeryem nedense kullanılmıyor, bu şiir gibi ad nasıl unutulmuş.

Saksıda yetişen ama mutlaka çiçek açan bitkileri severim. Başta küpe, sonra açelya, Japon gülü, begonya, yılbaşı çiçeği vesaire.

Oradan oraya taşıyıp durduğumuz yayınevimizin her mekânında, pencere önlerinin elverdiği yerlere koyarım saksıları. Salon bitkilerini, dekoratif amaçla kullanılan yeşillikleri, çiçek açmayanları sevmem. Hele o resmî dairelerde, banka şubelerinde saksısında sigara söndürülmüş olanları. Plastikmiş gibi duruyorlar. Böyle durdukları için gerçeğinden ayırt edilemeyen plastik örnekleri de yapıldı.

Eminönü Çiçekpazarı'na sık uğrarım. Geçenlerde yine rengârenk buhûrumeryem saksılarını görünce dayanamayıp bir tane aldım.

Mübarek çok nazlıdır. Öyle alımlı-kurumlu, dipdiri duruşuna âşık olur alırsınız. Koyduğunuz yerde bir zaman formunu koruyarak açmaya devam eder. Ve nihayet bir gün.

Bir gün bakarsınız yapraklardan biri sararmaya başlamış. Sonun başlangıcıdır bu. Ölecek. Önüne geçemezsiniz. En azından ben beceremedim. Bu belki aldığım on beşinci saksı.

Bir yaprak, bir çiçek, derken boynunu açmadan büken bir tomurcuk; buhûrumeryem gözümüzün önünde adı gibi buhur olup erir, yok olur. Geride kalan kuru saksı, üzerinde kurumuş yapraklar.

Yerini mi sevmedi, (çiçeklerin insanlar gibi olduğunu unutmayın), yeterli güneş alamadı mı, suyu az mı geldi, çok mu oldu, niçin hastalandı? Her neyse çiçek severim ama uzmanı değilim, olmaya da niyetim yok.

Son aldığım saksı şu anda karşımda. Kurumuş, buruşmuş; yapraklar, tomurcuklar aşağı doğru sarkmış, son günlerini yaşıyor.

Onu orada öylece bırakacağım. Bu soğanlı bir bitkidir. Diyorlar ki, varsın kalsın, bir gün yeniden yeşerir. Yeşerdiği oluyormuş. Bakalım.

Yayınevine edebiyata-okumaya meraklı kızlar, delikanlılar geliyor. Sohbet ediyoruz. Lise bitirme çağında olanlara, ÖSS'yi kazanmak için dersaneye devam edenlere soruyorum:

— Hangi okulda okumak istiyorsun? Hedefin ne? Meslek olarak neyi seviyorsun?

Bir kırılma, bir büzülme, bir tedirginlik. Ellerini koyacak bir yer arıyorlar.

— Bilmem, bakalım...

Bu muğlak cevap canımı sıkıyor. "Hele bir sınavı kazanalım, gerisi önemli değil." mânasına geliyor. Yazık.

Yazık, bu kararsızlık, bu umutsuzluk çok üzüyor beni. Sanki bu ülkede kimse işini, eşini, arkadaşını sevmiyor.

Tıpkı yerini sevmeyen buhûrumeryem gibi.

Biri almış onu (benim gibi) getirip hiç olmayacak bir yere koymuş. Garibim çiçek ne yapacak orada, nasıl dayanacak.

Kimse ne olacağını bilmiyor bu ülkede, yarın diye bir şey yok sanki.

Neden bu çocukların sevdalandığı bir iş, bir meslek, bir sanat, bir hedef olmasın? Neden bu genç yaşta serseri mayın gibi oradan oraya sürüklensinler?

Neden genç ömürleri sevmedikleri bir işi yapmakla tükensin? (Hele işsizlik. O dibi gözükmeyen bir uçurum.)

Ben buhûrumeryemi yaşatmayı beceremedim. Bu ülke, gençlerine kıymaktan ne zaman vazgeçecek? Onların istikbale gülerek neşe ve enerjiyle koşmalarını sağlayabilecek.

Tuzu kuru olanlar, keçeyi sudan çıkaranlar, baba parası ile yurt dışında okuyanlar buhûrumeryem adlı bir çiçek olduğunu bilmiyor olabilir.

Ama ben biliyorum.

Bu ülkenin kahir ekseriyeti, o gençler, o açılmamış tomurcuklar, bir atmosfer, bir rüzgar, bir umut, güzel bir söz, bir müjde bekliyor.

Bunu onlara veremeyen yönetimler, yetişkinler, sorumlular hiç vicdan azabı çekmiyor mu?

Çekmiyorlar galiba.

Ağızlarında tüten izmariti bir kültablasına bastırır gibi çiçek saksısının toprağına batırıp savuşuyorlar.

Bir çiçeğe bakmaktan aciz adam, bir çocuğa nasıl baksın?

BU TOPRAĞIN RENKLERİ, KOKULARI...

Türkiye denilince önce başak sarısı, ardından çini mavisi geliyor. Ekinci ve akıncı olan cetlerimiz, ayak bastıkları toprağı boş bırakmadı. Kolonizatör Türk dervişleri, kurdukları zaviyelerin etrafını şenlendirdiler. Her yan, baharda, bir yeşil ekin denizi olup çıktı. Rüzgâr, gelincik kırmızısı, papatya sarısı, ve turuncu dağ lâlelerinin üzerinden geçerken en güzel türkülerini söyledi.

Üzerinden gün eksilmeyen Anadolu bozkırları, başaklar olgunlaştıkça, otlar sarardıkça sarının bütün tonlarını parlatmaya başladı. Meşeler göverdi, salkım söğütler yeşil-ipek saçlarını durgun akan ırmakların üzerine bıraktı. Sürülen tarlalardan fışkıran kahverengi, yeşil çayırlar ve sarı buğday tarlaları ile bütün bir yaz Van Gogh tabloları oluşturdu.

Sonsuza açılan pırıl pırıl mavi gök ve üç yanımızı çevirerek enginle kucaklaşan denizler, dünyamıza maviyi armağan etti. Her iki unsurun sonsuzluk çağrışımı, mabetlerimizi maviye gark etmiştir. O kadar güçlü bir mühür olmuş ki bu mavi, sonunda Türk Mavisi (Turkuvaz) olarak anılmaya başlamış. Horasan erenleri, o bölgelerden gelirken, bu mavinin cetlerini birlikte getirmişlerdi zaten. Anadolu onu bir başka işledi, Boğaz'ın firuze rengini kattı ona, Kütahya'nın, İznik'in havasını, toprağını, suyunu kattı; Mevlana'yı, Emir Sultan'ı, Hacı Bayram Veli'yi karıştırdı.

Böylece Sultanahmet Camii "Mavi Cami" diye şöhret buldu; türbeler, camiler mavi ağırlıklı çinilerle bezendi.

Beyazın ve mavinin hâkimiyeti içinde yine bize has bir kırmızının, narçiçeği ile gelincik arası bir kırmızının, özellikle benekler hâlinde kullanıldığını gördük.

Onun ardından lacivert geliverdi. Bu elbette yıldızlarını yere indiren bozkır gecesinin laciverdi idi. Balıkçı tablalarının, İstanbul lâlelerinin ve bayrağın kırmızısı çerçeveyi tamamladı.

Çerçeve, çınarın, ıhlamur ve kestane yaprağının, Karadeniz ve Bolu ormanlarının, tere, nane ve maydanozun, cennet sembolü yeşilin kollarına bırakıldı.

Bütün bu ana renkler, ara renkler ile zenginleştirildi. Çividî, tarihî, kurşunî, ebrulî, limon küfü, toz pembe vb... Üstat Ahmet Rasim bu asrın başında, Galata Köprüsü üzerinde gelip geçen hanımların çarşaf, ferace, yaşmak renklerini sayarken yirminin üzerinde renk kullanıyor.

Bu renkler her bahar leylak kokuları, sümbül kokuları ile tarazlandı. Ardından güller açtı, Isparta'dan Artvin'e kadar.

Yağmurun çiselediği akşam saatlerinde, uzaktan uzağa iğde kokuları duyuldu.

Taze sağılmış süt, yeni biçilmiş çimen, dalından koparılan kayısı ve bütün bir kış sokakları dolduran portakal-limon kokuları bizi sarıp sarmaladı. Mısır Çarşısı'ndan, Çemberlitaş baharatçılarından türlü baharat kokuları yayıldı. Bütün şark dünyasının efsunlu masalları, bu kokularla birlikte, kış geceleri mangal başında patlayan mısır kokusuna, közde patates buğusuna karıştı. Bütün bu renkler, kokular, sesler ve görüntüler nerede?

Ağır bir duman altında solumaya çalışan şehirlerimizin karmakarışık gürültüsü, tozu, isi, pisliği arasında nasıl kayboldular?

Bu memleket ne zamandan beri bir baştan bir başa kebap kokmaya başladı?

KOKU

İşe gitmek için tramvay bekliyorum. Hava açık, güneşli. Geceden yağmur yağmış, etrafta bir ferahlık var.

Derken, birden bir koku. Biçilmiş çayır kokusu. Aman Allah'ım! Yıllar var ki duymamıştım bu kokuyu. Nerden geliyor acaba? Bakındım, ta uzaklarda, anayolun kenarını süsleyen çayırları makina ile biçen belediye çalışanını gördüm.

Koku beni uçsuz-bucaksız yaylalara götürdü. Lekesiz gökyüzüne, karlı dağlara, üveyiklere. Çayıra birlikte tırpan sallayan, her hamlede "Ya Allah" diyen tırpancıların ahengine.

Ardısıra öteki kokular sökün etti. Eski dünyanın kokuları. Mesela tandırda pişen ekmek kokusu. Mahallenin üst yanında tandır yansa, alt yanında ekmek kokusu duyulur. Mübarek mıknatıs gibi çeker. Gider tandır damının önüne dizilirdik. Kadınlar hazırlıklı. Hiçbir çocuğu boş göndermezler. Bizim tandırların ekmeği ince, uzun ve geniş olur. İkiye bölerler, üzerine tereyağı sürerler, bir dürüm yapıp çocuğun eline verirler. Ah bu sıcak ekmeğe karışmış, yayıktan yeni çıkmış tereyağı kokusu. Yoksa bu çok acıkmış bir çocuğun hülyası mı?

Sonra toprak kokusu. Yağmurla-karla yumuşamış toprağı, pulluk veya karabasan delip geçerken bir yana devrilen toprağın o tarif edilemez kokusu. İnsanoğlunun özü toprak. Âşık Veysel'in sevgilisi. Sabanın ardısıra kuşlar gelir, börtü-böcek ile beslenir.

Su kokusu olmaz demeyin. Akpınar'ın suyundan içmeyen ne bilsin. Kaynağından yeraltına ininceye kadar üzerine eğilen, dökülen ne kadar yarpuz, kekik, çiçek kokusu varsa hepsini yüklenmiş gelmiş. Klor kokmuyor, naylon kokmuyor, mis gibi su kokuyor, pınar kokuyor, biraz da canımın içi toprak kokuyor. Güz gelip gazeller döküldüğünde, yağmur çiselendiğinde, her bahçeden bir duman yükseldiğinde her yanı kavurma kokusu sarardı. Bir selam verin girin avluya. Taze ekmek, bir tas kavurma. Oturup bir köşede yersiniz artık. Artık kimse kavurma kaynatmıyor.

Çiçek konusunu açmayalım. Uzun ve derindir. Gül'e saygılarımızı sunalım ve gecenin bir vakti balkona çıkalım. Sessizlik. Yıldızlar yere inmiş sanki. Tam bu sırada hafifçe bir yel eser size uzaklardan bir tutam leylak kokusu getirir. Gecenizi şenlendirir.

Geceniz yün yatakta, ahşap odada geçecektir. Kim bilir dededen kalma bu evin direkleri, tavan tahtaları, oymalı dolapları ne zamandan kalmadır. Yine de mis gibi çam kokar, ahşap kokar, biraz da silinip parlatıldığından sabun kokar, temizlik kokar. Yatak yorgan lavanta kokar.

Sabah kahvaltınız süt kokar. Nane, maydanoz, tere kokar. Domates, salatalık, tulum peyniri kokar. Geçenlerde memlekete gitmiştim. Bir bardak süt verdiler. İçtim. Gerçekten süt kokuyor. Unutmuşuz bu kokuyu. Paketlerde, şişelerde içtiğimiz süte siz süt mü diyorsunuz?

Diyelim bahçeye indiniz, ulu cevizin altından geçtiniz. Her yanınız ceviz yaprağı kokar. Az ilerde her biri ayrı tat, ayrı renk, ayrı biçim, ayrı koku ile elma, armut, mürdüm eriği kokuları dört yanımızı sarar.

Bahçeden çıkıp dağ yoluna saptınız. Sağ yanınız karamuk, sol yanınız ahlat kokar. Meşeliğe girdiniz meşe, çamlığa girdiniz çam, kavaklığa girdiniz akçakavak, karakavak, servi kavak kokar. Ormandan çıkıp tepeye vardınız. Yorulup yavaşladınız. Bir kınalı kayaya oturun. Bağrınızı esen rüzgâra açın. Korkmayın hastalanmazsınız. Bu rüzgâr, bu esinti şifalıdır.

Çünkü kokuların kokusu "yâr" kokar.

Ne diyor türkü:

"Elvan elvan kokun gelir
Yâr oturmuş yele karşı."

Artık sözün bittiği yerdesiniz.

Biz ne yazık ki böyle bir yerde değiliz. Bizim şehrin kokuları da var. Duyanın burnunu tıkar. Adım başı çekmeyen kanalizasyonun logar kapaklarından iğrenç kokular yayılır. Kaçar gibi uzaklaşırsınız oradan.

Üstü örtülmemiş dereler lağım kokar. Çünkü zaten o dereden su değil lağım akar.

Sokaklar gün boyu egzost kokar. Ne olduğu bilinmeyen yağlardan yapılmış yemekler kokar. Yaz sıcağında asfalt kokar, kış soğuğunda genzinizi yakan karbondioksit benzeri baş döndüren, nefes kesen kokular kokar.

Her yan kalabalık kokar.

Erkek-kadın günlerce yıkanmadığı için ter kokar. Apartmanların boşluklarından, boşluğa açılan mutfak pencerelerinden soğan, sarmısak, işkembe, tencere, tava, kızartma, balık, karmakarışık bir koku kokar. Deterjan kokar.

Bir ayak uzun zaman yıkanmazsa hem ayak hem ayakkabı kokar. Sokakta bu ayakkabıların her birinin bir yerden devşirip toz hâline getirdiği bir toz kokar.

Bütün bunların üzerini örtmek için haddinden fazla sıkılmış ağır bir deodorant kokar.

Yediğiniz her şeyden şüphelenirsiniz, mideniz kabarır, "Yahu bunda bir koku var ama anlayamadım." dersiniz. Anlamak zordur.

Her yan ilaç kokar.

Bugün çayır kokusu beni uçurdu. Ama ayaklarım yere değdiğinde yine günlük gerçekle kucaklaştım. Şehrin insanı birbirine benzer. Bu yazıyı da okuyup geçeceksiniz. Güzel kokulara hasret geçecek ömrünüz.

Yazık.

Dünya güzel. Ama insan! Ne diyeyim?

Hadi size iyi günler.

AÇLIK VE SUSUZLUK

Bu konuda çok yazılıp çizildi. Ama henüz felaketin başlarındayız. Bundan sonra daha çok konuşulacak, yazılacak.

İnsanoğlu Allah ve ahıret inancını yitirdikten sonra Firavunlar devrine (zihniyetine) döndü. Kendini âlemin merkezi ilan etti ve bunun gereğini yapmaya koyuldu. Gereği şu: Sözünüzü dinletmek için güçlü olmalısınız. Başkalarını esir almak, hegemonya altına almak için bilimde, teknolojide ileri olmalısınız. İlerlemeli, kalkınmalı; bırakın dünyayı, uzayı ele geçirmelisiniz. Güç refahı ve konforu getirdi. Nefsin doyması mümkün değildir. İleri, daha ileri derken; bunun asıl mânasının "güç, daha fazla güç" demek olduğu unutuldu.

Aslında gidilen yolun yanlış olduğunu söyleyenler çıktı; ama biliyorsunuz insanoğlu sapkınlığa kapıldığı her devirde peygamberlerini taşlamıştır. Kalkınan, refaha ulaşan, güçlenenler; ötekileri emir altına aldı; bazan gönüllü, bazan gönülsüz çalıştırdı. Sonunda bütün dünyaya şu ideolojiyi hâkim kıldılar: "Ne kadar tüketiyorsan, o kadar mutlusun."

Bu tüketimin bir kaynağı olmak lazım gelir. O nedir? Dünya. Güçlüler dünyanın kaynaklarını insafsızca sömürüp silahlandılar. Hava kirlenmiş, su kirlenmiş, toprak zehirlenmiş umurlarında değildi. Hâlâ öyledir.

Bakmayın siz "Çevrecilik", "Sürdürülebilir kalkınma" gibi laflara.

Bunlar galiplerin uydurdukları mazeretlerdir (pek azı gerçekten muhalefet ediyor). Yani bir muhalefet lazımsa onu da biz yaparız, bilim herşeyin çaresini bulur merak etmeyin, falan.

Ama "had, hudut" diye bir şey var. Cenab-ı Hak bunun kanununu koymuş, sınırını çizmiş. Sınırı geçerseniz Ozon tabakası delinir, buzullar erir, su kaynakları tükenir, denizler bile kirlenir. O zaman "açlık ve susuzluk" tehlikesi başgösterir. Bu durumun duyulması panik ve kaos demektir. Bunu silahla çözemezsiniz, kimseye laf geçiremezsiniz, aç fare duvar deler.

Şimdi diyorlar ki "gıda" tüm dünyada bir silaha dönüşüyor. Temel gıdaların üretiminde söz sahibi olan ülkelerin en küçük bir hareketi, tüm dünyayı etkiliyor.

2007-2008 yılında yaşanan kuraklık sarsıcı oldu. Dünya Gıda Örgütü (FAO) harekete geçerek, buğday-pirinç üreten ülkeleri toplantıya çağırdı.

Rusya'da bu yıl görülmemiş sıcaklar yaşandı, yangınlar oldu, aylarca sürdü, buğday üretimi düştü, hem Rusya hem bütün dünya endişeye kapıldı. Çin ise sellerle boğuşuyor ve pirinç konusunda dünyayı tehdit ediyor. Et talebi giderek artıyor, bakın Türkiye'de dahi uzun yıllar ihmal edilen hayvancılığın gerilemesi sonucu et fiyatları yükseldi; yapılan ithalat dahi yaraya merhem olmadı. Böylesi dertler bugünden yarına halledilemez. Tahrip edilen meralar iyi bir bakımla en az beş yıl sonra verimli olabilir.

Gıda sıkıntısı yaşayan ülkelerde "açlık isyanları" görüldü, yağmalamalar oldu.

Şimdi meseleyi uluslararası boyutta ele alıyorlar ve gıda üzerinden kazanç sağlayanları disipline etmeye çabalıyorlar. Bu faydasız bir gayrettir.

Nasıl dünyaya hükmetmek üzere yirminci yüzyılda insanlık tarihinin en büyük iki savaşı yaşandıysa; önümüzdeki yıllarda petrol savaşları yerini "su ve gıda savaşları"na bırakabilir.

Yıllarca sanayi uğruna her şeyini feda edenler neden sonra şunu anladı: Bir kilo çelik elde etmek için üç yüz bin ton su sarfediliyor. Yani suyu sanıldığı gibi tarım tüketmiyor, belki ondan fazla sanayide kullanılıyor.

Üstelik bu sanayi zehirlediği suyu nehirlere, denizlere, toprağa boşaltarak onları bir daha kullanılmaz hâle getiriyor.

Ülkemizde dahi tarımın can damarları olan Gediz, Sakarya, Meriç, Ergene vb. gibi büyük ırmaklar simsiyah akıyor. Yapılan tahliller bu suların tarımda bile kullanılmasının tehlikeli olduğunu gösteriyor.

Dünya nüfusunun büyük bir kısmı "temiz su" bulamıyor. Bu sebeple mesela Afrika'da saat başı su kadar çocuk susuzluktan veya kirli sudan ölüyor.

Türkiye de 2025 yılına doğru susuzluk çekmeye başlayacak. HES'leri yaparken bütün bunları dikkate almak lazım. Yer altı suları da giderek azalmaktadır.

Allah göstermesin bir yıl yağmur ve kar az yağarsa, ortada ne enerji kalır ne sanayi. Ondan geçtim insanlar (dünya ölçeğinde) su bulunan bölgelere doğru büyük bir göç başlatırlar.

Felaketin bu boyutlara ulaşmaması için ilerlemenin, kalkınmanın, sanayinin, büyümenin yeniden gözden geçirilmesi, "tüketim ekonomisi" zincirinin kırılması şarttır.

İnsanoğlu doğal sınırlarına çekilecek, başka yolu yok.

BULANIK SU

Su bir kez bulanmaya görsün. Durulması çok zaman ister. Belki hiç durulmaz, öyle bulanık kalır, içilmez. Eski tabir ile anasır-ı erbaa (Su, Toprak, Hava, Ateş) kendisine müdahale edilmesinden hoşlanmaz. Oysa insanoğlu zihniyet değiştirdikten sonra, yani tabiatı kendine dost değil düşman ilan ettikten sonra bu dört unsura alabildiğine saldırdı. (Ateş akıl karıştırabilir. Burada geniş bir yorum alanı var. Küresel ısınmadan, petrol savaşlarına kadar.) Sulara zincir vurdu (barajlar vb.), toprağı zehirledi, havayı kirletti.

Çevreci bir söylem tutturmak istemiyorum. Konumuz tarım. Tarımın elbette çevreyle ilişkisi temel bir meseledir.

Ülkemizdeki geleneksel tarım 1950'lerden sonra "modernleşmeye" başladı, çiftçiler traktör sahibi oldu, karasaban müzeye kaldırıldı. İyi.

Makinaların genellikle işgücü kullanımını en aza indirdiğini, tarımdaki atıl işgücünün kentlere göçtüğünü söylerler. Doğrudur. Lakin bu genel doğru Anadolu özelinde pek de işlemedi. Traktör sayısı hemen-birden artmadı. Kullanımı alete alışkın olmayan köylü için bayağı problem çıkardı. Zaten Anadolu'nun dağlık arazisi buna engel oluyordu. Traktörün macerası uzundur.

Ardından kimyasal gübre kullanımı geldi. Bu gübrenin aynen traktör gibi nasıl kullanılacağı köylüye öğretilmedi. Gübre içindeki dolgu maddeler (kum, kireç vb.) toprağın doğal dengesini bozdu.

Bu sebeple gübrenin çokça kullanıldığı verimli araziler (Çukurova, Konya, Çarşamba, Bafra vb.) giderek kumsal hâle geldi.

Daha sonraki süreçte toprağa ilaç (zehir) atılmaya başlandı. Bununla haşere mücadelesi yapılıyor, verim artırılıyordu. Bu dahi kararınca kullanılmadığı için faydalı bitki ve böceklerin yok olmasına yol açtı. Daha da önemlisi bitki bünyesine giren, bir kısım zehir, bitki tarafından atılsa bile bir kısmı gıdalarla insana taşınmaya başladı.

Zehir kalıntılarının test edilmesi için gelişmiş laboratuvarlara ihtiyaç var. Bu laboratuvarlardan ülkemizde yeterince bulunmuyor. Testlerin yapılması oldukça pahalı. Üreticiyi test yaptırmaya zorlayamıyorsunuz. Bu mesele sebze-meyve ihracatı sırasında çok tartışıldı, çözüm aranıyor.

Başka bir önemli konu tohum meselesidir. Türkiye verimli ürün tohumu açısından dışa bağımlıdır. Aldığı tohum sadece bir kez kullanılmakta, her yıl yeniden tohum alma zarureti doğmaktadır. Tohum derseniz altından daha pahalıdır. Türkiye tarımda dışa bağımlı olmaktan kurtulmak için öncelikle kendi tohumunu kendisi üretmelidir.

Hormon kullanma dahi tarımın günümüzdeki ana unsurlarındandır. Hormon, bitki ve hayvanların doğal gelişimini bozar, az zamanda fazla ürün sağlar. Ama bu canlıya dışarıdan yapılan bir müdahale olup onu belki de yararlı olmaktan çıkarır.

Verimin artırılması, köylünün gelir düzeyinin yükselmesi, hatta artan nüfusa yiyecek temini gibi sebepler ileri sürülerek "hormonlu gıdalar" âdeta teşvik edilmektedir. Bu çok tehlikeli bir alandır. Bu gıdaların "kanserojen" etkisi olduğu ileri sürülmekte, tartışmalar devam etmektedir. Uzman olmadığım için susayım bari.

Tarımın bu çerçevede "modernleştirilmesi" bilim kilisesi tarafından âdeta kutsanmış, eleştirilemez bir konu idi.

Yakın zamanlarda tıpta olduğu gibi tarımda da tutulan yolun yanlış ve zararlı bir yol olduğu dile getirilmeye başlandı. "Organik tarım"ın kıymeti şimdi şimdi anlaşılıyor.

Sulak alanlar ve bazı göller kurutulup tarıma açıldıktan sonra. Sanayi tesisleri insafsız bir tutumla nehirlerimizi kirlettikten sonra.

"Ekolojik denge" denilen şeyin ne kadar önemli bir mesele olduğu anlaşıldıktan sonra.

Organik tarımın niyeti toprak ve hayvandan kapasitesi kadar verim almayı amaçlamasıdır. Bu amaç doğrultusunda teknolojiden ve bilimin imkânlarından yararlanır. Açgözlü ve saldırgan değildir. Ekolojiye aykırı üretime izin vermez. Mesela tavukların kafeste büyütülmesini istemez, onları doğal mekâna salar, doğal olarak beslenip büyümelerini hedef alır. Böyle büyüyen tavuk, böyle yetişen balık eski lezzetini bulur. Sebze ve meyveler dahi böyledir. Verim belki az olur ama ürün sağlıklı olur.

E, ne olacak şimdi?

Yeniden başa, geleneksel tarıma mı döneceğiz?

Eh, biraz öyle.

Olur mu kardeşim, bunca tarıma bağlı sanayi, bunca ilaç, gübre ne olacak?

Sadece tarımda değil bütün alanlarda şu sanayi dediğimiz şey titreyip kendine gelecek, ahtapotun kolları kesilecek.

Niçin?

Elimizde kalan son su kaynaklarını bulandırmasın diye.

YAYLALARA KIYMAYIN

Göçebe kültüründen geliyoruz. Yazın yayla, kışın ova. Anadolu coğrafyası yaylaları ve ovaları ile bu tarz hayata uygundur. Atalarımız yerleşik hayata geçtiklerinde dahi bu alışkanlığı terk etmemiş. Köyü bir dere ağzına kurmuş, ama yazın sürüyü çıkaracak bir yaylanın yakınlarda olmasına dikkat etmiştir.

Şehirlerimiz dahi böyledir.

Selçuklu ve Osmanlı şehirlerinin kıyıcığında hep bir "Bağlar" semti var olmuştur. Şehir halkı topraktan ve tabiattan kopmamış; yaz gelince memuru, esnafı, zenaatkârı ile bağlara taşınmış; (Refik Halit "Şeftali Bahçeleri" hikayesinde yaz günleri şehirde işi olan memur, esnaf ve zenaatkârların; merkep, beygir, fayton ve araba ile tozu dumana katarak şehre gidiş, gelişlerini çok güzel anlatır). Kışlık erzakını bağlarda yetiştirdiği sebze ve meyve ile karşılamıştır.

Bugün dahi tek-tük şehrimizde "Bağlar" vardır. Bunun en güzel korunmuş ve geliştirilmiş örneği Kayseri'dir. Erciyes eteklerindeki bağlar başta Talas olmak üzere o güzelim "Bağ evleri" ile daha mamur bir şekilde durmaktadır. Talas ve civarında yapılaşmaya izin verilmemesi, apartmanların oluşmaması orijinal yapıyı muhafaza etmiştir. Kayserilileri tebrik etmek lazımdır.

Bazı bölgelerde (mesela Adana) yakındaki yayla artan nüfus ile yapılaşmaya açılmış, yaylada bir şehir kurulmuştur. Bu gibi yaylalara artık yayla demek bile yakışmıyor.

En ünlü yaylaları barındıran Karadeniz halkı ise hayvanlarını otlatmak için her yaz yaylaya çıkar. Eskiler, buradaki vaktin geçici olduğunu bildikleri için çok orijinal yayla evleri kurmuş; bu yerleşim yaylanın dokusunu bozmamıştır.

Ama niyet hayvan otlatmaktan çıkıp "tatil ve turizme" dönünce bu yaylaların bazılarında çok çirkin-beton bir yapılaşma başlamıştır. Bu sebeple mesela bir tabiat harikası olan Rize'deki "Uzungöl" elden çıkmıştır.

Bu minyatür gölcüğün kenarı yapılaşmaya açılmış ve artık orası doğal yapısını kaybederek "turistik" olmuştur. Bir yer ki "turistik" olmuştur, çekiver kuyruğunu. Çünkü orada artık turistin borusu öter, her şey onu arzusuna göre dizayn edilir, doğal olan yerini yapay olana terk eder. Bazı kentlerdeki çağlayanlı havuzlar ne kadar acıklıdır.

Ben olsaydım "Uzungöl" kenarına tek bir kulübenin kurulmasına izin vermezdim. Zaten aklı başında köylülerimiz köylerini göl kenarına değil, epeyce uzakta bir tepenin ortasına kurmuşlar.

İlla ki gölü görmek isteyenler olacaktır. O zaman gölden en az iki-üç metre kilometre aşağıda bir konaklama mahalli kurar; otomobilleri otobüsleri orada tutardım. Oraya otel de yapardım. Gölü görmek isteyenler yaya olarak çıksın, gezip geri dönsün. Göle pet şişe, sigara izmariti, mısır koçanı vb. atmasın. Ama geçmiş olsun. Ne demişler "Bad ü harabü'l-Basra" Şimdi "Yaylalara kıyacaklar" gazete haberini verebiliriz: "Kıyıların ardından yaylalarda da yapılaşmanın önü açılacak (Haberi yazan eksik yazmış. Bu iş zaten almış yürümüş). Hükümet yaylalarda bölgeye has, 150 metrekarelik yapıların inşa edilmesi için düzenlemeye gidiyor. Galataport'un tekrar ihaleye çıkmasını sağlayan "Kıyı Kanununda Değişiklik Yapılmasını Öngören Kanun Tasarısı Taslağı"nda yaylalarda ilgili çok önemli bir düzenleme planlanıyor. *Radikal*'in sorularını yanıtlayan Bayındırlık ve İskân Bakanı Mustafa Demir taslağa, yaylalarda yapılaşmaya izin veren düzenlemeyi ekleyeceklerini belirtti ve "Taslak seçimlerden sonra gündeme gelir." dedi.

Bakan yapılması düşünülen işi şöyle özetlemiş: Taslak ile yaylalar işgalden kurtulacak. Apartmanlar yapılıyor. Çarpık yapılaşma yerine düzenli oluşum olmalı. Çevre ve Orman Bakanlığı, Tarım Bakanlığı, Bayındırlık Bakanlığı, Valilik, İl Özel İdareleri'nden oluşturulacak komisyon yaylaları tespit edecek.

Bakınız bunca bakanlık, yetmedi Valilik, yetmedi İl Özel İdaresi yahu bunca teşkilat ne için var? Bunlar bugüne kadar yaylaları niçin korumamış? Başbakan'ın dahi işaret ettiği o "ucube beton evler"in yapımına neden mani olmamış?

Bu ülkede maalesef işler böyle yürüyor. Bazı uyanıklar şehir kıyısındaki hazine arazilerini çevirip gecekondularını yapıncaya kadar herkes uyuyor. Veya avantasını alıp görmezlikten geliyor. Ne zaman ki orada bir kaçak semt oluşuyor, haydaaa... Bu defa Belediye bir polis ordusu ile beraber yıkım için hücuma geçiyor. Al sana bir meydan muharebesi.

Kıyılarımız Marmara'dan İskenderun'a kadar yağma edildi. O güzelim sahiller, koylar, ormanlar, zeytinlikler beton yığınlarına döndü. Her şey olup bittikten sonra bu manzaranın karşısına geçip "ağıt" yakmaya başladık. El-insaf.

Yaylalar da aynı akıbete uğruyor.

Zaman sonra oralarda da oteller, siteler, tatil merkezleri, AVM'ler kurulur. Kurt-kuş-börtü böcek tasını tarağını toplayıp gider. Çayırlar asfalt ile kaplanır. Kalabalık ve hâliyle çöp yığınları artar. Tamam, oldu. Artık "şenlik" yapabiliriz.

Eski yayla evleri dışında henüz el değmemiş yaylaları kurtaralım. Ötekilere diyeceğim yok, olan olmuş. Öyle bir kanun ve uygulama olsun ki bu bakir yaylalara kimse otomobili ile gitmeye kalkışmasın. Çok istiyorsa yaya gitsin, gidemiyorsa merkebe binsin, orada kalmak istiyorsa çadır kursun.

Artık elden çıkmış, ucube binalarla dolmuş, yayla demeye bin şahit ister yerlere ister otel yapın ister tatil köyü.

Ama ötekilere dokunmayın.

Çimeni-çiçeği, kuşu-böceği-şırıl şırıl akan dereleri, alabalıkları, havası, suyu, manzarası ile bakmaya doyamayacağımız bir yaylayı yapılaşmaya açmak, bir bebeği el ile boğmaya benzer. Vahşettir.

Lütfen el değmemiş yaylalara kıymayın.

TOPRAĞA DÖNELİM

Koca Yunus:

"Benim yüzüm yerde gerek
Bana rahmet yerden yağar"

diyor.

Bilim adamları dünyamızı yiyip-bitirerek, çöplüğe çeviren sanayiden vazgeçmeyi, yüz yıl sonrasını düşünerek toprağa, suya, havaya önem vermeyi ve tarıma yatırım yapmayı salık veriyorlar. (Hele şükür, hakikati gördüler ama insanlığı soktukları çıkmaz yoldan döndürmeleri zor, belki de imkânsız.)

Sanayinin ve modern teknolojinin dünyayı zenginleştireceği, konfora boğacağı; bilimin hastalıkları yokedeceği, insanların cenneti bu dünyada bulacakları fikri geçen asırdaki parlaklığını yitirdi, hatta bunun bir "safsata" olduğu söylenmeye başlandı. Nasıl söylenmesin?

Yirminci asrın iki dünya savaşında, dünyamızın bugüne kadar şahit olduğu bütün savaşlarda ölen insan sayısından fazla insan öldü. Şehirler, yollar, okullar, mabetler, hastaneler yerle bir oldu. İşte Irak, işte Gazze, aynı şey devam edip duruyor. Bana lütfen hukuktan, insan haklarından, demokrasiden ve buna benzer efsanelerden bahsetmeyin. Bütün bunlar "güçlü olanın koyduğu kurallardır". Güç insanlığın ilk dönemlerinde ne ise bu gün de odur. Cenab-ı Hak gücü insan nefsinin en büyük silahı yapmış ve bizi onunla sınıyor.

Modern teknolojinin günümüzde insanları avucuna alan milyonlarca unsurundan üçü önemli: Televizyon, bilgisayar ve otomobil.

Bunların hayra hizmet edebileceğini katiyyen kabul etmeyin, aklınıza getirmeyin. Yurdumuzda bir yılda trafik kazalarında ölenlerin sayısı İstiklal Savaşı'nda şehit olanlardan fazladır. Şehitlere ağlıyoruz, yas tutuluyor-tören yapıyoruz. Peki ya trafik kurbanları. Onlar sessiz sedasız toprağa veriliyor. Kimse o aleti lanetlemiyor. Sürekli yanlış kullanıldığından, kural ihlali yapıldığından bahsedilerek alet masum kılınıyor. Safın safı bazıları bunu "bıçak"a benzetiyor. Ve diyor ki: Bıçağı hayra da kullanabilirsin, şerre de. Modern teknolojinin hiçbir ürünü hayra hizmet etmez. Ve modern teknoloji bıçağa benzemez. Aralarında tüfek ile kılıç kadar fark vardır.

İnsanoğlu toprağı terk ederek etrafını aletlerle çevirip bir "sanal dünya" kurdu. Burada sıkılıp duruyor. İki serap görüyor: hız ve haz.

Bunlar nefsin oyunlarıdır. Ele geçtiklerinde yok olurlar. Sıkıntı devam eder.

Oysa güneş açtığında dışarı çıkmak böyle değildir. Mevsimlerin türlü türlü imkânları, çok çeşitli nimetleri vardır. Siz hududullaha uygun olarak bırakın kendinizi mevsimlerin ırmağına. O sizi bahar çiçeklerinden yaz meyvelerine, güz yapraklarından kar tanelerine taşır. Size her gün bir başka yüzünü gösterir. Toprak yağmurla yıkandığında bereketini bütün haşmeti ile insanoğlunun önüne serer.

İnsanlar kendilerini elli bin çeşit ürün bulunduran AVM'lerine teslim etmeseler, tüketim kültürünün kelepçelerinden kurtulabilseler, çiçekleri ve böcekleri yeniden görebilseler bir keçi yavrusunun bakışlarını, süt kokusunu, böğürtlen reçelini hiçbir şeye değişmeyecekler ama sarhoşluktan ayılamıyorlar.

Önümüze iktisadi tablolar, kâr-zarar hesapları, verimlilik vb. gibi evrakları sürerek tarımın bizi yoksulluğa mahkûm edeceğini söyleyenler var. Yoksulluğu kabul etmem ama bizi "kanaat sahibi" olmaya götüreceğini söyleyebilirim. Bu kötü bir şey değil, yasak olan "israf"ın karşılığıdır. Sanayi medeniyeti dünyamızın ormanını da, denizini de, havasını suyunu da israf etmekte tereddüt etmedi.

Şimdi kara kara düşünüyor. Düzenini "sürdürülebilir" formüllerle devam ettirmek için insanlara türlü reçeteler sunuyor. "Çevrecilik" adı altında mevcut muhalefeti yok etmek için kendi tezlerini örgütlüyor.

Oysa "organik tarım" insanların ufkunu açtı. Ancak burada da samimiyet gerekiyor. Organik tarım "kanaat ekonomisi"ne uygundur. Az üret, az ye, israf etme. Çünkü elindeki ürün kıymetlidir. Dünyamız bugünkü nüfusunun kat-be-kat fazlasını besleyebilir. Yeter ki biz hakkımıza razı olmaya alışalım. Başkalarının hakkını gasp etmeyelim.

Toprak kendisine sevgiyle yaklaşanları bağrına basar; onları besler, büyütür. Yeter ki biz "Ne kadar tüketiyorsan o kadar mutlusun." gibi pagan inanışından vazgeçip; "Çok şükür bugün de karnımız doydu." diye Rabbimize şükretmeyi bilelim.

Şehirlere dolan nüfus sebebi ile Anadolu toprağı sürülmeden-ekilmeden öylece boynunu bükmüş bekliyor. İleriyi görüp bu toprağa dönelim, onu usulüne göre işleyelim, Romalılar ta nerelerden su getirmiş, en az onlar kadar gayret gösterip sulu tarıma geçelim. Anadolu toprağında binbir çeşit ürün yetişir. Süt ineklerine gözümüz gibi bakıp üretilen sütün değerini verebilelim. Süt fiyatları düşüyor diye binlerce cins inek kesime gitmesin.

Şu kadarcık şeyi becerelim.

GÜÇ KİMDE

Güç kadınlarda. Güç kadınlarda olunca elbette ki iktidar da kadınlarda.

Haydaa!..

Nereden çıktı şimdi bu "aykırı" görüş. Ne güzel işte, ülkemiz genelinde "erkek egemen" bir düzen olduğuna inanmış gidiyorduk. Teorimiz, pratiğimiz, yediğimiz, içtiğimiz, isyanımız-edebiyatımız bu çerçevede işleyip duruyordu.

Canım sıkmayın canınızı; bir ben dedim diye bu düzen (varsa böyle bir şey) yıkılacak değil ya; varsın bir de aykırı ses çıkıversin.

Anaerkil, ataerkil toplumlara; Orta Asyalara, göçebeliğe, yerleşikliğe, dine, diyanete, ideolojilere, tarihe, Gâziyân-ı Rum yanında Bâciyân-ı Rum'a kadar gidecek değilim.

Ancak üretim ile iş-bölümüne dokunmadan geçemeyiz. (Kendi ülkemiz, toplumumuz, ailemizden bahsediyorum, ülke nüfusunun kahir ekseriyetini teşkil eden alaturka aileden.) Güç kadınlarda, çünkü hayatın yükünü onlar çekiyor. Erkeklere kıyasen sabırlı, sorumlu ve dayanıklılar.

İlk olarak insanoğlunun temel fonksiyonu olan neslin devamından başlayalım: Bu iş çocuğu doğuran ananın omuzlarındadır. Doğum sancısı kadar dünyada ağır bir sancı yoktur.

Ve çocuk büyütmek kadar ağır bir iş.

Bu işin yüzde doksanı kadının sorumluluğundadır.

Hadise böylecene kalmaz; kız gelin olur, oğlan evlenir, torunlar doğar; ananın çilesi dolmamış olacak ki, bu defa da torun büyütmeye başlar. Alafranga aileler çokluk çocuk sahibi olmak istemez, hatta çocuk sevmez, çocuktan korkarlar. Çocuğun kutsal konforlarını berhava edeceğini düşünürler. (Batı'da nesil kesiliyor bu kesin.) Çocuk sahibi olan kadınlar da çocuklarını kendileri besleyip büyütme yerine bakıcıya, kreşe teslim etme yolunu seçerler. (Bakıcı elinde veya kreşte yetişen çocuk hangi problemleri yaşar ayrı konu.)

Ailenin giyimi, yeme-içmesi, ev, evin eşyası, temizliği, taşınması, bütün bunların karar aşaması, kararların tatbiki kadının üzerindedir.

Kırsal bölgelerde bütün bunlara ilaveten kadın ev dışındaki işlerde de büyük yük taşır. Bilhassa Karadeniz yöresinde böyledir. Bu sebeple Karadeniz Bölgesi hanımları daha dirayetli, daha çok inisiyatif alan, daha dik konuşan, pes etmeyen bir özellik arzederler.

Kadın eve giren gelirin harcanmasından, artırılmasından, idaresinden de sorumludur. Hem üretimde, hem tüketimde son kararı o verir.

Peki o zaman nasıl oluyor da Anadolu erkeği her yerde ve her zaman kadının en az beş metre önünde durmakta, ona söz hakkı tanımamakta, bütün temsil ve karar süreçlerinde hâkim konumda gözükmektedir.

Efendim bu dışarıya karşı gösterilen bir mizansendir. Diplomasi icabı hiçbir kadın erkeğinin önüne geçmez. Kararı o verir ama tebliğ erkeğin uhdesindedir.

Önemli olan kapalı kapılar ardında alınan kararlardır. Erkek de odun değil ya; bunca yük çeken kadına iktidarı çoktan teslim etmiş; kendi hakimiyet alanında rahat duruşa geçmiştir. Bizim erkeğimiz rahatına düşkündür; çünkü ardında dağ gibi karısı durmaktadır. Ayrıca zoru gördü mü tırsar, su koyverir. Dayanıklı değildir.

Peki; dayak, kapı dışarı etme, şiddet vb. onlara ne diyeceksin? Eh dedik ya, ara sıra odun-erkekler de çıkıyor.

Efendim mahallede, köyde, kasabada, yaşayanlar bunu bilir. Bunlar münferit olaylardır ve bu olayları yaşayan ailelere doğrusu acınır.

Orada bir denge kurulmamıştır ve hadiseler dışarıya yansımıştır. Oysa ailede genellikle böyle bir şeye yol açılmaz.

Ara sıra kol kırılsa bile yen içinde kalır.

Geçimsizlik güç paylaşımından çıkar. Bu daha çok "ayakları üzerinde duran-ne demekse" alafranga kadının güçle vazife, iktidarla icraat arasında bir denge kuramamasından kaynaklanır. (Her şeyde güç birliği, her işte ortaklık ideal bir çözüm sayılır, ama bu sahte bir çözümdür.) Ve en küçük patırtı mahkemede soluk alır. Yalnızlık hem bağımsızlık getirir hem hazımsızlık. Alafranga kadın çokluk mutsuzdur, sıkıntılıdır, ne yapacağını bilmez, bu yüzden tek kurtuluş olarak "eğlence"ye sarılır.

Düşünsenize kadın herhangi bir şeyden bahsediyor –bir film, bir araştırma, bir arkeolojik kazı vb.– şöyle değerlendiriyor: "Çok eğlenceli idi, çok keyif aldık."

Bizde erkeğin egemenliği göstermeliktir. Lakin bu gösteriş çok köklüdür ve dokunmaya gelmez. Kadın bunu bilir, ona göre tavır alır. Gizli iktidarın kendinde oluşu onu hem güçlü kılar hem mutlu.

Burada bir ikiyüzlülük aramayın. Aksine ailenin devamı, sağlığı, istikbali için asırların arasından süzülerek gelen çok incelikli bir diplomasinin olduğuna inanın. Tabii ki kadının modern hayattaki çalışma alanına girmesi, hem kariyer hem çocuk yapması meseleyi kıldan ince kılıçtan keskince hâle getirmiştir.

Bu köprüden geçene aşkolsun.

KADINLAR HAKLI

Ülkemizde (hatta dünyada) hayatın bütün yükünü kadınların çektiğine inanıyorum. "Hayat müşterek" fiyakalı bir laftır ama aslı yoktur.

Hele kırsalda kadın düpedüz ezilmektedir. Bunu bir yana koyalım sadece çocuk doğurmak ve büyütmeyi düşünsek yeter. Dünyanın en zor ve en uzun işidir. Bu sebeple olsa gerek Cenab-ı Hakk kadınlara büyük sabır vermiştir. Dolayısıyla anaların hakkı ödenmez, ve şüphesiz cennet anaların ayakları altındadır. Hadi bir çocuk neyse, bunun ikisi, ikizi, üçü-beşi, bazı yörelerde dokuz-on tanesi var. Akla ziyan bir iş.

Kadın çocuğu büyütürken, ahırı temizler, ineği sağar, çalı-çırpıyı toplar, ocağı yakar, yemeği pişirir, çamaşırı yıkar, samana-ota koşar, ürünü devşirir, kurutur, çuvalların ağzını dahi diker, kızının çeyizini hazırlar, eşinin hizmetini görür, icabında kaynata-kaynana derdi çeker, bütün bunlar yetmezmiş gibi koca dayağı yer, sesini kesip oturur.

Bütün bunlar çile değil de nedir?

Erkeğe düşen nedir? Ayaklarını uzatıp oturmak, yoruldum deyip çay istemek, banyo yaparken dahi sırtını karısına sabunlatmak. Bu acaba tabiat kanunu mu diyorum ara sıra. Bilhassa belgesel seyrederken.

Aslanlar mesela. Erkeğin yatıp uyumaktan, uzun uzun esnemekten ve eşlerini döllemekten başka işi yok. Avlanmayı dahi dişiler yapıyor. Üstelik erkek gelmeden ava yaklaşamıyorlar. Ne zaman ki haşmetli kral gelecek, yediği kadar yiyecek; daha sonra dişilere ve yavrulara sıra gelecek.

Erkekler de aileyi korur diyecekseniz, demeyin. Çünkü onu dişilerle birlikte yapıyorlar. Erkeğin tek mücadele verdiği yer iktidar kavgası. Öteki erkeklerle boğuşuyor, kazanan ailenin kralı oluyor. Hepsi bu.

Şehirdeki çalışan kadının durumu da kırsaldakinden fazla farklı değil. Orada tarla-çapa-inek-tavuk var ise; burada 9-6 mesaisi, dairesi, atelyesi, işe gidiş gelişi, trafiği, alışverişi, pazarı, çocukların okulu vb. var. Kreşten bahsetmeyin bana. Çocuğu anasından ayıran herşeye karşıyım.

Şehirdeki çalışan kadın kocasıyla da dalaşır. Ne de olsa okur-yazardır, eh bilgilidir, kocasının her dediğine "evet" demez. Şehirdeki koca biraz yontulmuştur ama yine de hizmet bekler. Kadın yine çamaşırdan, ütüden, yemekten vb. sorumludur. Kırsala nazaran az da olsa şiddete maruz kalır. Bu şiddet evde olduğu kadar, kırsaldan farklı olarak sokakta devam eder. Şehirde karı-koca kavgası kırsaldan fazladır.

Eşlerinden ayrılan kadınlar çokluk çocuklarını da yanlarına alırlar. Hele bir de fukaralık varsa, ana-baba sahip çıkmaz ise ızdırabın daniskası yaşanır.

Bu çerçevede böyle bir başına kalan kadınlara uzanan yardım elini alkışlıyorum. Bu ister yardım kuruluşlarından gelsin ister "mini kredi" olsun, isterse AB fonlarından gelsin.

Türkiye İş Kurumu AB fonlarından gelecek 17 milyon euro ile iki bin altı yüz kadının kendi işini kurmasını sağlayacakmış. Gel de sevinme. Bu para ile kadınlar ev yemekleri satan lokanta, örme giyim eşyası, küçük çaplı tekstil atelyesi kuracak. Bu işletmelerde yine kadınlar istihdam edilecek. Bu da ayrı bir güzellik. İşkur'un yürüttüğü projeye kırk üç ilden başvuru olmuş. Proje teklifleri daha çok Doğu ve Güneydoğu illerinden geliyormuş. Normaldir. En çok mağdur olan, açlık çeken yöreler bunlar.

Şimdi işsizliğin rekor seviyeye çıktığı ülkemizde kadınların bu çerçevede iş sahibi olması onların yükünü bir kat daha artıracak.

Burada "erkek milleti"ne çok iş düşüyor. Mutlak surette eşlerinin yanında olmalı, onları desteklemeli, kurulacak işin bir ucundan tutmalıdır.

"Ben karımı çalıştırmam." lafı işsiz bir erkeğin efelik taslayarak edeceği söz olmaktan çıkmıştır. Ülkemiz emek-yoğun işlerde kadın erkek ayrımı olmaksızın çalışmak zorundadır. Unutmayalım ki günümüzde ekmek aslanın ağzındadır.

İtiraf etmek lazım gelirse aileyi ve çocukları korumak, sefil etmemek hususunda kadınlar daha diri ve dirençlidir. Erkekler sıkıyı görünce kapıyı çarpıp gitmektedir. Daha aşağılık ruha sahip olanlar kadının eve getirdiği parayı şiddet yoluyla elde edip içkiye, kumara yatırmaktadır.

Erkeklerin iş bulmakta, aile geçindirmekte bu kadar zorlandığı bir ortamda kadınların kendi işlerini kurmaları için atılan adımlar alkışlanmalı, kapsamı genişletilmelidir.

Kadınlar o eşsiz sabırları ile bütün bu zorlukları aşar, disiplin içinde çalışırlar.

Bu sebeple "Kadınlar haklı." diyorum. Yani AB'den, şuradan buradan gelen parayı, aman erkeklere vermeyin çar-çur ederler.

BU TOPRAĞIN KADINLARI

I

Ben yedi göbek şehirli bir ailenin çocuğuyum. Dedelerim ve rahmetli babam memur idi. Ana tarafından köylüyüz. Savaşlarda ve seferberlikte baba tarafı neredeyse yokolduğu için anamın köyünde daha çok kaldım. Çocukluğum babamın memuriyeti dolayısıyla başka köyleri tanıyarak geçti. Köyün her işini yaptım, bilirim. Zaten umumî olarak çalışma saham "Türkiye'de Toplumsal Değişim"dir ki, bu bildiğiniz gibi köyden başlar.

Anamın köyü bir dağ köyü idi.

Yolu yok, bağı bahçesi yok. Havası sağlam, suyu güzel. Yine de ufak bostanlarda fasulye, soğan, maydanoz, patates, turp vb. yetişirdi. Meyvelerden en çok ceviz. Ulu ceviz ağaçları vardı. Kara erik, kış elması, kış armudu meyve pek yok yani. Alıç, Ahlat, Kuşburnu gibi dağ meyveleri; ihtiyaca göre karakovan usulü balcılık vardı. Tarlalar ufak ve yamaç. Makinalı tarım yapılmıyor. Keçi çoktu ama sonraları meşelere zarar veriyor diye yasaklandı. Her iş kol kuvvetiyle yapılıyor. Ekin susuza ekildiği için pek verimli değil, ot-çayır çok. Ama buranın buğdayı ovanın buğdayından daha leziz. Havasından, toprağından olmalı. Kuru ekmek ile ayran bal gibi gelir.

Anam on dört yaşında evlenmiş, ninem de öyle. Köyde on sekizini geçen kız evde kalmış sayılırdı. Ellili yıllar. Ama gelenek eskilere dayanır. Bilirsiniz Karacaoğlan çoğu şiirinde "Bir sevdiğim var on üç on dört yaşında." der. O zamanlar kız çocukları erken gelişiyordu galiba. Yani "çocuk gelin" meselesi yok. Çok çocuk yapardı kadınlar. Bir kısmı ölür bir kısmı yaşar. Makinalı tarım olmadığı için ailenin çocuğa, bilhassa erkek çocuğa ihtiyacı fazladır. Hem güvenlik için hem rençberlik için.

Temiz hava, temiz su, süt-yoğurt, tam buğday ekmeği, stres, gürültü yok, yetişen çocuk sağlam yetişirdi. Öyle ki kadınlar al yanaklı, taşa vursan geri gelmez. Harpte mermi taşıyanlar bunlar olmalı. Bu kadınlar erkeği ile birlikte her işi yapar, artı bir de hayvanlar-çocuk-çamaşır-yemek ile uğraşırdı. Bana insanüstü yaratıklar gibi geliyor. Düşünün ne elektrik var, ne buzdolabı.

Anam dahi gençliğinde bir çuval buğdayı kaldırdığı gibi katırın semerine koyarmış. Nerden baksan yetmiş-seksen kilo, ben onu yerinden oynatamam.

Köyde hastalık yoktu. Yaşlıların çoğu yatağında ölürdü. Doktor, ilaç, hastane nerede. Ne vasıta var ne yol. Hele kış gelip kar bastırınca köylü kaderi ile başbaşa kalırdı. Şimdi dahi var böyle yerler. Hani görüyoruz televizyonda hamile bir hanımı kızakla çeke çeke ana yola indirmeye çalışıyorlar.

İhtiyaca göre üretim yapılan yerlerde; kilim, çuval, bez de dokunurdu. Yine de bütün bunlar satacak ürün fazlası olmayan köylüyü doyurmuyor. Oğlunu evermeye, yaşlanan öküzü kesip yenisini almaya, evin bitişiğine yeni evliler için bir oda daha eklemeye yetmiyor. Bu sebeple bu köyler ahalisi gurbetçidir. Unu öğütüp ambara koyduktan sonra tahta bavulların ipini çekip büyük şehirlerin yolunu tutarlar. Yonca biçme vakti gelince köye dönerler.

Tarım toplumu bu sebeple bir hasret ve gurbet toplumudur. Bu yaşam tarzı asırlar içinde bir kültür doğurmuştur. Türkülerimize bir bakın, neredeyse tamamı tarım toplumuna aittir. Çok uzun ve zengin bir geçmiş, bir o kadar zengin folklor doğurmuştur.

Türkiye Cumhuriyet'ten sonra bu birikimi derlemeye çalıştı. Dil

Kurumu, Folklor Araştırmaları pek çok malzeme topladı. Radyocular müzik derlemeleri yaptılar.

Halk Kültürü ile Batı Kültürünü sentezleyip buradan yeni Türkiye için yeni bir kültür üretmeyi denediler.

Ama bu iş mühendislik değil. Taşıma su ile değirmen dönmez. Tüm bu çabalar çölde kuruyan sular gibi yok oldu.

Çünkü hem dünya hem Türkiye değişiyordu. Ninelerimizin ve dedelerimizin, hatta biz yaştakilerin bu değişimi şaşkınlık ile izlediğini söyleyebilirim.

Bizim nesiller garip bir zamanı yaşadı. Gökten jet uçağı geçerken yerde kara saban işliyordu. Halil İnalcık Hoca'ya göre Osmanlı Toprak düzeni ellili yıllara kadar devam etmiştir. Toprak reformu bir türlü yapılamamıştır. Zaten artık onun da bir kıymet-i harbiyesi kalmadı. Türkiye süratle tapu-kadastro işlerini bitirmeli, sağlıklı bir toprak dağılımı, (tarım için) miras hukukunu gözden geçirmeli ve topraklar birleştirilerek verimli tarım yapılmalıdır.

Artık yukarıda anlattığım dağ köyleri boşalmıştır. Anamın köyünde iki hane kaldı. İki ihtiyar. Onlar da köyde ölmek istiyorlar. Köylerin boşalmasını *Beyhude Ömrüm* adlı kitabımda anlattım. Artık ne o türküler var ne taşa vursan geri gelmez kadınlar. Kimbilir kaç asır süren macera bitti. Köylere büyük ölçüde asfalt, yol, elektrik gitti. Neredeyse köy-şehir farkı kalmadı.

II

Tarım toplumunun kadınları taşıdıkları ağır yüke rağmen asırların içende oluşan âşina bir mekâna, komşulara, büyük ailenin dayanışma ruhuna sahiptir. Bu sebeple yalnız ve çaresiz sayılmaz.

Sanayi toplumu kadını apartıman dairesinde oturur, akrabalarından uzaktır, çokluk çekirdek ailenin bir ferdidir, kocası da çalışır, çocuklar zor büyür, yaşları gelince kreşe verilir, komşuluk ve dayanışma yok gibidir, özetle bu kadın yalnız ve çaresizdir. İyi bir kocası varsa ev işlerini ve çocuk bakımını onunla bölüşür. Aksi takdirde bu evde hır-gür eksik olmaz, hayat acıdır. Gelir gideri çokluk karşılamaz, çünkü şehrin masrafı büyüktür.

Yol parası, elektirik parası, su parası, gaz parası, çocukların servis parası, kapıcı parası, apartman aidatı derken maaşın yarısı gider.

Şehirde çalışan kadın bakımlı olmaya özenir. Kendisi, eşi, çocukları aynı hayatı yaşayanlardan geri kalmak istemezler. Tüketim toplumunun dayatmaları şehirde çalışan kadını bunaltır. O da kredi kartlarına sarılır, bunların sonu faciayla biter. Zaten TÜİK rakamlarına göre bu tip ailelerin çoğu borç içindedir.

Tarım toplumundaki kadın ambarda unu, tenekede yağı varsa kendini güvende hisseder. Şehrin çalışan kadını aldığını kilo ile alır, gün bulur gün yer, yarın için endişe içindedir, hele bir de kira ödüyorsa. Güvensizlik en önemli meseledir.

Çalışan kadının günlük mesaisi bittikten sonra ev işleri başlar. Yemek, çamaşır, bulaşık (makinalar olsa bile), ev temizliği, çocuk bakımı onu bunaltır. Yatağa cesedi düşer.

Bu sebeple hep yorgun, hep depresiftir.

Sanayi toplumunun şehirde yaşayan kadınları tarım toplumuna nazaran mutsuzdur, daha çok yük taşır ve tüketim toplumunun ortasında yalnız ve çaresizdir. Şehrin tüm sözde konforuna rağmen.

Bu iki yazıda asıl söz konusu etmek istediğim şehirde yaşayan ama çalışmayan bir üçüncü kadın toplumudur.

Bunlar koca parası yer.

Kocaları nasılsa varlıklı olmuştur. Çocuklar evlenmiş ayrı ev kurmuşlardır. Hem çocukların hem kendinin yardımcı kadını vardır. Bazıları yemek dahil tüm ev işlerini bu kadına yıkar.

Bunlar en üstte yer alan çok zengin ailelerin yaşantısına imrenir, ancak asla onlar gibi olamaz, onları taklide yeltenirler.

En üst tabaka kadınları kendi gettolarını kurmuş, çoğu Avrupa'da veya kolejlerde okumuş, at binmek, tenis oynamak, resim yapmak, seyahat etmek, sosyal etkinliklere katılmak, dernekçilik yapmak, yazmak-çizmek velhasıl birtakım etkinliklerde bulunmak, belki de işveren olarak tanınmak, iş kadını olmak durumundadırlar.

Bu benim dediklerim boş gezenin boş kalfasıdır. Aralarında altın günü yapar, turlara katılır, kaplıcalara gider, yazlık edinir, yazlıkla yetinmez, kim tavsiye ederse orada devre mülk alır, spora merak sarar (çünkü çoğu kiloludur) ama devam edemez, modaya merak sarar ama kendine yakıştıramaz; fal, yemek tarifi, bol dedikodu, düğün nişan dolaşır, evde durmak istemezler.

Üretime hiç katkıları yoktur. Homini gırtlak ha bire yerler. Magazin basınını, televizyon geyiklerini, dizileri kaçırmazlar.

Altın, döviz, emlak düşkünüdürler. Kocalarını sıkıştırıp üzerlerine daire, arsa yaptırırlar.

Ramazanlarda iyicene dindar kesilip yatırları dolaşır, ha bire umreye giderler. Yaşlılık elverince başlıca mevzuları diyet, kolestrol, doktor, ilaç, tansiyon, şeker olur. Çocuklarını ve torunlarını çok sever ama birlikte oturmak istemezler. Geldiklerine memnun olur, gittiklerine daha çok sevinirler. "Desinler"e meraklıdırlar. Kıskanç ve mal düşkünüdürler. Bir bahçeye otursalar, kol boyu bileziği olan ancak tost ile ayran alır. Hesabı Alman usulü öderler.

Bunların çalışan kadına oranı fazladır. İki arada bir derede kalmış güzel ülkemizin ne yapacağını bilmeyen fertleridir.

Köyden, kasabadan şehre gelmiş, ama şehirleşememişlerdir. Türkiye sanayileştikçe, iş alanı arttıkça, bu kadınların çocukları okudukça, bunlar zamanla azalıp yok olacak.

KAYIP ÇOCUK

I

Yaşayıp geçtiğimiz yüzyılın son elli yılında geçmiş zamanlara kıyasen yepyeni bir "çocukluk" vücut bulmuştur desek abartmış olur muyuz?

Buna yaşı ellinin üzerinde olanlar torunlarına bakarak karar verebilirler. Ömrünün elli yılını öğretmenlikle geçirmiş biri, günümüzde bir okulun bir sınıfını gizlice gözetlese ne der acaba?

Benim fikrim kesinlikle yepyeni bir "çocukluk" karşısında olduğumuz yönündedir. Bu "çocukluğu" suçlamıyorum da, onaylamıyorum da.

Suçlamıyorum; çünkü bu çocukların kendi başlarına oluşturdukları bir kimlik, bir yapı değildir. Onaylamıyorum; çünkü yaşadığımız yüzyıla damgasını vuran, kılcal damarlarımıza kadar girip her şeyimize karışan modern teknoloji-kapitalizm şirketini reddediyorum. Marifet onundur. Kavga demeyelim de "çekişme" sözle görüntü, doğal ile sanal arasında seyretmektedir. Biz, farkında olmaksızın sözün düşüşünü ve doğal hayatın bitişini seyreden aparatçıklarız.

Önce mahalle kayboldu.

Asırların oluşturduğu şehirlerin en temel unsuru eriyip bitti. Oysa o, öncelikle bir "güvenlik alanı" olarak vücut bulmuştu. İnsanoğlunun hayatta en fazla ihtiyaç duyduğu "güven duygusu"na cevap veriyor, onu sağlıyordu.

Mahallenin adı, sakinlerinin özellikleri sebebi ile lakabı, girişi-çıkışı, camisi, okulu, kahvesi, berberi, bakkalı, imamı, öğretmeni, delisi, kabadayısı, takımı, bahçesi, çeşmesi, sineması, komşuluğu, sevgisi, saygısı, dayanışması, hatta "gül"ü dahi bulunmaktadır. Çocuklar bu atmosfer içinde yetişir, kimlik ve kişilik sahibi olur. Mahalle'nin yıkımından sonra türeyen kimliksiz ve kişiliksizler çocuklarına "sakın mahalle çocuklarına yanaşmayın" uyarısında bulunmuşlardır. Mahalle'nin asırlık isimleri, şöhretleri, güzellikleri olan sokakları vardır (Bazı illerde buna dahi dayanamayıp sokaklara numara verilmiştir).

Sokak mahallenin daha mahrem bir birimidir. Sokak sakinleri bir aile gibidir.

Modern mimarların bir hedefi olmuştur: Sokağı öldürmek. İşte o zaman özlenen modern şehir kurulacak, modern mimarî kendini gösterecek, modern hayat gerçekleşecektir. Ve nitekim oldu da. İnsanlar önce apartmanlara, sonra dairelere, sonra fert fert odalara (kızın odası, oğlanın odası, çocuk odası vb.) kaçtılar. (Kaçış devam ediyor. Yaşı yirmiyi bulan gençler ayrı bir ev tutup orada yaşamaya özeniyor. Bu özenti hayatımızı biçimlendiren ABD tarzı yaşam biçiminden kaynaklanıyor.) Cemaat dağıldı, birey (güya) oluştu, bireycilik (kendini sev) boy gösterdi (Avrupa ülkelerinde tatile çıkan çiftler çocuklarını yanlarına almak istemiyor, onları kreşlere bırakıyorlarmış). Sokağın sahibi artık otomobillerdir. Servisler, kamyonlar, tramvaylar, hızlı trenler, tırlar vesairedir. Sokak tekin değildir yani. Tekin olmayan bir mekâna çocuk salınır mı? Anne-baba çocuğa sürekli "sokak çocukları" ile oynama tenbihinde bulundular. Önceleri bunlar kapıcıların, fakir ailelerin çocukları idi. Sonra evi barkı terk edip, tiner çekerek gerçek sokak çocuğu oldular.

"Sokak çocuğu" denilen hadisenin ta dibinde mahallenin yıkımı, sokağın ölümü yatmaktadır. Şimdi bunlara kim sahip çıkacak deniyor. Eskiden yetimlik, fakirlik, kimsesizlik yüzünden ortada kalan çocukları zengin olsun fakir olsun bir aile yanına alır; ona bakar bir sanat sahibi yapar, hatta kendi eliyle evlendirirdi.

Masal gibi geliyor şimdi, değil mi?

II

Çocuğu sokağa salardınız; dut dallarına, incir ağaçlarına, tozlu top sahalarına, ırmak boylarına. Çocuk evde değil, sokakta büyürdü. Kedilerle, köpeklerle, çiçeklerle, böceklerle. Düşer dizini kanatır, kavga eder, gol atar, kendi oyuncağını yapar, uçurtma uçururdu. Çocuklar birbirlerine abarta abarta yaptıklarını anlatır, sinemaya kaçar, mahallenin harabelerinde maceradan maceraya koşarlardı.

Macera sadece kitapta okunmaz, kendileri yaşardı. (Ara sıra kitaptan ziyade hayatı isterim. Bir ağacı tasvir etmektense, gölgesine uzanıp, bulutlara bakmayı severim, deyişim bu sebepledir.)

Şimdi çocuklar dört duvar arasında büyüyor. Balkon çocukları. Ana kuzuları. Eline diken batacak olsa "Uvaaa!..." diye anasına koşuyorlar, horozdan korkuyorlar. Evdeki dört duvar; kreşte, ana okulunda, ilköğretimde, serviste hep kafes arkasında devam ediyor. Başlarında hep biri var. Ağacı, çiçeği, böceği resimde, televizyonda, bilgisayarda görüyorlar. Kreşlerin, ana okullarının duvarları mavi gökyüzü, parıldayan güneş, akan dere, derede yüzen ördeklerle dolu. Kapalı mekânlarda, sanal dünyada yaşıyorlar.

Elleri, ayakları ne toprağa basıyor; ne çamur çiğniyor. Yağmurda ıslanmıyor, karda yuvarlanmıyorlar. Bu sebeple ufak bir yel esse hastalanıyor, elini döşemeye sürse mikrop kapıyorlar. Hijyenik atmosfer onları sağlıksız kılıyor. Hepsi tombul, beyaz ve kırılganlar.

Sokaktan arkadaşları yok; varsa komşu çocuğu, akraba çocuğu.

Birlikte bilgisayar başında sabahlıyorlar. Sürekli olarak ya ebeveyn yahut öğretmen veya bakıcıya muhtaçlar.

Çalışan anne-babalar onlarla yeteri kadar ilgilenemiyor. İlgiler mekanik hâle geliyor. Ne dede tanıyorlar ne de nine. Oyuncak denizinde yüzüyor, ama tatmin olamıyorlar.

Tatmin olamıyorlar çünkü ne duvarlar konuşur, güler, koşar, oynar ne de oyuncaklar.

Bir çocuğun en çok ihtiyaç duyduğu şey yine bir çocuktur.

Bu bakımdan mahalle arkadaşlığı ile asker arkadaşlığı unutulmaz.

Ama ilk yazıda kaydettiğimiz gibi mahalle kayboldu, sokak öldü.

Bir daha geri geleceklerini umamayız. Dünya dağişiyor, hayat tarzımız değişiyor, yediğimiz, içtiğimiz her şey değişiyor. Bu değişimden çocuklar da nasiplerini alıyorlar. Elbette ki şimdinin çocukları ve gençleri bize benzemeyecek. Onları anlamaya çalışmalıyız (bunu becerebilir miyiz acaba).

Her şey değişiyor dedik ama, değişmeyen şeyler de var. Ana unsurlar. Mesela çocukları yine analar doğuruyor.

Gönül ister ki analar büyütsün.

Bir çocuk için ana kucağı ile ana sütü ilelebet devam edecek olan en temel ihtiyaçtır.

Ana sütü emmeyen, ana kucağı görmeyen çocuklar yarı yetim büyüyorlar. Hırçın, şımarık, tatminsiz, dayanıksız, geçimsiz oluyorlar. Daha çocukluktan itibaren yalnız kalmaya, yalnız yaşamaya itiliyorlar.

Modern hayatın mekanik dişleri bu masum yavruları da öğütüp duruyor.

Kayıp çocuk nerede?

O artık masallarda kaldı.

Hani "su ne oldu inek içti, inek ne oldu, dağa kaçtı, dağ ne oldu, yandı bitti kül oldu." denir ya, işte öyle.

Çocukluğumuzu mahallenin ve sokağın cenazesi ile birlikte toprağa gömdük.

Ve özlüyoruz.

Tıpkı ana sütü ve ana kucağı gibi.

OYUNCAK

Ülkemizde yaşı elliyi aşan çoğu kişi oyuncak için şöyle der: "Biz eskiden oyuncaklarımızı kendimiz yapardık." Bu sözde hem bir özgüven hem de günümüzün "oyuncak dünyası"na bir tepki var.

Gerçekten de öyleydi.

Kendi çocukluğumu düşünüyorum. Yahu en basiti oynayacak "top" bulamazdık. O yıllarda yere değdi mi fena halde zıplayan lastik toplar vardı ve bilhassa onlarla futbol oynamak bayağı hüner isterdi. O topa verecek para bulamaz, paçavraları sıkıca yuvarlayarak İngiliz sicimi ile sarar böyle bir top ile saatlerce oynardık.

Bir arkadaşımız çok marifetli idi. Telden taksiler, arabalar, hatta vinç dahi yapardı. Biz bu arabaları gazoz kapakları, renkli elişi kağıtları ile kaplar, ayakta sürecek kadar uzun direksiyonu ile ağzımızı korna yaparak yarışırdık. Esas yarış çember çevirmekte olurdu. Bitpazarından alınan türlü ebatlarda çember (çoğu çelik) sürecek kalın bir tel ile sahaya çıkar; start verilince ileri atılırdı. Her çemberden çıkan o ince cızırtı âdeta bir orkestra yaratır, tozlu yolda ardımızda jet uçağının dumanı gibi bir iz bırakarak tabana kuvvet koşardık.

Cam bilyelerle oynamanın zevki başkaydı. Beş kuyulu oyunda para da vardı. Vuruşu delikli yüz para. On kuruşu toparladık mı üç tekerli arabası ile okul önünden ayrılmayan kozhelvacıya gider, cevizli helvaları mideye indirirdik.

Tahta oyuncak yapmak bayağı hüner isterdi. Ama şurasını önemle vurgulamalıyım eğri-büğrü de olsa, yaparken-çakarken parmağımıza çekiç değip şişse de, miline taktığımız teker deliği dar gelip dönmese de iş bittiği zaman âdeta bir zafer kazanmış gibi olurduk.

Dile kolay elimizde bir eser vardı.

Bizim eserimiz. Alın terinin eseri. Bu uğraş çocuk zihnimize ve hissiyatımıza bir şahsiyet kazandırır, hazıra konmaktan öte bir zevk verirdi.

Üstüne hemen kiremit, tebeşir, yağlı boya, kömür ne bulursak onunla bir isim yazar; ismin iki yanına iki ay-yıldız kondururduk.

Ardından bir nara patlatırdık:

"Yol verin yeşile kavuşsun eşine."

Mutfak eşyaları, kürek sapı, yayık vesaire yapan, aza kanaat eden fakir ve ihtiyar marangozlar (genç, kadrosu yerinde, sermayesi olanlar kapı pencere gibi büyük işler, hatta harman makinası bile yapardı) çocuklar için basit tek tekerli arabalar, sallanan atlar, yeni yürümeye başlayan çocuklara üç tekerli çıyrıklar falan yapardı.

Kızlar kendi bebeklerini bir haç misali birbirine çivilenen çubuk üzerine kumaş parçaları uydurarak; bir yuvarlak torba dikip içini doldurduktan sonra ona kaş-göz yapıp, baş şekline sokup bu sopalardan uzun olanının ucuna geçirip, ardından bir de başörtüsü bağlayarak imal ederlerdi. Evcilik oynarken bezden, kiremitten, tahtadan evler (yani eve benzer şekiller) yaparak birbirlerine misafirliğe gidip; çamurdan imal edip kuruttukları bardaklarda, fincanlarda çay-kahve ikramında bulunurdu.

"Oyuncakçı" diye müstakil dükkan yoktu. Bakkal, kırtasiyeci, züccaciye mağazası bile teneke taksiler, uçurtmalar, lastik toplar, rüzgâr gülü ve çıngırak satardı. (Bunları nostalji olsun diye yazmıyorum. Bir zihniyet değişikliğidir dediğim.)

Dünya bir kararda durmuyor.

Teknoloji ve sanayi her geçen gün yenilikler buluyor, imal ediyor, pazarlıyor. Biz de bu pazara dahil olduk. Naylon ve plastiğin devreye girmesi ile oyuncak dünyası çeşitlendi. Bez bebeğin yerini naylon bebek aldı. (Şimdi yeniden bez oyuncaklara, tahtaya dönüş var ama bu bir endişe yüzünden. Naylon hastalık sebebi.)

Bu oyuncak kalıplarını yurt dışından getirten veya burada hünerli kalıpçılara yaptıran iş adamları gidişata ayak uydurmaya çalıştılar. Çeşit çoğalınca şehirlerde müstakil oyuncak mağazaları açıldı. Bunlar hem yerli hem ithal oyuncak satıyor; böyle bir mağazaya giren çocuk ne yana bakacağını şaşırıyordu.

Çin'in hemen her sahada olduğu gibi oyuncak alanında da piyasaya girmesi bir deprem etkisi yarattı.

Hem çeşitli, akıl almaz çeşitli, hem gösterişli hem ucuz.

Etrafı Çin malları kapladı. Yerli oyuncak sanayii neredeyse battı.

Televizyonun icadı ile radyonun pabucu dama atıldı.

İnternet müzik dünyasını yerle bir etti, İMÇ'deki dükkânlar bir bir kapandı, kaset zaten unutulmuştu, CD de hapı yuttu.

Şimdi tablet bilgisayarlar ve oyuncak konsolları var. Elektronik sınır tanımaz bir hız kazandı.

Dünyanın en büyük oyuncak firmaları bu elektronik oyuncaklar karşısında zarar etmeye başladılar. Yakında onlar da ya bu alana geçer ya da dükkânın kapısına kilit asarlar.

Üstelik bu elektronik oyuncaklar çocukları olduğu kadar büyükleri de etkiliyor. Bir baba oğluyla bu oyunları saatlerce oynayabiliyor.

Siz siz olun tahta oyuncaktan, bez bebekten şaşmayın. Bırakın çocuklarınız kendi oyuncaklarını kendileri yapsın. Gücünüz yeter, sözünüz geçerse. Televizyon nesli bunlar, zor çocuklar.

DOSTLUK

Bir zamanlar Türkiye dahil pek çok ülke (ahalisi) İsveç'e hayrandı. Orada "âdil" bir düzen vardı. Fert başına düşen milli gelir fevkalade idi. Medeni insanlardı, pek gürültü patırtı olmazdı orada.

Şimdi basından öğrendiğimize göre İsveç'te her yedi kişiden biri hayatta hiç dostu olmaksızın ölüyormuş. Nüfusun %63'ü evinde yalnız yaşayan ihtiyarlardan oluşuyormuş.

Zavallılar.

Almanya'da yirmi beş yıldır bir fabrikada yönetici olarak çalışan bir mühendis arkadaş ile izne geldiğinde konuşuyoruz.

Ona şu soruyu sordum:

— Ortalama bir Alman'ın (işçi, memur vb.) hayatında en önemli unsur nedir? Yani günlük hayatında vazgeçilmez olan nedir?

Hiç duraksamadan şu cevabı verdi:

— İş çıkışı bir bara uğrayıp birasını içebilmek. Arada atıştırmak. Özel günler hariç Avrupa'da evde yemek pişmez, ailece sofraya oturulup yenmez. Herkes bir yerlerde ayaküstü karnını doyurur.

Soruyu bu defa tersten sordum:

— Peki. Aynı Alman'ın günlük hayatta başına gelebilecek en kötü şey nedir?

Yine duraksamadan cevap verdi:

— İş çıkışı birasını içememek.

— Peki bu Alman eve gidince ne yapıyor?

— Soyunup dökünüp televizyon karşısına geçiyor. Az sonra yorgunluktan uyuklamaya başlıyor. Gidip yatıyor. Çünkü sabah erken kalkıp mesaiye yetişecek.

Budur.

Birkaç yıl önce hatırlarsınız Avrupa'da feci yaz sıcakları oldu. O mevsim sadece Fransa'da on beş bin yalnız yaşayan ihtiyar öldü. Ve bu medyaya pek yansımadı.

İlgililer o sıra tatilde olan yakınlarını, çocuklarını arayarak "Babanız, dedeniz, ananız öldü, ne yapalım?" diye sordular.

Çocuklar kutsal tatillerini yarıda kesmeye yanaşmadı. "Siz morga kaldırın, biz dönüşte ilgileniriz." diyerek güneşin, denizin ve aşkın tadını çıkarmaya devam ettiler.

Çok şükür insanımız böyle bir ahlâk tanımıyor. Bizde hâlâ tarım toplumunda oluşan gelenekle, kitabımızda yer alan ahlâk ilkeleri geçerlidir.

Dost nedir?

Omzuna başını yaslayıp ağlayabileceğin, sırtını dayayıp kavgaya girebileceğin adamdır. O seni arkadan vurmaz.

Dostluk sevgi, saygı, fedakârlık ve feragata dayanır. Hizmet, hürmet, merhamet, şefkat ister. Eşler arasında dahi geçerli olan budur.

Dost seni düştüğün yerden kaldırandır.

"Düşene bir tekme de sen vuracaksın." sözü bizim kitabımızda yer almaz.

Dostluk, komşulukla beraber mahallede başlar. Ne yazık ki bazı küçük taşra şehirleri ile kasabalar hariç mahalle kayboldu.

"Mahalle baskısı" bu sebeple boş bir laftır.

Mahalle arkadaşlığından sonra okul arkadaşlığı, sonra asker arkadaşlığı, sonra iş arkadaşlığı, hısımlık-akrabalık-hemşehrilik gelir.

Dost kucağı güvenlik alanıdır.

Bu sebeple yukarıda söylediğimiz gibi köyden kente göç sırasında, köylüler-hemşehriler birbirinin elinden tutar, aynı semte yerleşir, aynı işte çalışırlar.

İstanbul'da binlerce "köy derneği" olması bu dayanışmanın mahsulü olup, bu da yine tarım toplumuna ait bir gelenektir.

Sanayi toplumu bütün bu insanî ilişkileri yıktı, insanı makinaya esir etti. Zaman ve mekân değişti. Bu sebeple Ahmet Haşim'in "Müslüman Saati" başlıklı yazısı önemlidir.

Biz şimdi ne yardan geçiyoruz ne serden. Ne işimizi terk edebiliyoruz ne dostumuzu.

Ama modern-teknolojik medeniyet kendi acımasız kanunlarını dayatıyor.

Gün geçtikçe dostluklar menfaat ilişkisine dönüşüyor, büyük aile dağıldığı için dayanışma ve bölüşme duyguları törpüleniyor.

Ancak bir husus var ki o bizi ayakta tutuyor.

O da din kardeşliği.

Müslüman müslümanın kardeşidir. Birbirinizi sevmez iseniz iman etmiş sayılmazsınız. Bunlar ilkelerimiz.

Peki bu ilkelere ne kadar uyabiliyoruz. Dostlarımızın yardımına ne kadar koşabiliyoruz. Kendimiz tok iken komşumuzun aç olduğunu biliyor muyuz?

Sorular çoğalabilir.

Bu soruları çoğaltan modern-teknolojik medeniyetin (kapitalizmin) iş ahlâkıdır. İnsan ilişkileridir. Ya yakayı kaptıracağız ya karşı çıkacağız.

Soruyu yıllar önce İsmet Özel sormuştu:

"Müslüman olarak mı gelişip-zenginleşeceğiz? Yoksa gelişip-zenginleşerek Müslüman mı kalacağız?"

Benim cevabım: Dün olduğu gibi bu gün de fakir kalsak da imanlı ve onurlu olmaktır.